NICOLA FÖRG

Verdammte Weiber

NICOLA FÖRG

Verdammte Weiber

Ein Irmi-Mangold-Krimi

PIPER

Mehr über unsere Autorinnen, Autoren und Bücher:
www.piper.de

Wenn Ihnen dieser Alpen-Krimi gefallen hat, schreiben Sie uns unter Nennung des Titels »Verdammte Weiber« an empfehlungen@piper.de, und wir empfehlen Ihnen gerne vergleichbare Bücher.

Von Nicola Förg liegen im Piper Verlag vor:
Alpen-Krimis
Band 1: Tod auf der Piste · Band 2: Mord im Bergwald
Band 3: Hüttengaudi · Band 4: Mordsviecher
Band 5: Platzhirsch · Band 6: Scheunenfest
Band 7: Das stille Gift · Band 8: Scharfe Hunde
Band 9: Rabenschwarze Beute · Band 10: Wütende Wölfe
Band 11: Flüsternde Wälder · Band 12: Böse Häuser
Band 13: Hohe Wogen · Band 14: Dunkle Schluchten
Band 15: Zornige Söhne · Band 16: Verdammte Weiber

Glück ist nichts für Feiglinge
Das Winterwunder von Dublin
Hintertristerweiher

Unser Versprechen für mehr Nachhaltigkeit
• Klimaneutrales Produkt
• FSC®-zertifiziertes Papier
• Hergestellt in Europa

FSC www.fsc.org MIX Papier | Fördert gute Waldnutzung FSC® C083411

ISBN 978-3-492-06556-6

Redaktion: Dr. Annika Krummacher
Satz: Satz für Satz, Wangen im Allgäu
Gesetzt aus der Adobe Caslon Pro
Druck und Bindung: CPI Books GmbH, Leck
Printed in the EU

Ich bin als Rebell
Geboren
Zu klein die Welt
Mich zu verlieren
Bin ich da!
Und wenn ich so
Verflucht
Von einer Kuppel hänge
Zeigt mich
Als elenden
Rebellen an.
Ich dränge mich
Und koste alles aus
Es ist Rebellenlohn
Dass ich verscharrt
Unwillig, durstig
Unbesänftigt ende.

Ilse Schneider-Lengyel

PROLOG

In der rauchigen Höhle will ich gar nicht beginnen, als Frauen sammelten und kochten und hofften, dass ihr Alter nicht vom Säbelzahntiger gefressen wurde. Oder hofften sie genau das? Auch nicht im finsteren Mittelalter möchte ich anfangen, als die Frauen, waren sie ärmlich, nur hungerten und früh starben, meist schon im Kindbett. Waren sie adlig, trugen sie einen Keuschheitsgürtel (rostig?) und mussten einem Minnesänger lauschen, der sie anjaulte. Gern galten sie als Hexe, wenn sie auch nur irgendwie auffällig oder gar aufsässig waren. Wenn sie nicht verbrannt wurden, wurden sie vergewaltigt, ein probates Mittel durch all die Jahrhunderte. Gewalt, die physisch und psychisch tiefe Verletzungen erzeugt und Narben, höher als Bergkämme.

Irmi schluckte. Aus jedem Satz des Manuskripts, das sie vor sich hatte, sprach Coci. Sie sah sie förmlich vor sich. Laut und aufsässig, so wie sie immer gewesen war.

Aber dann startete irgendwann die Aufklärung, dieser Aufbruch in die Vernunft. Zwar brachte er der Frau nur wenig, sie wurde aber womöglich zum ersten Mal gesehen und erhob sich aus dem Küchenstaub. Man überlegte, was die Bestimmung einer Frau denn sein könnte. Denn langsam entstand ein städtisches Bildungsbürgertum, es kam erstmals zu einer Trennung von Arbeits- und Wohnort, und da mag der unbedarfte Laie nun denken: Prima, ab da hätten die Frauen dann ja auch gut arbeiten gehen können? Falsch – arbeiten schon, aber bitte schön zu Hause. Die Frau sollte der Familie dienen und dem Ehemann untertan sein. Was auch sonst! Das konnte man schließlich wissenschaftlich erklären. Der Begriff der »Geschlechtscharaktere« kursierte ab dem letzten Drittel des 18. Jahrhunderts. Demnach waren Wesen und Natur von Mann und Frau höchst unterschiedlich. Schon mal rein optisch: Der Mann ist ansehnlicher mit stärkerem Muskelsystem, das Weib ist kleiner, schwächer, weicher und runder. Und dann natürlich die seelische Dimension: Der Mann ist unternehmungslustig und aufstrebend, das Weib bescheiden und rücksichtsvoll. In der einen oder anderen Definition liest man sogar, das Weib sei listig. Beim Manne regiert der Verstand, beim Weibe das Gemüt. Der Mann ist aktiv, die Frau passiv. Der Mann eignet sich also durch seine genetische oder gottgegebene Rationalität für ein Leben und Arbeiten in der Öffentlichkeit. Frauen hingegen sind passiv und empfindsam, produktiv nur im Kinderkriegen und gehören ins Private.

Denn sie bekamen die Kinder ja nicht nur, sondern sollten sie auch erziehen, zumindest im Bürgertum. Das traute man ihnen immerhin zu: In der Frühaufklärung fand man die These, Frauen verfügten nur über eine »verminderte Geisteskraft«, abstrus. Wenigstens das! Aber die Einschränkung folgte auf dem Fuße. Aus den Geschlechtscharakteren ließ sich ableiten, dass weibliche Gelehrsamkeit nicht nur unnötig, sondern höchst gefährlich und schädlich war. Denn so eine gelehrte Frau drohte zwangsläufig das Hauswesen zu vernachlässigen! Andererseits – es war ja die Zeit der Aufklärung – wollte man die Frau doch ein wenig bilden, schließlich sollte sie Vorbild und Erzie-

herin der Kinder sein und mit dem gebildeten Manne im Hause parlieren. Um 1770 wurde beschlossen, dass alle erwachsenen Personen – und explizit auch Frauen – lesen und schreiben können sollten.

Doch damit gab man den Frauen ein Teufelszeug an die Hand, also musste man kanalisieren, was sie lasen. Denn zur Tatsache, dass sie lesen konnten, kam erschwerend hinzu, dass die Bürgersfrauen finanziell abgesichert waren und zu Hause durchaus ihre Stunden der Muße hatten. Also musste es für das leicht einfältige weibliche Gemüt auch den passenden Lesestoff geben. Das war die Geburtsstunde der Frauenzeitschriften, hört, hört! Ihr klares Ziel war es, der unkontrollierbaren Lesewut des Weibes entgegenzuwirken. Klar, dass die ersten solchen Zeitschriften von Männern herausgegeben wurden. Es gab aber (o Wunder!) auch einige wenige Frauen, die Ende des 18. Jahrhunderts eigene Zeitschriften herausgaben. Was an sich gar nicht so unlogisch war, denn wenn man die Geschlechtscharakterisierung als Maß der Dinge heranzieht, dann ist es ja gut, wenn Frauchen für Fräuleins schrieben.

Die Herausgeberinnen waren meist zugleich die Autorinnen der Zeitschriftenartikel. Es gab aber durchaus eingesandte Beiträge von anderen Frauen, die zur Feder griffen … Wenn die Ergüsse lieb und brav waren und keine Anzeichen von weiblicher Gelehrsamkeit zeigten, gefiel das auch den Männern. Eine solche Zeitschrift sollte eine pädagogische Intention erfüllen und die körperliche wie seelische Schönheit der Frau preisen. Bescheidenheit, Freundlichkeit, Sanftmut, Redlichkeit, Fleiß und Sparsamkeit – das alles sollte man als Mädchen schon erlernen und später dann heiter und ruhig wie ein Füllhorn über Familie, Kinder und Mann ausschütten.

Irmi legte das Manuskript zur Seite und seufzte. Was für kluge Gedanken. Wie gern hätte sie mit Coci über diesen Text gesprochen und ihr oft zugestimmt! Zu spät!

1

Die Straße war schneebedeckt und glatt. Irmi fuhr nur Schritttempo, bis sie wieder den Parkplatz erreicht hatte. Dieses Mal blickte sie etwas länger über den See und sein Gestade. Immer noch waren die wenigen Büsche am Ufer vereist, zu Skulpturen erstarrt. Wenn man hier auf der Ostseite stand, sah man in die Sonne, die auf den Eiskristallen spielte und ein furioses Funkeln erzeugte, das so lebensfroh war – und in diesem Moment so unpassend. Weit hinten stand der Grünten, der »Wächter des Allgäus«, der offenbar dieses Mal nicht so gut aufgepasst hatte. Irmi hatte das nur zweieinhalb Kilometer lange Gewässer bis vor Kurzem gar nicht gekannt und auch nicht gewusst, dass es nicht natürlich entstanden war. 1962 hatte man das Flüsschen Wertach aufgestaut und dem See nach ebenjenem Berg den Namen Grüntensee verpasst. Ein See als Hochwasserschutz und zur Stromerzeugung, der nun schon gute sechzig Jahre alt war. Er hatte Zeit gehabt, in die Gegend einzuwachsen, und auch die Menschen hatten genug Zeit gehabt, mit ihm zusammenzuwachsen.

Auf ihrem Weg zum Ufer rückte die kunterbunte Winterwelt zusammen. Ein alter Herr mit Zipfelmütze und einem Overall in verwaschenem Lila aus den Achtzigerjahren glitt langsam, aber stetig durch die Loipe. Er wurde von zwei jungen Skaterfrauen überholt, die ebenso schlank waren wie ihre schmalen Latten. Irmi querte die Loipe und stapfte auf der Pfadspur erneut zum Ufer. Ihr war übel, da half ihr auch die Winterluft nicht. Eine junge Mutter zog zwei Kinder mit dem Schlitten, was sichtlich mühsam war hier im tiefen Schnee. Ein schneebegeisterter Berner Sennenhund umtanzte sie, bohrte seine Nase immer wieder in den Schnee, warf die weißen Kristalle in die Höhe und schnappte danach. Als er Irmi entdeckte, schoss er auf sie zu, sprang an ihr hoch, und Irmi hatte zu tun, Haltung und Stand zu bewahren.

»Oskar, du blödes Viech!«, rief die junge Frau atemlos. »Oskar, komm zurück! Oskar!« Als sie vor Irmi stand, war Oskar im wahrsten Sinn zu einem neuen Ufer aufgebrochen und hatte begonnen, an selbigem etwas auszubuddeln.

»Entschuldigen Sie, er ist noch jung und furchtbar wild«, erklärte die junge Frau. »Wir hatten immer Berner, die waren alle durch die Bank gemütlich, nur Oskar ist ein Monster.«

»Alles gut, ich hab auch einen Hund, der an Leuten hochspringt. Der ist nur nicht so, na ja, gewichtig«, meinte Irmi lächelnd.

Ihr Blick glitt wieder zum zugefrorenen See. Vom Ufer aus war das Loch zu sehen mitsamt den Absperrbändern und Warnhinweisen, dass man den See nicht mehr betreten sollte.

Die junge Frau war ihrem Blick gefolgt. »Da ist heute früh eine Frau eingebrochen, so schrecklich. Ich, ich …« Sie schluckte schwer.

»Sie waren dabei?« Irmi kam der Verdacht, dass es sich bei der jungen Frau um die Zeugin handelte, die der Kollege vorhin erwähnt hatte.

»Nicht direkt. Ich kam vom Dorf, war auf dem Weg zum See. Auf der Straße kamen mir zwei Jungs entgegen. Die beiden rannten, als wäre der Teufel hinter ihnen her. Ich hab ihnen hinterhergerufen, was denn los wäre. Der eine ist sogar kurz ausgerutscht und hat sich wieder hochgerappelt, und dann sind sie weitergerannt. Oskar konnte ich grad noch abrufen, der dachte nämlich, das sei ein Spiel. Ich bin Richtung Parkplatz gelaufen und dann runter zum See. Und im Näherkommen hab ich was Buntes gesehen und hab mir gleich gedacht, dass in dem Eisloch eine Person treibt. Ich war total in Panik, hab die 112 gerufen und noch versucht, einen Ast zu finden, aber alles war so vereist. Verstehen Sie?«

Sie hatte Tränen in den Augen. Irmi verstand sie nur zu gut. Die junge Mutter machte sich Vorwürfe. Das Bild der Eisfrau würde sie ein Leben lang verfolgen, es würde sie immer wieder anspringen, auch später, wenn es einen Trigger gab.

»Sie haben ganz richtig gehandelt«, versuchte Irmi sie zu beruhigen. »Sie hätten sich nur selber in Gefahr gebracht.« Und Sie haben zwei Zwerge, die ihre Mama brauchen, ergänzte sie innerlich. Die beiden Kleinen sahen aus wie zwei Wichtelmännchen mit spitzen Strickmützen, absolut identisch. Und beide blickten Irmi wie gebannt an.

»Zwillinge?«

»Ja, Kaspar und Jakob. Nach den beiden Opas. Oder finden Sie die Namen blöd? Ich meine, heutzutage?«

»Nein, ich mag solche Traditionen. Gerade heutzutage, wo Kinder gern mal Matt-Eagle oder Dee-Jay genannt werden.«

Die junge Mama lächelte kurz, dann sah sie zum See. »Wenn ich nur etwas hätte tun können. Wenigstens war der Notarzt schnell da, aber auch der konnte sie nicht mehr zurückholen.«

»Und Sie meinen, wenn die beiden Jungs früher etwas gemeldet hätten, dann hätte sie überleben können?«

»Vielleicht. Ich weiß nicht. Es ist so schrecklich.«

»Kannten Sie die Buben?« Buben sagte man heute nicht mehr, schoss es Irmi durch den Kopf.

»Das hat mich die Polizei auch schon gefragt.«

»Und kannten Sie die Burschen nun?« Burschen war besser.

»Nein, ich habe sie nicht gekannt, doch das heißt nichts. Aus Haslach sind sie nicht, würde ich sagen. Vielleicht aus Wertach? Oder Urlauber? Man kennt auch bei uns längst nicht mehr alle.«

»Haben Sie sonst noch wen gesehen?«

»Nein, es war ja noch so früh. Und so schrecklich kalt. Aber Oskar muss raus, sonst ist der daheim unerträglich. Und wenn ich nicht ein bisschen weiter mit ihm laufe, am besten im Tiefschnee, damit er müde wird, ist er nicht zufrieden. Als die Polizei kam, haben die alles abgesperrt. Da wurden auch meine Daten aufgenommen, falls sie mich eventuell noch mal kontaktieren müssen.« Sie sah Irmi an. »Sind Sie auch von der Polizei?«

»Da war ich mal. Früher.«

»Dachte ich mir, weil Sie so fragen.«

»Wie denn?«

»So genau.« Sie lächelte. »Ich hab Jura studiert und das Erste Staatsexamen gemacht. Das weitere Vorgehen ruht grad etwas wegen der beiden Jungs. Aber ich mach weiter, wenn die etwas älter sind und das mit der Betreuung klappt.«

»Das ist gut. Und Sie sind …?« Irmi sah sie fragend an.

»Kathrin. Kathrin Schmid.«

»Irmi, Irmi Mangold.« Irmi überlegte kurz. »Ich war früher in Garmisch tätig, und ich habe die Frau gekannt.« Und ich war heute schon mal hier, ergänzte sie innerlich.

»Echt? Oje! Die Frau war auch aus Garmisch, das stand bei allgaeunews.de. Schlimm, oder?«

Dass sie aus Garmisch gewesen war? Weil die Landschaft dort gefährlicher war? Weil man auch im Eibsee oder Ferchensee hätte einbrechen können? Oder weil Irmi die Frau gekannt hatte?

Kathrin merkte offenbar, dass ihre Äußerung etwas seltsam rübergekommen war. »Ich bin irgendwie durch«, erklärte sie müde.

Irmi nickte und zog dann ihr Handy heraus, in dem noch ein paar ihrer alten Visitenkarten steckten. »Da steht meine Handynummer drauf, falls Sie …« Ja, was eigentlich?

»Sie waren Hauptkommissarin. Mega.«

Ob »mega« der richtige Ausdruck war?

Oskar hatte die Gunst der Stunde genutzt, in der er unbeobachtet war, und war Richtung Parkplatz in ein kleines Wäldchen gesaust. Nun kam er angetobt, das Fell an den Pfoten mit Schneeklumpen behängt, im Maul einen Skistock, genau genommen einen eleganten Stock zum Langlaufen.

»Oskar! Den hast du aber keinem geklaut, oder?« Kathrin sah sich um. Ein Langläufer, der gerade vorbeizog, hatte jedenfalls zwei Stöcke, die er beidseitig in den Schnee hieb.

»Gib das her!« Der Hund ließ los, und Kathrin steckte den Stock in den Schnee. In diesem Moment begann Kaspar oder Jakob zu brüllen, ohne Vorwarnung und in beachtlicher Lautstärke. Der zweite Zwilling stimmte ein.

»Oje, ich muss weiter. Wiedersehen! Oskar, auf geht's!«

Der Hund ließ es sich nicht nehmen, Irmi noch mal anzuspringen, und folgte dann seiner Familie.

»Ciao, Kathrin«, rief Irmi.

Die junge Frau drehte sich kurz um und winkte.

Irmis Blick wanderte wieder zum Eisloch. Was ist passiert?, dachte sie. Du warst eine Winterfrau! Du bist doch nicht auf brüchiges Eis gegangen!

Der Stock, den Oskar apportiert hatte, steckte noch neben Irmi im Schnee. Sie sah sich um. Es war Nachmittag. Langläufer und Winterwanderer waren noch fröhlich unterwegs. Doch die Temperatur begann schon zu sinken, und bald würde sich die bitterkalte Nacht herabsenken. Der Himmel war klar, über dem Schnee regierten scharfe Minusgrade. Dabei hatte das alles ganz harmlos begonnen – in wohliger Wärme und mit Sieglinde.

2

Irmi betrachtete aufmerksam den Korb mit den Kartoffeln und las die kleinen Schiefertafel, auf der mit hübschen regelmäßigen Buchstaben geschrieben stand: Sieglinde, 1935, festkochend, Züchter: Friedrich Böhm aus dem Odenwald, Schale: glatt, gelb mit mitteltiefen Augen. Irmi lächelte in sich hinein. Sie hätte ihre eigenen Augen auch als mitteltief bezeichnet, wenn sie am Morgen leicht verquollen aufwachte. Und es war einfach reizend, dass Lissi in ihrem Hofladen den Produkten mit kleinen Erklärungstäfelchen eine Identität gab.

Auch Linda hatte eine kleine Schiefertafel bekommen. Der Sortenschutz der Knolle war nach dreißig Jahren abgelaufen, und der Lüneburger Züchtungskonzern Europlant hatte sie Ende 2004 von der Saatgutliste streichen lassen, weil diese Kartoffelsorte angeblich krankheitsanfällig sei. Was blanker Unsinn war. In Wahrheit wollte der Konzern, dass die Landwirte ab jetzt neuere, lizenzpflichtige Sorten von Europlant anbauten, statt die Linda lizenzfrei zu nutzen. Aber da hatte der Agrarriese nicht mit den Linda-Fans und der Initiative »Rettet die Linda« gerechnet. Am Ende kam die geliebte Knolle über Schottland zurück nach Deutschland. Und letztlich hatte der Linda-Krimi dazu beigetragen, dass verloren gegangenes Wissen um alte Kartoffelsorten wieder aus der Erde gebuddelt wurde.

Mit solchen Geschichten konnten Lissi und Luise ihre

Käufer unterhalten und an ihren Hofladen binden. Man kaufte eben nicht einfach ein Lebensmittel, sondern Geschichte und Geschichten. Schon seit geraumer Zeit ging Luise voll in ihrer Arbeit in Lissis neuem Hofladen auf. Er lief gut, eben weil die beiden Frauen nicht nur Herzblut, Fachwissen und eine ausgeklügelte Produktpalette zu bieten hatten, sondern auch empathisch waren und auf die Wünsche ihrer Kunden eingingen.

»Also, nach dreißig Sekunden solltest du wirklich mal was sagen«, meinte Lissi und riss Irmi aus ihren Gedanken.

»Hau schon raus!«, rief Luise ungeduldig.

»Na gut, dann neunzig«, sagte Irmi.

»Hundert«, tippte eine Frau, die Irmi vom Sehen kannte. Sie kaufte öfter bei Lissi ein.

»Ich schätze, hundertfünfzehn«, sagte der Hase.

»Streber!«, rief Luise. »Es sind hundertsiebzehn. Dann hast du gewonnen. Du bist am nächsten dran von allen, die heute gevotet haben. Und da wir gleich schließen, geht der Preis an dich.« Sie drückte Fridtjof eine Tafel Rapunzel-Bioschokolade in die Hand.

»Du bist wirklich ein Streber«, sagte Irmi. »Wie bist du darauf gekommen?«

»Im Korb befinden sich zehn Kilo. Zehn mittelgroße Kartoffeln wiegen etwa ein Kilo. Da sind aber auch kleinere darunter, daher meine Schätzung.«

»Pfft«, machte Irmi.

»In unserem kleinen Wettkampf hat Fridtjof gewonnen!«, triumphierte Luise. »Also muss Irmi eine Aufgabe lösen.«

Irmi stöhnte. Sie steckte mitteltief im Schlamassel. Warum war sie so vorlaut gewesen? Luise hatte ein Spiel erfunden, bei dem man jeden Freitag die Menge oder das Gewicht von Produkten aus dem Hofladen schätzen musste. Das Gewicht eines Riesenkürbis beispielsweise oder eben die Anzahl von Kartoffeln in einem Korb. Und Irmi hatte übermütig gemeint, sie werde auf jeden Fall besser sein als Fridtjof. Sie war schließlich das Landei. Fridtjof allerdings war ein begnadeter Koch, das hätte sie einkalkulieren sollen. Und sie hatten vereinbart, dass der Sieger dem Verlierer anschließend eine Aufgabe stellen durfte.

»Sag schon, Fridtjof, was muss Irmi nun machen?«, erkundigte ich Lissi grinsend.

»Ich singe nicht, und ich ziehe nichts Merkwürdiges an!«, rief Irmi.

»Du sollst auch nichts Merkwürdiges anziehen. Eher was Warmes«, meinte der Hase lächelnd. »Wir haben schon mal drüber gesprochen: Du wirst einen Skikurs machen.«

»Du spinnst!«

»Warum nicht? Wenn du ein paar zusammenhängende Kurven fahren könntest, könnten wir kleine Pistenskitouren machen. Nichts Großartiges, nur mal rauf aufs Hörnle zum Beispiel.«

Irmi starrte den Hasen an. Fridtjof war fitter als jeder Sneaker, fettlos und sehnig, ein Hochgebirgsfex. Das Hörnle kam ihr höher als jeder Andengipfel vor – insbesondere bei der Vorstellung, mit lästigen Ski an den Füßen da hochzulaufen. Wobei der schlimmere Teil allemal das Hinunter war.

»Ich bin fünfundsechzig!«, gab sie zu bedenken.

»Das macht doch nichts«, mischte sich die Frau ein, die

eben mitgeschätzt hatte. »Sie sehen jünger aus und wirken durchaus sportlich. Ich hatte schon ältere Kunden.«

»Was für Kunden?«

»Ich gebe Skikurse für erwachsene Wiedereinsteiger. Cordula Kühnlein heiße ich.«

Irmi starrte die Frau an, die auch so ein Hungerhaken war und so aussah, als laufe sie vor dem Frühstück einen Halbmarathon. »Ihr spinnt doch alle beide! Ich bin als Kind mit Gleitschuhen die Straße runter.« Sie fixierte die Skilehrerin. »Kennen Sie überhaupt noch Gleitschuhe?«

»Na klar, ich bin Ende fünfzig. Natürlich kenne ich Gleitschuhe.«

»Ich habe immer Rücklage bekommen, das ging mir alles viel zu schnell. Einmal hab ich mir den Hinterkopf aufgeschlagen. Dann habe ich Bernhards alte Ski probiert, mit so einer Ratschbindung. Wir haben uns selber eine Piste getreten, am Hang hinter unserem Hof. Da bin ich geradeaus gefahren und habe mich zum Bremsen in den Schnee geworfen. Ich bin keine Skifahrerin. Ich habe das nie gelernt, und mit etwa zwölf habe ich die stümperhaften Versuche auch ganz eingestellt, da hab ich mir dann nämlich auch noch den Arm gebrochen. Ich war beim Skitag in der Schule immer bei der Rodelgruppe dabei. Und bei uns war weder Zeit noch Geld für Liftkarten. Ich bin also keine Wiedereinsteigerin! Ich bin generell ungeeignet für Gleitsportarten. Und ich bin ein altes Weib, das seine Knochen gerne intakt lassen würde. Ihr wisst es: Bei alten Frauen ist der Oberschenkelhalsbruch der Anfang vom Ende!«

Luise lachte laut heraus. »Du redest, als wärst du achtzig plus!«

»Das Material ist heute auch ganz anders, und wenn es wirklich nur um Basics geht, dann haben Sie das schnell drauf.« Diese Cordula Kühnlein war Feuer und Flamme.

»Irmi wird ein Pistenflitzer! Großartig!«, rief Lissi.

»Niemals!«, konterte Irmi entschieden.

»Wettschulden sind Ehrenschulden«, behauptete Lissi übertrieben ernst. »Und du hast doch jetzt Zeit, da wäre es schön, wenn ihr, du und Fridtjof, was gemeinsam machen könntet.«

Lissis Worte schnitten mitteltief in Irmis Herz. Etwas gemeinsam machen? Sie und Fridtjof hatten gute Gespräche und gutes Essen, was ja angeblich der Sex des Alters war. Sie reisten bisweilen miteinander und hatten auch noch Sex, gelegentlich, bewusst, aber die Libido regierte wahrlich nicht ihre Tage. Und sonst? Fridtjof hatte seine Berge, die er rennend, radelnd oder mit Ski bezwang. Für Irmi in viel zu hoher Geschwindigkeit und mit einer bemerkenswerten Kondition und Expertise, die sie nie mehr erreichen konnte. Fridtjof hatte ihr nie vermittelt, dass er ihre Anwesenheit beim Sport vermissen würde. Wieso schlug er jetzt die Skitouren vor? Weil er spürte, dass Irmi haderte?

In der Tat hatte sie sich das Ausscheiden aus dem Beruf leichter vorgestellt. Ihr fehlte der Rhythmus, der Fokus, sie war noch nicht so recht angekommen im Rentnerleben. Der Tag war so lang, wenn man nicht mehr zur Arbeit ging. Alles, was sie früher nebenher gemacht hatte, schnell und doch effizient – das sollte nun ihren Tagesablauf bestimmen? Sie gabelte Luises Eseln und Mulis das Heu in Zeitlupe hin, machte hübsche Häufchen und schnitt Karotten zierlich klein. Sie verwandte viel mehr Zeit aufs Einräumen der Spülmaschine, das Wäscheaufhängen, das Putzen, und sie hatte sogar schon ihre T-Shirts und Pullover der Farbe nach sortiert. Das war doch der Anfang vom Ende! Und natürlich wusste sie, dass nicht nur Fridtjof, sondern auch Luise und Lissi sie besorgt beäugten. Die drei waren der Meinung, sie solle sich ein Hobby suchen, eine Sprache lernen oder eben eine neue Sportart.

Doch war das wirklich so einfach? Irmi hatte in ihrem Leben nie zwischen Beruf und Freizeit getrennt. Sie hatte ihre Fälle mit nach Hause genommen, was sie aber nie als Pein empfunden hatte. Schließlich hatte sie ihren Kopf, der ein Rätsel lösen wollte, nicht einfach an- und ausknipsen können. Und umgekehrt hatte sie ihre Persönlichkeit, die von ihrer klaren bäuerlichen Kindheit geprägt war, mit zu den Kollegen genommen und Ruhe in den Haufen gebracht. Aber nun fehlte ein großer Teil.

Da Irmi wohl etwas zu lange geschwiegen hatte, meinte Luise: »Na ja, wenn Irmi so gar nicht will, hat das wenig Sinn.«

»Wie wäre es mit einem Kompromiss?«, schlug die Skilehrerin vor. »Sie probiert das mal einen halben Tag, und wenn es ihr gar keinen Spaß macht, brechen wir ab?«

Alle sahen sie an. Das war ja lächerlich! Und dieses Reden in der dritten Person. Als wäre sie gar nicht da!

»Also gut. Wettschulden sind Ehrenschulden. Ich probiere das aus«, sagte Irmi. »Aber eins sage ich euch gleich: Ich werde mit Sicherheit nicht in Garmisch rumrutschen! Da kennt mich ja jeder und jede. Und ich fahre auch nicht stundenlang an den A… der Winterwelt irgendwo in den Alpen, dass das klar ist.«

»Kein Problem, ich hätte sowieso die Gegend rund um Jungholz vorgeschlagen«, sagte Cordula Kühnlein. »Kennen Sie Jungholz in Tirol?«

»Nur vom Namen her«, gab Irmi zu.

»Der Ort liegt im Allgäu und ist nur über den Gipfel des Sorgschrofens mit Tirol verbunden, also eine österreichische Enklave«, erklärte der Hase. »Wer hat schon einen Hausberg, auf dessen Gipfel die Grenzlinien von je zwei deutschen und österreichischen Gemeinden zusammentreffen? Auf dem Gipfel des Sorgschrofens treffen sich die Grenzlinien von Bad Hindelang, Pfronten, Jungholz und Schattwald im Tannheimer Tal.« Er lächelte die Skilehrerin an. »Sehr einzigartig, gute Wahl von Ihnen.«

»Wärt ihr einverstanden, wenn wir alle Du sagen?«, fragte Cordula Kühnlein. »Ich bin die Coci.«

»Spätestens beim Skikurs wären wir ja allemal per Du, oder?«, erwiderte der Hase lächelnd.

»Na gut.« Irmi nickte zustimmend.

»Am Sonntag würde ein Kurs beginnen«, fuhr Coci fort. »Komm doch am ersten Tag dazu, Irmi, und wenn es dir taugt, dann bleibst du, und wenn nicht, dann sind deine Wettschulden damit beglichen.«

»Ich hab aber keine Skiklamotten und erst recht keine Schuhe«, gab Irmi zu bedenken.

»Eine Wintertrekkinghose tut's auch. Und vielleicht irgendein Anorak. Drunter ziehst du einfach ein warmes Fleece. Skischuhe, Helm und Ski gibt es im Verleih. Alles kein Problem!«

»Ich hab eine tolle Skijacke für dich«, sagte Luise.

»Die ist aber knatschorange!«

»Dann sieht man dich oder denkt, du bist von der Pistenwacht«, meinte Luise grinsend.

»Eher von der Straßenwacht. Echt, Leute!«

»Das Outfit sollte nicht das Problem sein«, sagte der Hase. »Und zur Einstimmung in den Wintersport, liebe Irmi, könntest du uns morgen schon mal anfeuern!«

»Wen soll ich anfeuern?«

»Wir haben eine Mannschaft für die Internationalen Offenen Polizeiskimeisterschaften gemeldet.«

»Was? Und wer ist wir?«

»Sailer, Sepp, Margit, Hansi, Andrea und meine Wenigkeit.«

»Für ein Skirennen?«

»Riesenslalom.«

Luise staunte. »Ich dachte, du fährst nicht alpin, sondern nur Langlauf und Touren?«

»Für das Team opfere ich mich auf«, entgegnete der Hase. »Sailer leiht mir das nötige Equipment, ich habe auch schon trainiert. Wir werden morgen am Garmischer Hausberg mit ein paar anderen deutschen Teams und ein paar Österreichern eine Art Vorwettbewerb fahren. Einen Freundschaftscup. Zur offiziellen Meisterschaft kommen dann auch Teilnehmer aus der Schweiz, Österreich, Italien, Liechtenstein, sogar der Slowakei, Tschechien und aus Polen.«

»Das ist euer Ernst?«, fragte Irmi ungläubig.

»Klar, wir müssen dem Rest der Welt doch mal zeigen, dass wir am Fuße des höchsten Berges der Republik auch was können. Und wir haben durchaus ein paar Wunderwaffen dabei. Andrea hat als Jugendliche einige Kreiscuprennen gewonnen, und Sailer fährt fast wie Odermatt.«

»Wer ist Odermatt?«

Coci grinste. »Ein Schweizer Gott auf Ski. Ich würde auch mitkommen, als Fanbase, wenn ihr mögt?«

»Na klar, wir brauchen Jubelchöre«, versicherte der Hase.

»Und Kathi?«, fragte Irmi. »Macht die auch mit?«

Der Hase lachte. »Hast du Kathi jemals Sport machen sehen? Mal abgesehen von ihrem Zigaretten-Hochgeschwindigkeitsdrehen?«

Irmi lächelte, und eine Welle der Melancholie überschwappte sie. Die anderen lebten weiter ohne sie, und das war gut so. Natürlich. Es war immer noch keine Entscheidung gefallen, wer Irmis Posten übernehmen würde. Kathi wohl eher nicht. Es gab Spekulationen und Ängste, dass man ihnen jemanden vor die Nase setzen würde, der oder die gar nicht ins Team passte. Aus dem Schwäbischen, aus Franken oder im schlimmsten Fall aus München.

Sie tranken noch einen Bio-Prosecco, den der Hase sogar lobte. Seiner Ansicht nach hatten viele Biowinzer Probleme damit, gute Weine zu machen. Dann verabschiedete Fridtjof sich mit einer lässigen Handbewegung in die Runde und mit einem Küsschen für Irmi.

»Fescher Typ. Ist das deiner?«, fragte Coci, als der Hase verschwunden war.

»Gewissermaßen«, erwiderte Irmi.

»Dann sehen wir uns morgen. Ciao, ich freu mich!«

Die drei verbliebenen Damen sahen Coci nach.

»Hat ja eine ganz schöne Power, diese Frau«, meinte Lissi nach einer Weile. »Sie war ein paarmal hier, ich hab rausgehört, dass sie noch gar nicht so lange in Garmisch wohnt.«

»Hmm«, machte Irmi und sah sich schon mit dieser

Powerfrau die Hänge hinunterpurzeln und in Gletscherspalten fallen. Aber da half ja dann der orange Anorak, sie zu finden.

Als sie am nächsten Morgen erwachte, hielt sich Irmis Lust in Grenzen, beim Skirennen zuzuschauen. Sie wusste, dass das lange Herumstehen ihren alten Bandscheiben nicht gefiel. Aber sie hatte es dem Hasen versprochen, und Luise war ganz aufgeräumt. Sie hatte nachrecherchiert und wusste zu berichten, dass beim offiziellen Wettkampf die drei schnellsten Männer und die schnellste Frau ermittelt werden sollten. Für den Vorwettkampf war dieses Reglement übernommen worden.

Auf den Straßen war viel Verkehr. Es war Samstag, und halb München strebte den Alpen zu. Auf dem Parkplatz gab es Extraplätze für die Polizei-Skifahrer. Eine sehr junge Anwärterin wies sie ein, und Irmi fragte sich, ob das nicht womöglich Kinderarbeit sei und ob man dem Mädel nicht etwas zu essen holen sollte, so dünn war das Ding. Der Lauf sollte sich im unteren Bereich der Talabfahrt stattfinden. Es war ordentlich was los. Und obwohl das Ganze doch vor allem dem Spaß und dann dem Après-Ski in einem extra dafür aufgestellten Zelt dienen sollte, war schnell spürbar, dass einige die Sache sehr ernst nahmen. Ein junger Mann herrschte gerade einen anderen an, dass er »falsch wachseln« würde. Ein paar Frauen hatten ein Bettlaken zwischen sich gespannt mit der Aufschrift: *Fellhorn-Recken – schneller um die Stecken!* Aus der Ferne sah Irmi den Hasen winken, und ein Stück entfernt stand Sailer und redete auf Andrea ein. Beide sahen aus, als ginge es um einen zweiten Lauf bei den

Olympischen Winterspielen, bei denen sie sich Medaillenchancen ausrechneten.

»Da sind Leute aus mehreren PIs in Bayern und Baden-Württemberg gekommen«, wusste die perfekt vorbereitete Luise.

Und plötzlich tippte Irmi jemand auf die Schulter. Es war Lars, Andreas langjähriger Fernbeziehungsfreund aus Velbert.

»Lars, was machst du denn hier? Bist du extra zum Anfeuern angereist?«

Er lachte. »Na klar, ich werde Andrea schon anfeuern, aber eigentlich bin ich mit unserem Skiteam aus NRW hier, um gegen die Südmächte anzutreten.«

»Fährst du auch?«

»Nein, ich bin als Organisator, PR-Fuzzi und Wurstbrötchen-Verteiler dabei. Und ich hab den Kleinbus gefahren, einer muss ja nüchtern bleiben. Ich muss leider weiter! Bis später, Irmi!«, rief er und drehte sich im Gehen noch mal um. »Du siehst gut aus, richtig erholt.«

Ja, sie war jetzt schon so erholt und so unterbeschäftigt, dass sie sich freiwillig an einen Berg stellte. Lars, wenn du wüsstest ... Ihr Blick schweifte weiter umher. Sogar ein Fernsehteam aus Tirol war gekommen und außerdem Journalisten vom *Tagblatt* und der *Tiroler Tageszeitung*.

Die Ersten starteten, und Ski fahren konnten die alle. Zumindest für Irmis laienhaftes Auge sah das richtig gut aus. Doch was dann folgte, war der Hammer! Auch wenn Irmi diesen göttlichen Odermatt nicht kannte – Sailer schoss durch die Tore, dass es wie aus einer anderen Liga wirkte, extrem professionell. Am Ende erreichte er eine

Spitzenzeit und erntete tosenden Applaus. Zugleich wurden Irmis Zweifel immer größer. Sie verfluchte sich für die Zusage zum Skikurs, das würde sie nie mehr lernen.

Kathi war aufgetaucht und grinste Irmi an. »Sailer ist der Knüller, oder? Beim nächsten Mal machst du auch mit, Irmi!«

»Never ever!«

Sie blickten wieder auf den Hang.

»Der Hase startet! Go, Fridtjof!«, brüllte Kathi und ließ ihre Ratsche knattern.

»Boah, Kathi, da krieg ich ja einen Hörsturz!«

Auch der Hase machte das sehr gut, womöglich nicht mit dieser letzten Konsequenz wie Sailer, und er fuhr nicht so dicht an die Tore ran, aber es sah elegant aus.

Fridtjof war etwa in der Mitte des Kurses, als in den Zielraum vier Menschen liefen. Je zwei von ihnen hatten ein Transparent zwischen sich aufgespannt. *Dümmer, als die Polizei erlaubt – Cops sind Klimakiller!*, stand auf dem einen und auf dem anderen: *Skigebiete unter 2000 Metern gehören polizeilich verboten!* Zwei weitere junge Leute sprühten ein riesiges Ausrufezeichen in den Schnee.

Der Hase, der soeben unter dem Zielbanner durchfuhr, geriet in Bedrängnis, konnte nicht mehr bremsen oder ausweichen und rutschte einem der Transparentträger in die Hacken. Ein Menschenknäuel entstand. Irmi war wie erstarrt.

»Ist denn keine Polizei hier?«, brüllte ein Mann neben ihr.

Irmi bekam einen kleinen Hustenanfall, der wie ein Weckruf war. Es war jede Menge Polizei da – regional, national und auch international, dank der Tiroler. Es kamen zwei Sanitäter angelaufen und von irgendwoher eine Frau mit einer pinkfarbenen Mütze. Sie riss eines der Banner herunter, brüllte den Träger an und begann ihn zu schütteln.

Irmi fühlte sich wie in einer Zeitkapsel gefangen. Da vorne war Tumult, und sie klebte mit ihren Hacken irgendwie im Schnee. Als sie sah, dass der Hase immer noch auf dem Boden lag, lief auch sie los. Im Näherkommen stellte sie fest, dass die Pink-Bemützte Coci war.

Sailer, der noch seine Skistiefel trug und im Zielraum seinen Kollegen hatte anfeuern wollen, hatte Coci mittlerweile von dem jungen Mann getrennt und hielt sie fest. Irmi warf ihm einen kurzen Blick zu und rannte zum Hasen. Er und ein weiterer junger Mann entknoteten sich gerade aus einem Gewirr aus Ski, Stöcken und dem Transparent.

»Himmel, Fridtjof, ist dir was passiert?«

»Zur Feststellung müsste ich erst mal hochkommen«, meinte er trocken.

Irmi schluckte. Wenn sie ihr Knie so verdreht hätte, wären mit Sicherheit sämtliche Bänder gerissen und hätten ihren Meniskus in den Orbit geschleudert. Einer der Sanitäter löste die Skibindung.

»Warum ist die nicht aufgegangen?«, fragte Irmi mit etwas zittriger Stimme.

»Die war im Rennmodus. Normalerweise stürze ich nicht«, erklärte der Hase lächelnd und konnte immerhin aufstehen.

»Und?«, fragte der Sanitäter.

»Alles noch dran, glaube ich.« Der Hase rollte seine Hose

nach oben, was seine sehnigen Waden und ein sehr schmales spitzes Knie in den Blick rückte.

»Scheint nichts gerissen zu sein, aber ich würde doch Röntgen und Ultraschall empfehlen«, meinte der Sanitäter.

»Mach ich, ist wohl nur ein bisschen überspannt«, sagte der Hase.

»Kommen Sie mit zum Wagen. Ich mach mal einen Eisbeutel drauf«, schlug der Sanitäter vor. »Geht das?«

Der Hase nickte und humpelte davon. Im Gehen drehte er sich noch mal um und fixierte den jungen Mann mit dem Blick. »Apropos überspannt – was Sie hier veranstalten, ist auch etwas überspannt.«

»Das ist gefährlich und fahrlässig!«, rief Irmi.

»Nur wenn wir plakativ agieren, werden wir gehört«, erklärte der junge Mann, wirkte aber nicht restlos überzeugt.

Coci, die sich offenbar aus Sailers Griff entwunden hatte, kam angelaufen. »Diese Idioten haben schon im November 2023 in Gurgl einen Tumult heraufbeschworen. Der Norweger Kristoffersen hatte recht, als er auf die losgegangen ist. Und weil das im Weltcup nicht so gut ankam, werfen sie sich jetzt auf die Amateure. Auf ein harmloses Rennen der Polizei! Ja, warum kleben die denn momentan nirgendwo? Kann ich euch sagen! Es ist denen zu kalt.« Sie sah den jungen Mann direkt an. »Und außerdem habt ihr Deppen ja nun das Kapitel des Klebens und der Straßenblockaden beendet.«

»Wir werden dafür verstärkt an Orten der fossilen Zerstörung auftauchen!«, ätzte der junge Mann zurück.

»Das ist eine Skipiste! Keine Ölpipeline, kein Flughafen

oder das Betriebsgelände von RWE! Tickt ihr noch richtig? Ihr dürft sowieso …«

Sailer unterbrach das Ganze, indem er den jungen Mann zur Seite schob. Kathi sah erst Sailer, dann Coci interessiert und leicht verwundert an. Sie schien zu begreifen, dass sie soeben ihre Meisterin getroffen hatte. Verglichen mit Coci war Kathi ein Waisenkind im Ausrasten.

»Können Sie sich ausweisen?«, wandte sie sich an Coci.

»Cordula Kühnlein. Diese Pfosten! Diese …«

»Frau Kühnlein.« Kathis Stimme gewann an Schärfe. »Das mag alles Ihre Meinung sein, aber Sie können trotzdem nicht einfach eine Person attackieren. Wenn diese Person Anzeige erstattet, dann …«

»*Ich* erstatte hier Anzeige! Und zwar wegen Nötigung. Der Veranstalter des Renntags sollte Anzeige erstatten wegen Hausfriedensbruch.«

»Zielraum-Friedensbruch«, warf Kathi trocken ein.

»Und Fridtjof sollte Anzeige erstatten! Wie geht es ihm, Irmi?«, fragte Coci.

»Gut, er hat sich ein wenig das Knie verdreht, aber es scheint nichts Gravierendes zu sein. Er wird das röntgen lassen.«

»Ich drücke ihm die Daumen. Ich wünsche ihm so sehr, dass es nur eine Prellung ist.« Coci atmete durch. »Diese Idioten! Diese Letzte Generation ist wirklich das Letzte. Extinction Rebellion hat es vorgemacht, und jetzt reden die hier auch von gewaltlosem zivilem Ungehorsam? Ich sag das gern noch mal: Das erfüllt den Straftatbestand der Nötigung, und Robin Hood sind die auch nicht! Die werden doch finanziert und unterstützt von einem breiten Bündnis, auf der Synode der evangelischen Kirche wurde eine Klimakleberin sogar mit *standing ovations* gefeiert. Die wollen einen Weltenumsturz mit Greta als Präsidentin. Wobei die ja jetzt Palästinenserin ist, ob das geht für den Posten? Die ist ja irgendwie weg vom Fenster.«

Kathi gluckste leicht und gab sich dann sehr staatstragend: »Frau Kühnlein, Sie scheinen ja hier bekannt zu sein.« Sie warf Irmi einen Blick zu. »Und jetzt verhalten Sie sich mal ganz stad.«

Coci nickte und schwieg. Es verwirrte Irmi immer mehr, welche Bandbreite in den Emotionen dieser Frau lag. Ihr Mitgefühl für Fridtjof war wirklich tief empfunden gewesen – und dann hatte sie auf Attacke geschaltet. Binnen Sekunden. Sie war keine Dramaqueen, sie taktierte nicht. Sie war pur.

»Das wird ein Nachspiel haben, Coci«, sagte Irmi. »Aber wir sollten jetzt mal den Zielraum freigeben. Dann kann der Wettkampf weitergehen.« Kaum hatte sie den Mund geschlossen, fiel ihr auf, dass sie solche Sätze nicht mehr zu sagen hatte.

»Fridtjofs Lauf müsste auch wiederholt werden, das war ja nicht gerecht. Er war beeinträchtigt!«, schob Coci nach.

»Coci, wir sind nicht bei Olympia, und sein Knie hat sowieso grad mal Pause«, sagte Irmi.

»Trotzdem! Hier auf der Piste, wo gerade die Menschen Freude haben sollten, die sonst das ganze Jahr den Kopf hinhalten müssen für ebensolche Kleber! Wenn die Klimakleber sich vor den Bundestag setzen oder zu Habeck in den Heizungskeller oder vor Konzerne, die klimaschädlich produzieren, von mir aus. Geschenkt! Aber Kunstwerke von

Künstlern, die seit Jahrhunderten tot sind, zu zerstören, das ist doch krank.«

»Sie haben jetzt dennoch Pause«, donnerte Kathi dazwischen. »Lautstärke runter! Hirn rein! Wir nehmen jetzt mal Ihre Personalien auf. Das weitere Vorgehen wird davon abhängen, ob es zu Anzeigen kommt.«

Coci schwieg tatsächlich. Irmi musste in sich hineingrinsen. Wie sich die Rollen veränderten, wenn man wie Kathi nun den Job der Spaßbremse ausfüllen musste und keine ausgleichende Irmi mehr an seiner Seite hatte. So betrachtet, hatte es doch auch Vorteile, frei zu sein, dachte Irmi.

Sie folgte Kathi und Coci, vorbei an dem jungen Mann, den die Skilehrerin vorher so angegangen war. Irmi hörte, wie Coci im Vorübergehen zischte: »Das war längst nicht alles, du Bürschlein.« Seine Antwort kam ebenso zischend zurück: »Sei bloß vorsichtig, Alte.« Die Aggression flirrte regelrecht über dem Schnee. Irmi konnte ihr eigenes Gefühl gar nicht so recht einordnen und ging zum Rettungswagen, wo der Hase mit einem royalblauen Eisbeutel auf dem Knie saß.

»Alles gut, das wird schon wieder«, versicherte er.

»Hoffentlich!« Irmi kniff die Augen zusammen. Wegen der Sonne, aber auch weil diese ganze Situation sie stresste. »Schon eigen, wie diese Cordula abgeht.«

»Manche Menschen fühlen sich leider sehr schnell eingeschränkt und ungerecht behandelt. Je höher der Druck, desto schneller knallt es. Das ist wie bei Hunden. Manche haben eine extrem hohe Reizschwelle und brauchen lange, bis bei ihnen der Kessel explodiert, und bei anderen reicht schon ein winziger Anlass. Sie scheint schnell hochzukochen.«

»Aber sie ist andererseits wirklich empathisch.«

»Du wirst sie ja im Skikurs besser kennenlernen«, meinte der Hase. »Ich hoffe, das ist eine Situation, in der die Empathie die Oberhand hat.«

»Oder es wird ein sehr explosiver Kurs. Ich fahr dich jetzt mal in die Ambulanz, und du widersprichst nicht, sonst explodiert mein Kessel!«

Am Ende stützten die Untersuchungen in der Klinik die bisherigen Vermutungen. Es war nichts gebrochen oder gerissen, aber es war eine Bänderdehnung, und dem Hasen wurde empfohlen, nach der PECH-Regel zu verfahren: P wie Pause, E wie Eis, C wie Compression und H wie Hochlagern. Das C hatte bereits ein Verband erledigt.

Fridtjof gab sich fröhlich, wobei Irmi wusste, wie sehr es ihn traf. Der Sportjunkie war auf Eis gelegt. Als sie wieder zu Hause bei Irmi ankamen, hatte Luise zur Aufheiterung ein indisches Gericht gekocht. Der Hase wurde von ihr in einen Sessel platziert, der das H gewährleistete. Als sie ihm dann aber einen Tee statt Wein andrehen wollte, war es vorbei mit seiner Contenance.

»Ich liege nicht im Sterben«, sagte er entschieden, und Irmi kredenzte stattdessen einen Sauvignon blanc vom Lieblingsweingut Gründl in der Südsteiermark.

Plötzlich klopfte es an der Tür. Luise runzelte die Stirn und ging in den Flur hinaus, um zu öffnen. Man hörte eine Stimme, dann kamen Schritte näher. Die Besucherin war Coci.

»Entschuldigt die Störung, aber ich wollte nur wissen, wie es geht. Und mich entschuldigen. Tut mir sehr leid.«

»Na ja«, sagte der Hase, »du standest ja nicht in meiner Einfallschneise, das war dieser junge Mann.«

»Ja schon, trotzdem. Das war unangemessen von mir.«

»Wie ist denn die Lage? Erstattet irgendwer Anzeige?«, fragte Irmi.

»Nein. Deine Ex-Kollegin hat mir noch eine gepfefferte Ansage gemacht und mich gebeten, subito aus ihrem Gesichtskreis zu verschwinden.«

»Unsere Kathi«, bemerkte der Hase grinsend. »Setz dich doch, magst du noch was essen?«

»Ich will echt nicht, ich …«

»Setzen!«, kam es von Luise. Wenig später stand eine Schale mit indischem Gemüse und selbst gemachtem Käse vor ihr auf dem Tisch.

»Wahnsinnig lecker!«, sagte Coci, nachdem sie probiert hatte.

»Danke«, entgegnete Luise. »Manchen ist es zu scharf.«

»Mir nicht.«

»Du bist ja generell nicht so die Lasche«, meinte Luise grinsend. »Sorry!«, schob sie gleich hinterher.

»Schon gut, ja, ich weiß, aber das ist eben ein Thema, das mich wirklich aufregt.«

Neben welchen anderen Themen wohl noch?, überlegte Irmi.

»Man kann nicht alle unter Generalverdacht stellen. Wintersport gilt als nicht mehr zeitgemäß, aber aus Großstädten heraus ruft man auch leichter. Der Wunsch der Einheimischen, zu denen auch die Liftbetreiber und deren Familien gehören, ist es, weiterhin in ihren Bergtälern ein gutes Leben führen zu können.«

Irmi, Luise und der Hase sahen sie interessiert an. Etwas in ihrer Stimme hatte sich verändert, war eindringlich geworden und auch ernsthafter.

»Schaut her, alle reden von Nachhaltigkeit, meinen aber immer nur die ökologische Nachhaltigkeit«, fuhr Coci fort. »Ohne Spuren jeglicher Art wird es nicht möglich sein, in den Bergen zu leben. Tourismusorte und Skigebiete sind bis auf ganz wenige Retortenorte das ganze Jahr über bewohnt, die Einheimischen wollen doch am wenigsten ihren Lebensraum verlieren! Nachhaltigkeit meint auch eine ökonomische Dimension, die Möglichkeit, weiterhin in den Bergen unternehmerisch tätig sein zu können, ob als Liftbetreiber, Gastwirt, Skilehrerin, Handwerker, Kaufmann oder Lehrerin in der Schule. Soziale Nachhaltigkeit bezieht sich auf das Gedeihen der zivilen Gesellschaft vor Ort! Es gibt einige Seilbahngesellschaften, die als größter Arbeitgeber der Gegend auch Aufgaben übernehmen, die eigentlich Sache der öffentlichen Hand wären. Weil die Gemeinden so abgelegen sind, können diese Angelegenheiten von der öffentlichen Hand oft kaum oder gar nicht wahrgenommen werden.«

»Hast du da ein Beispiel?«, fragte Luise.

»Ja, klar, in Arabba zum Beispiel will die Liftgesellschaft eine Kita finanzieren, eigene Maschinen und Personal für die Straßenräumung im Winter zur Verfügung stellen und den Schülertransport unterstützen. Damit kann man die Leute vor Ort halten. Oder wollt ihr wie nach dem Zweiten Weltkrieg eine arbeitsbedingte Migration in die Großstädte?«

»Könnte man nicht trotzdem auf das Skifahren verzichten?«, meinte Luise. »Auf das Beschneien? Diesen ganzen Kram? Man kann ja trotzdem nett im Winter urlauben.«

Cocis Blick besagte, dass man eher auf Essen, Trinken oder Sex verzichten konnte. »Schneeschuhwandern ist ja nett, Winterwandern auch, aber das rockt nicht! Es geht nicht zuletzt darum, junge Menschen an diesen Sport zu binden. Er bietet frische Luft, Bewegungskoordination, aber auch Spaß und eine gewisse Geschwindigkeit, ein Team in einem Skiclub und erfordert die Disziplin, auch mal früh aufzustehen – all das vereint der Skisport.«

Da war Feuer in ihren Worten. Coci war eine gute Anwältin des Skisports, fand Irmi und hätte diese Frau sofort in eine Talkshow eingeladen.

»Geht's nicht bloß ums Saufen auf der Hütte?«, provozierte Luise.

»Da muss ich Coci beispringen«, sagte der Hase. »Die Sauf-Skiclubs dominieren nur in ein paar wenigen Alpen-Ballermännern. Die meisten Menschen genießen die Kombination aus Bewegung, frischer Luft und einer grandiosen Landschaft. Coci hat schon recht: Die Kids kriegst du nicht mit Winterwanderungen.«

Irmi wusste, dass Fridtjofs verstorbener Sohn auch ein begeistertes Mitglied des Skiclubs Garmisch und ziemlich erfolgreich gewesen war. Womöglich hätte eines Tages ein großer Skiläufer aus ihm werden können.

»Ich habe Freunde auf der Bettmeralp im Wallis«, fuhr der Hase fort, und Irmi fiel wieder ein, dass er ihr mal davon erzählt hatte. »Dort können Kinder und Jugendliche bis sechzehn Jahre während des gesamten Winters jeweils am Samstag in der Aletsch Arena kostenlos Ski fahren. Außerdem bekommen sie zwanzig Prozent Rabatt auf die Anreise mit dem Zug ab einem beliebigen Schweizer Bahnhof. Die verbilligte Zuganreise gilt auch für Eltern oder andere Begleitpersonen. Natürlich ist das Projekt nicht aus reinem Gutmenschentum entstanden. Der Samstag wurde deshalb gewählt, weil das meist der An- und Abreisetag der Gäste ist. Jetzt ist samstags Platz für die Locals. Die Restaurantbesitzer freut das: Die Wertschöpfung ist an Samstagen inzwischen höher als an Sonntagen. Wer für den Skipass nichts zahlt, kehrt eher ein und lässt das Butterbrot daheim!«

»Genauso ist es – und wieder geht es um die ökonomische und soziale Nachhaltigkeit«, bemerkte Coci. »Dazu habe ich letztes Jahr eine Geschichte geschrieben. Wir müssen bei der Diskussion um die Zukunft der Alpen seriös argumentieren und Polemik vermeiden. Wintersport ist im Grundsatz ein sauberer Sport. Beim CO_2-Footprint eines Skiferiengastes entfallen 38 Prozent auf die An- und Abreise, 58 Prozent auf die Beherbergung und nur 4 Prozent auf Aktivitäten wie die Nutzung der Bergbahnen und der beschneiten Pisten.« Sie holte Luft und sah Luise an. »Seilbahnen Schweiz hat aufgezeigt, dass alle Bergbahnen zusammengerechnet nur null Komma drei Prozent des Stromverbrauches in der Schweiz ausmachen, andererseits aber eine Wertschöpfung von rund sechs Milliarden in den Wintermonaten generieren. Mit einer Schließung der Bergbahnen werden allfällige Krisen jedenfalls nicht gelöst.«

Sie hatte eine Geschichte geschrieben?, fragte sich Irmi. Ob sie Journalistin war und nicht nur Skilehrerin? Da Coci sich nicht weiter erklärte, fragte Irmi nicht nach. Sie würden sich ja ab morgen ohnehin länger sehen. Sofern Irmi es sich nicht doch noch anders überlegte, denn sie hatte jetzt schon Bammel.

»Das stimmt«, meinte der Hase. »Die Zukunft liegt in einem Zusammenspiel von einer Anreise mit dem Zug und energieeffizienten Seilbahnen vor Ort, die am besten per regional erzeugtem Strom betrieben werden. Viele Täler mit Skigebieten haben schon Kleinkraftwerke, alles initiiert durch die Liftgesellschaft. Skisport bringt und erhält Leben in Tälern, in denen außer ein bisschen Milchwirtschaft und Sägewerken wenig geht. Es gibt alpenweit schon tolle Beispiele, und da ist noch viel Luft nach oben.«

»Du meinst aber nicht, dass wir jedes Skigebiet auf sechshundert Metern Höhe werden halten können und auf Teufel komm raus Zahnpastabänder in die grüne Landschaft schneien sollen, oder?«, erwiderte Luise.

»Nein, das will er nicht und ich auch nicht«, meinte Coci. »Und schon sind wir wieder bei der Polemik. Kaum jemand betrachtet das Ganze differenziert. Natürlich gibt es keine One-fits-all-Strategie! Aber das ist in dieser Welt ja generell das Problem. Nur noch Schwarz oder Weiß!«

»Nehmt mein geliebtes Jungholz! Sie sind insolvent. Corona, ein Winter mit nur 66 Skitagen, Liftanlagen, die eben nur im Winter genutzt werden – da gerät man schnell in Schieflage. Wenn da einer investiert, dann wird es um ein neues Gesamtkonzept gehen.«

Sie sah Irmi an. »Weil in Jungholz diesen Winter die Lifte stillstehen, werden wir dort zwar wohnen, aber primär am Oberjoch Ski fahren. Wird dir gefallen.«

Das bezweifelte Irmi.

Ablenkung kam von Irmis Kater, der elegant mitten auf dem Tisch landete und sich in den leeren Brotkorb setzte.

Von dort aus betrachtete er Coci aus seinen grünen Katzenaugen.

»Hi, wer bist du denn?«, fragte die.

»Das ist der Kater, und zwar der große«, erklärte Irmi. »Sag mal, spinnst du, Kater?«

Auf so eine dumme Frage gab ein grünäugiger Kater natürlich keine Antwort.

»Mittelpunkt, wem Mittelpunkt gebührt«, bemerkte Coci und erwiderte den Blick des Katers.

Irmi hatte den Eindruck, als gäbe es schon jetzt ein besonderes Band zwischen den beiden. Sie sparte sich die üblichen Tierhaltersätze wie: »Das macht er sonst nie«, auch wenn es in diesem Fall stimmte, denn der Kater pflegte fremde Menschen zu meiden.

»Ein schöner Kerl«, fand Coci.

»Es gab mal zwei, den Kleinen und den Großen. Der Kleine war jünger, ist aber verstorben.« Irmi schluckte.

»Dann braucht ihr einen neuen oder zwei«, meinte Coci. »Katzen kann man doch nie genug haben. Und solange man sie alle noch beim Namen kennt, sind es nicht zu viele. Ihr habt doch viel Platz. Ein wahres Katzenparadies.« Sie lachte.

»Und gerade weil hier genug Platz ist, müsste der Pelzdepp nicht im Brotkorb sitzen!«, schimpfte Luise. So tierlieb sie ansonsten war, fand sie doch, dass Katzen nicht auf den Esstisch gehörten. Irmi und Bernhard hatten die Erziehung in der Hinsicht eher immer schleifen lassen. Die

Kater hatten immer mal etwas von Bernhards Schinken abbekommen.

Auch wenn ihr Bruder Bernhard nun schon länger in Ungarn lebte, fehlte er Irmi. In solchen Momenten der Erinnerung schoss ein jäher Schmerz ein. Sie waren einfach einen so langen Weg zusammen gegangen.

»Hast du auch Katzen?«, fragte sie Coci.

»Zwei, Virginia und Woolf.«

Der Hase lächelte. »Wahrlich große Namen – von einer Frau, die wahrscheinlich eine bipolare Störung hatte, von mindestens einem ihrer Halbbrüder missbraucht wurde, die nach dem Heiratsantrag einen depressiven Schub erlitt und sich am Ende in einem Fluss ertränkte.«

»Du bist gut«, sagte Coci bewundernd. »Ich beschäftige mich gerade mit Frauenbiografien. Die interessantesten Geschichten sind die von jenen Frauen, die noch im 19. Jahrhundert geboren wurden und dann in ein Leben voller Umbrüche und Kriege geworfen wurden. Und der Dreadnought-Streich ist unerreicht.«

»Der was?«, fragte Luise.

»Der Streich ist nach dem Kriegsschiff HMS Dreadnought benannt«, mischte sich der Hase ein. »Eine Gruppe, zu der auch Virginia und ihr Bruder Adrian gehörten, reisten mit einem erfolgreich gefälschten Telegramm in orientalischer Verkleidung und mit angeklebten Bärten an, um als angebliche Delegation von vier fürstlichen Diplomaten aus Abessinien das streng geheime Kriegsschiff zu besichtigen. Ich glaube, die Kapelle spielte zu ihren Ehren sogar die Nationalhymne von Sansibar, weil man die abessinische nicht kannte. Ein Foto des Empfangs schickten sie dann dem *Daily Mirror*, der es veröffentlichte. Eine ungeheuerliche Verspottung des Empire.«

Luise gab ein »Pfft« von sich, während Irmi den Hasen betrachtete. Solch einen intellektuellen Austausch liebte er – den sie ihm nicht bieten konnte. War sie jetzt etwa eifersüchtig auf Coci, die ja auch vom Äußeren und von ihren Interessen her viel besser zu ihm gepasst hätte? Diese Frau war faszinierend und irritierend zugleich.

»Wir sind von den Katzen abgekommen«, sagte Coci. Schnelle Themenwechsel schienen für sie kein Problem zu sein. »Meine beiden sind Wohnungskatzen wegen der Straße.«

»Und wer kümmert sich um die Tiere, wenn du nicht da bist, zum Beispiel beim Skikurs?«, fragte Luise.

»Franz.«

»Ein Nachbar?«

»Nein, ein Kumpel. Franz ist ein pensionierter Tierarzt und hat die beiden für die nächste Woche mit zu sich genommen. Er betreibt eine Katzenauffangstation. Tolle Arbeit, die er da macht.« Nun wandte sich Coci an Irmi. »Noch ist Winter, aber es wird im Frühjahr wie immer die Hölle werden. Eine Flut von halbwilden Kätzchen, geboren, um zu sterben. Sorry, Leute, aber gerade auf Höfen, wo Ferienwohnungen vermietet werden, gibt es ein Heer von kleinen Katzen. Die sind ja so süß! Das wäre alles in Ordnung, bliebe es bei einem Wurf, wären die Kätzchen sozialisiert, entwurmt, geimpft und hätten später einen guten Platz. Ist aber nicht so. Es sind halbwilde Tiere, die voll sind von Endo- und Ektoparasiten. Ihre Mütter sind zu jung bei der Geburt, die Kätzchen kommen schon krank zur Welt.

Katzenschnupfen, schlimme Durchfälle, Giardien, FIP. Sie halten eine Weile durch, genau genommen die Touristensaison, dann verrecken sie elend.«

Nun musste Irmi sich doch einschalten, zumal Coci sie immer noch ansah. »Das ist jetzt aber Bauern-Bashing. Wir waren immer beim Tierarzt und haben unsere Katzen kastrieren lassen – wie viele Kollegen übrigens auch!«

»Ja, natürlich. Vor allem dann, wenn es eine einsichtige junge Bäuerin gibt«, konterte Coci. »Die darf dann womöglich die Kätzinnen zum Kastrieren tragen, aber niemals den Kater. Vermutlich steckt dahinter die Kastrationsangst der Männer auf dem Hof! Der meistgehörte Satz lautet: Die verrecken ja eh oder werden überfahren. Auch heute werden Kätzchen gegen Wände geworfen oder in Odelgruben.«

»Ich weiß ja nicht …«, sagte Luise lahm.

»Ich weiß aber! Ich bin in dem Thema drin. Geschätzt sind über zwei Millionen herrenlose Katzen in Deutschland auf sich allein gestellt und führen einen harten Überlebenskampf. Auch der deutsche Tierschutzbund schlägt Alarm angesichts der immer weiter anwachsenden Katzenpopulationen. Immerhin gibt es inzwischen rund neunhundert Gemeinden mit sogenannten Kastrations-, Kennzeichnungs- und Registrierungsverordnungen für Katzen. Vor allem im Norden Deutschlands – Bayern schläft mal wieder.«

»Und dieser Franz hat also eine Auffangstation?«, fragte der Hase. Er schien zu spüren, dass eine ungute Stimmung über dem Raum lag, und versuchte abzulenken.

»Ja, das Problem ist nur, dass er krank ist und das nicht

mehr lange stemmen kann. Außerdem muss er das dafür angemietete Haus verlassen. Der Mietvertrag läuft nach fünf Jahren aus. Deshalb sind wir auch auf der Suche nach einem neuen Platz.« Wieder bedachte sie Irmi mit diesem irritierenden Blick. »Hier auf dem Hof wäre es ideal. Nein, Unsinn, ich weiß, ihr habt schon Tiere. Alles gut, manchmal drängen Wünsche hervor, die besser ungesagt blieben. Ich arbeite daran, mehr in mir zu verschließen.« Sie erhob sich plötzlich. »Danke für das Essen. Fridtjof, gute Besserung weiterhin. Ich finde allein raus.«

Der Kater war aus seinem Korb aufgesprungen, so als wolle, ja müsse er sie nach draußen eskortieren.

Irmi, Luise und der Hase sahen den beiden nach, bis sich die Tür hinter ihnen geschlossen hatte.

»Krass!«, sagte Luise. »Die deckt in einer irren Geschwindigkeit die größten Themen ab – von der Zukunft der Alpen bis zur Katzenflut. Wirklich krass!«

»Eine vielschichtige Frau«, meinte der Hase. »Stolz, laut und zynisch, sehr weich, wenn es um Tiere geht. Das kann ja interessant werden in dem Skikurs, Irmi. Sei mal neugierig, was in dieser Cordula alles steckt.«

Irmi sah dem Kurs immer skeptischer entgegen.

Sie plauderten noch über dies und das. Schließlich verabschiedete sich der Hase. Da es das linke Knie war, konnte er mit einem Automatikwagen durchaus heimfahren.

Als Luise zu Bett gegangen war, gefolgt von Raffi, saß Irmi allein in der Küche.

So war es eben mit den Hunden. Irmi hatte die kleine Chihuahua-Hündin Kicsi gerettet, doch die hatte beschlossen, Bernhards Hund zu werden. Der Bauer mit seinem

Handtaschenhund – die Schöne und das Biest, wie sie ihn am Stammtisch genannt hatten. Dann war ihnen Raffi zugelaufen, und der war von Beginn an ein Everybody's-Darling-Hund gewesen. Ganz anders als ihre Wally, die an Irmi gehangen hatte wie ein Schatten. Irmi stand oft an ihrem Grab im Garten. Wally war weg, Bernhard war weg – und ihr Job auch. Und mit ihm war mehr verschwunden, als Irmi geahnt hatte. Auch ihre Kommunikation mit Fridtjof hatte sich verändert. Als sie noch gearbeitet hatte, war ihr gemeinsamer Beruf ein Kitt gewesen, eine Grundlage für Gespräche und Emotionen. Der Beruf hatte viel Raum eingenommen, doch nun war sie raus. Genau genommen würde Coci wirklich besser zum Hasen passen.

Inzwischen war der Kater zurückgekommen und wieder auf den Tisch gesprungen.

»Findest du auch, oder?«

Er ignorierte die Frage und begann sich die Pfoten zu säubern, was bei ihm immer martialisch aussah. Er biss sich selber in die Zehen und nagte dran rum.

»Klar, spiel du ruhig an deinen Füßen herum! Danke fürs Gespräch.«

Auch Irmi ging ins Bad und ins Bett. Und wenig später lag der Kater zentnerschwer auf ihren Füßen.

3

Irmi war früh aufgestanden, um zu packen. Der Kurs sollte um 13 Uhr beginnen, und ihre Anreise würde ja nicht allzu lange dauern. Was nahm man nun mit? Irmi suchte eine Winterhose von Engelbert Strauss, warme Unterwäsche und genug Fleecepullover heraus und außerdem eine Jeans für abends. Coci hatte ihr eine Ferienwohnung gebucht, sie würde also kein Outfit für ein schickes Alpenhotel brauchen – was sie abgesehen davon ohnehin nicht besaß.

Sie ging in die Küche, wo der orange Anorak, eine Mütze und lange Kniestrümpfe bereitlagen. Luise hatte an alles gedacht. Allein der Blick auf den Anorak machte Irmi hellwach, und der Kaffee tat sein Übriges.

»Ah, da ist unser Skihaserl ja schon«, meinte Luise grinsend, als sie in die Küche kam.

»Eher eine ausgewachsene Häsin«, murmelte Irmi.

»Ich hab dir noch ein paar Sachen aus dem Laden geholt, darunter auch ein paar Energieriegel.«

»Danke, sehr umsichtig.«

»Irmi, etwas mehr Euphorie bitte. Das wird sicher lässig.«

»Lässig, aha.«

»Und mit dieser Cordula bestimmt auch explosiv. Du musst uns berichten, ich will jedes schmutzige Detail wissen.«

»Falls ich abends noch sprechen kann.«

»Irmi, nicht so negativ! Vielleicht wird das Skifahren deine neue Passion.«

Dazu sagte Irmi lieber nichts. Als sie mit dem Frühstück fertig war und alles gepackt hatte, umarmte sie Luise und schärfte Raffi ein, sich zu benehmen. Er sprang hoch und leckte ihr über die Nase. Um die beiden musste man sich keine Sorgen machen.

Da Irmi den Ettaler Berg hasste, fuhr sie über Murnau und dann immer weiter in den wilden Westen. Hinter Roßhaupten fuhr sie durch ein wahres weißes Winterwonderland. Vor Seeg auf der Anhöhe tat sich ein Blick auf in die Berge, der zum Heulen schön war. Schnee war ein Geschenk an die Seele. Und ein klein wenig freute sich Irmi plötzlich doch auf diese Skiwoche.

Sie fuhr ein kurzes Stück auf der Autobahn, wo zwei Wohncontainer sich gegenseitig zu überholen versuchten. Eine fahrende Gartenhütte aus ES wollte an einer ebensolchen aus MS vorbei. Auf dem einen stand der Satz: *Wir verprassen das Erbe unserer Kinder.* War das lustig?, fragte sich Irmi. Wäre es nicht besser, die Kids bekämen die Kohle? Dann würdet ihr hier nicht als rollende Bremsklötze nerven. Wohnmobile waren eine moderne Seuche!

Schließlich passierte Irmi Wertach und bog nach Jungholz ab. Sie hielt kurz und kündigte der Vermieterin ihrer Wohnung an, dass sie gleich da sei. Ein paar Kurven ging es hinauf durch eine anmutige Landschaft. Jungholz war ein Ort ohne Hotelburgen. Schon bald hatte Irmi das Haus mit der Ferienwohnung gefunden. Sie parkte, nahm ihre Tasche, sah sich um.

Eine Frau kam auf sie zu. »Frau Mangold?«

»Ja.«

»Willkomma, do isch der Schlüssel. Wohnung drei. Der sperrt au die Haustür und den Skikeller. Wenn was wär, rufn Sie aa. I bin dann wieder weg.«

Die Vermieterin trug Skisachen und schien ihren Skitag nur kurz unterbrochen zu haben.

»Alles klar, danke. Für den Notfall habe ich ja Ihre Nummer.«

Die Wohnung war hübsch und bestand aus einer Wohnküche und einem kleinen Schlafzimmer, eingerichtet mit Naturholzmöbeln. Ein Schild im Eingangsbereich bat darum, dass man seine Skistiefel und Ski nicht mit in die Wohnung nahm.

Irmi packte ihre Klamotten in der Schrank und ein paar von Luises Lebensmitteln in den Kühlschrank. Dann war es auch schon halb eins. Irmis Herz begann zu klopfen, und die Zweifel wurden wieder größer. Treffpunkt war direkt am großen Parkplatz.

Es war zehn vor eins, als Irmi am angegebenen Platz eintraf. Coci begrüßte sie begeistert. Die anderen Kursteilnehmer waren auch schon da. Sie waren nur zu viert, weil ein Ehepaar, das eigentlich auch hatte kommen wollen, erkrankt war. Joop aus Holland, Heiko aus Meiningen und Marion aus Weißenburg stellten sich der Reihe nach vor.

Alle schienen jünger zu sein als sie. Bei Marion war das Alter allerdings schwer zu erraten. Sie war so was von zugekleistert mit Make-up, dass sie alles zwischen dreißig und fünfzig sein konnte. Generell hatte Irmi das Gefühl, dass die meisten Menschen plötzlich jünger waren als sie. Früher waren die anderen immer älter gewesen, auch wenn es in der Rückschau vielleicht nur ein paar Jahre gewesen waren.

»Schön, dass ihr alle da seid«, schmetterte Coci. »Der Wetterbericht ist grandios, es wird allerdings ziemlich kalt sein. Genießt es! Kommt!«

Sie machte eine einladende Handbewegung in Richtung eines Kleinbusses, mit dem sie ans Oberjoch fuhren. Cocis Fahrstil war sportlich, Irmi war froh, lebend den Skiverleih zu betreten. Kaum drinnen, nannte Heiko auch gleich ein Modell, das er zu fahren gedachte.

»Sorry«, sagte der Mann vom Verleih, »den fahrt eher a Odermatt.«

Da war er wieder, der Skigott. Heiko war natürlich vergrätzt, musste sich aber letztlich mit einem weniger avancierten Modell zufriedengeben.

Irmi fand diese bunten Pfannen alle bedrohlich. Sie bekam Ski, die ihr als drehfreudig beschrieben wurden. Man verpasste ihr Stöcke in der richtigen Länge und einen Helm. Sie setzte ihn auf und warf einen Blick in den Spiegel. O Gott, sie sah ja aus wie Calimero! Aber das Schlimmste stand ihr noch bevor, nämlich der Skischuh. Die nette Mitarbeiterin schwadronierte etwas von der weichen Schale beim komfortablen Einsteigermodell. Was mochte diese Frau schon unter komfortabel verstehen?

Endlich waren alle versorgt. Allein schon das Tragen der Ski und das Laufen mit den Klötzen am Fuß war für Irmi die reinste Folter. Heiko hätte sich auf einer Eisplatte am Parkplatz fast schon hingelegt und war nun noch vergrätzter. Marion musste erst noch ein paar Fotos schießen. Doch schließlich hatten sie eine Piste unter den Füßen, und Coci erläuterte, wie man die Ski anzulegen hatte. Die vermaledeite Bindung ging bei Irmi aber nicht zu.

»Du hast Stollen am Stiefel, klopf die mal an der Bindung ab«, riet ihr Coci.

Als Irmi das probierte, kickte sie dabei einen Ski quer über die Piste. Gott, war das peinlich! Doch Coci brachte den Ski zurück, und schließlich hatte Irmi die Dinger an. Allein sich damit in der Ebene zu bewegen, war eine unmenschliche Koordinationsleistung. Man musste im richtigen Moment mit den Stöcken anschieben und durfte dabei keine Rücklage bekommen. Noch dämlicher fühlte sich Irmi, als sie »Roller fahren« sollte. Einen Ski ausziehen und auf einem Bein wie auf einem Tretroller gleiten. Joop übertrieb es, geriet in Rücklage und ging zu Boden. Marion bewegte sich kaum von der Stelle, und Heiko kaschierte seine Unsicherheit mit Geschichten aus seiner Jugend im Thüringer Wald, als er wie ein Gott gefahren war. Nun ja, die Erinnerung verzerrte ja so manches.

Coci kannte kein Pardon. Sie mussten sich nun auf abschüssiges Terrain begeben, sollten sich in paralleler Skiführung zu Tale stürzen und zum Bremsen dann ausstemmen. Marion wurde immer schneller und stemmte verzweifelt die Stöcke nach vorn, um abzubremsen.

»Das ist gefährlich, Marion. Dabei stauchst du dir dein Handgelenk oder Schlimmeres«, rief Coci und machte es noch mal vor. Es konnte doch nicht so schwer sein, die Enden der Ski nach außen zu drücken, Schneepflug zu fahren und schließlich zum Stehen zu kommen? In der parallelen Skistellung hatte Irmi das Gefühl, gleich die Schallmauer zu durchbrechen, so unglaublich schnell war sie.

Wobei die Neigung des Hanges in Wahrheit hier an der Schwandenbahn eher die einer Tischplatte war.

Am Ende der drei Stunden war Irmi schweißgebadet. Das Bier vor der Meckatzer Sportalp war göttlich. Man stieß an – Irmi und die Männer mit Bier, Marion mit einer Apfelschorle und Coci mit Wein.

»Super, Leute, ich danke euch. Das ging doch schon prima!«, log Coci charmant.

Irmi erfuhr, dass Marions neuer Freund Ski fahren konnte und seine ganze Clique am Wochenende immer in die Berge fuhr, weshalb sie nun Ski fahren lernen musste. Joop war IT-Fachmann und hatte oft in der Schweiz zu tun, weswegen er seine eingerosteten Skikenntnisse auffrischen wollte. Heiko war Frührentner, und weil er eben in seiner Kindheit und Jugend im Thüringer Wald … und so weiter. Es wurde ziemlich schnell sehr kalt, und Irmi war froh, als sie um 17 Uhr in ihrer Ferienwohnung ankam.

Sie stellte fest, dass es eine Badewanne gab. Das war göttlich! Und die Kombination aus überwundener Geschwindigkeitspanik, Anstrengung geistiger und körperlicher Art und einem weiteren Bier führten dazu, dass Irmi um halb neun einschlief und auch erst wieder um halb acht erwachte. Nur gut, dass sie sich ausgeschlafen hatte, denn der Kampf gegen die widerspenstigen Latten ging weiter.

Es war zapfig kalt um 9 Uhr in der Früh. Sie sollten am Rande der Piste hinaufsteigen, was gar nicht so leicht war. Ein paar sehr kleine Skizwerge folgten ihrer Skilehrerin, schossen an ihnen vorbei, alle im Kampfstil: Po tief, Stöcke untergeklemmt und Pflugbogen wie am Schnürchen. Die hatten es gut, dachte Irmi. Tiefer Schwerpunkt und keine Angst zu stürzen. Coci war weiter gnadenlos. Sie wollte, dass sie aus dem Schneepflug heraus eine Kurve einleiteten und dazu die Innenkante des einen Skis belasteten. Nachdem sie dann eine Kurve gezaubert hatten, sollten sie die Beine am Abschluss der Kurve wieder zu einer parallelen Skiführung schließen – das war der Plan. In eine Richtung gelang das Irmi sogar, aber die andere ruckelte, und der Ski zickte. Es war einfach jämmerlich und unwürdig!

Eigentlich war Coci damit beschäftigt, Marion zu korrigieren, doch plötzlich fuhr sie mit schnellen Stockschüben in die Mitte der Piste und stoppte ein paar Skifahrer. »Halt! Vorsicht!«

Irmi hätte das gar nicht gesehen, aber mitten über die Piste rannte eine kleine Maus. Die Situation war fast grotesk. Alle waren wie eingefroren, verharrten in ihren Bewegungen. Die Maus verschwand am Rande der Piste.

»Sie hat es geschafft!«, jubelte eine Frau.

Bis eine Katze, ein Fuchs oder ein Hund sie findet, dachte Irmi und war doch berührt von Cocis offensichtlicher Tierliebe.

Gleich darauf ging die Skistunde weiter. Irmi hatte nach wie vor das Gefühl, sie hätte auf der einen Seite ein längeres Bein. Das Einzige, was sie etwas beruhigte, war die Tatsache, dass Marion sich noch blöder anstellte. Was Irmi auch gar nicht gelang, war das elegante seitliche Abrutschen, das man auch zum Anhalten brauchte. Bei ihr war das keine gleichmäßige Bewegung, sie verhakelte sich mit der Kante. Cordula gab ihr ein paar Tipps, die sie umzusetzen gedachte, als dieses kratzende Geräusch sie einmal mehr zusammenzucken ließ. Irmi fand es nämlich sehr bedrohlich, wenn schnellere, bessere Skifahrer (und das schienen ja alle anderen zu sein) hinter ihr vorbeidrifteten. Sie nahm zwar an, dass diese sie nicht ummähen würden – mit dem orangen Anorak war sie schließlich wie eine Signalboje unterwegs –, aber sie zuckte jedes Mal zusammen. Gerade standen sie in Reih und Glied und lauschten Cocis Ausführungen, als eine Frau sehr dicht hinter ihnen vorbeifuhr und unmittelbar unter ihnen abschwang.

»Spinnst du? Fährst hier wie eine Sau in meine Gruppe rein!«, brüllte Coci die Frau an.

»Ich … Sorry, Cordula, ich wollte …«

»Du wolltest was? Mir auf die Eierstöcke gehen? Ich hab dir doch schon mehrfach gesagt, dass ich mit dir nichts zu reden habe!«

»Aber, Cordula, schau, ich hab das Ganze mal von oben betrachtet, und du solltest bitte schön auch mal nachdenken …«

»Aufgemerkt!«, unterbrach sie Coci und wandte sich an die Gruppe. »Menschen machen gern mal einen Schritt zur Seite und betrachten ihr Tun mit einem gewissen Abstand. Diese Dame hat die Situation von oben betrachtet. Götter betrachten die Menschheit von ihrem Olymp aus. Von oben hat sie auf mich elende Wurst herabgeblickt.«

Es war allen anzusehen, wie betreten und peinlich berührt sie waren.

»Ich fahre, aber das letzte Wort ist noch nicht gesprochen«, sagte die Frau, nickte der Gruppe zu und fuhr davon.

Keiner traute sich zu fragen, wer das gewesen war. Aber

es lag auf einmal eine Schwärze über dem weißen Schnee. Irmi wunderte sich erneut, wie man einerseits so geduldig mit den Skiversagern sein und Mäuse retten konnte und andererseits so schnell hochkochte.

Der Kurs ging heute bis 12 Uhr, und es stand ihnen frei, nachmittags selber zu üben. Irmi setzte sich erst mal vor die Grenzwies-Stuben, trank einen Cappuccino und sah denen zu, die diesen Sport womöglich auch nicht perfekt beherrschten, aber doch um Welten besser als sie.

»Hallo, darf ich mich dazusetzen?«, fragte eine Stimme. Es war Coci.

»Sicher.«

Coci hatte einen Sprizz in der Hand und nahm Platz. Eine Weile sah auch sie in Richtung Piste.

»Du wunderst dich?«, fragte sie schließlich.

»Darüber, dass du dich setzt? Oder über den Sprizz, weil man eher was Warmes trinken würde?«

»Nein, wegen vorhin.«

»Ich wundere mich selten, da hallt mein Beruf noch nach.«

»Du fragst auch nichts?«

»Das ist der Vorteil, wenn man in Pension ist. Ich muss nicht mehr fragen und nachbohren.«

»Das war meine Halbschwester«, erklärte Coci ungefragt.

»Und du bist offensichtlich nicht ihr größter Fan?«

»Wie man sehen konnte. Alexandra ist Psychotherapeutin, immer salbungsvoll. Immer hochengagiert, sozial, empathisch, politisch korrekt, stimmlich nuanciert.«

Irmi lächelte. »Eine Art Gegenentwurf zu dir?«

»Paps' gesamte zweite Familie war ein Gegenentwurf. Mein Mutter war eine verplante Englischlehrerin an einer katholischen Schule und hat sogar manchmal in der Kirche Orgel gespielt, obgleich sie Atheistin war. Sie hat ihr ganzes Leben nie einen Rock getragen, nur Hosen. Es gab in der Schule noch Klosterschwestern, denen das sehr missfallen hat. Meine Mutter starb bei einem Autounfall, als ich siebzehn war. Die Sonne hatte sie geblendet, lautete die offizielle Version. Ich glaube eher, dass sie bekifft war. Sie hat öfter mal gekifft. Mein Vater hat dann genau an meinem achtzehnten Geburtstag zum zweiten Mal geheiratet. Veronika, der Lenz ist da. Eine Hauswirtschafterin und begnadete Hausfrau natürlich, so langweilig wie ihre Karoröcke. Alexandra kam genau einen Tag vor meinem zwanzigsten Geburtstag zur Welt und hatte fürderhin alle Aufmerksamkeit auf ihrer Seite.«

»Hast du denn in seiner neuen Familie gelebt?«

»Nein, nie. Ich bin am Tag seiner Hochzeit ausgezogen. In eine WG. Ich wurde zu ein paar Familienfesten eingeladen. Veronika wollte mich immer einlullen. *Wir sind doch eine Familie*, hat sie gesagt. *Ich will dir dein Papilein doch nicht wegnehmen*. Papilein – da kotz ich heute noch! Die kleine Alexandra war ein kränkliches Kind, hatte Asthma, dauernd musste wer mit ihr an die See, alles drehte sich um ihr Wohl und Wehe.«

Irmi musste lachen. Dann fiel ihr etwas ein. »Du stammst doch aus Hessen, Coci. Wieso ist deine Halbschwester hier? Macht sie in der Gegend Urlaub?«

»Das ist es ja! Letzten Winter hab ich zum zweiten Mal Kurse in Jungholz gegeben, und da steht sie plötzlich am

Lift neben mir. Und da kommt raus, dass sie in Wertach wohnt. Von allen Orten auf der Welt wohnt sie ausgerechnet in Wertach! Weil sie einen Job in irgendeiner Jugendeinrichtung hat. Bis zu dem Zeitpunkt hatte ich bestimmt zwanzig Jahre lang keinen Kontakt mehr zu ihr gehabt. Und dann kratzt die ausgerechnet in Jungholz am Lift über meine Ski!«

»Und dann?«

»Na, sie wollte einen Kaffee mit mir trinken, und das hab ich dann auch gemacht. Sie war salbungsvoll wie immer. Dem Vati ginge es so schlecht. Das wusste ich schon längst. Ich war nämlich öfter bei Paps gewesen, um ihn zu besuchen. Bei mir hieß der Mann immer Paps. Alexandra sagte Vati zu ihm, und Veronika sprach von Papilein! Unfassbar!«

»Und der Vati-Paps?«, fragte Irmi vorsichtig.

»Der Paps ist im November letzten Jahres verstorben. Ganz kurz nach seinem Hund. Er war in einer Einrichtung, in der alte Leute ihre Tiere mitnehmen durften.« Ihre Stimme brach.

Auch Irmi empfand eine tiefe Trauer. Gespräche über einen Tod waren immer auch Gespräche über weitere Todesfälle.

»Er hat es gut gemacht. Er ist eingeschlafen. Vorher war er noch wie immer beim Mittagessen gewesen. Dann hat er sich hingelegt, und als sie ihn zum Spielenachmittag abholen wollten, war er tot. Er hat gewartet, bis Bodo tot war. Bodo war ein Riesenschnauzer. Paps hatte immer Riesenschnauzer, und die hießen alle Bodo.«

Irmi war berührt. »Aber das heißt, du konntest dich noch verabschieden? Ihr habt Frieden gemacht?«

»Ja, schon länger. Er hat sich nach zwölf Jahren von Veronika getrennt. Du kennst das ja: Männer können nicht allein sein, sie nehmen dann sofort die Nächste. Aber er hat gemerkt, dass er nur meine Mutter geliebt hat, und ist nach Königstein gezogen. Veronika und Alexandra hat er das Haus in Hofheim überlassen und ein fürstliches Leben ermöglicht, denen hat es an nichts gefehlt.«

Womöglich aber am Mann und am Vater, dachte Irmi.

»Und warum will sie mit dir reden, wenn ich fragen darf?«, erkundigte sie sich.

»Ach, es geht ums Geld. Es geht immer ums Geld, wenn Verwandtenratten aus ihren Fäkalkanälen kommen.«

Irmi lachte auf. »Du warst aber schon, na ja, etwas aggressiv. Und souverän war das auch nicht!«

»Ich weiß, es geht mit mir öfter durch. Ich hasse Ungerechtigkeit. Wie bei dem Rennen neulich. Mein Paps hat gesagt, ich sei manchmal etwas Tourette.«

Irmi lachte. »Das trifft es womöglich ganz gut.«

Bald darauf verabschiedete sich Coci. Irmi blieb sitzen, schwänzte, bis um 15 Uhr Abfahrt nach Jungholz war. Dort schleppte sie sich und die Ski in den Skikeller ihrer Unterkunft und zog die Stiefel aus. Was war es für eine Wohltat, einen Normalschuh zu tragen!

Es war erst 16 Uhr, und sie hatte das Gefühl, sie könnte schon wieder schlafen, fuhr dann aber doch lieber nach Wertach und kaufte beim Feneberg das Nötigste ein. Anschließend betrat sie ein Sportgeschäft, was sie in ihrem Leben auch noch nie getan hatte, und kaufte sich eine Skihose. Ihre Hose, die sie gestern getragen hatte, war trotz dicker Unterwäsche kein adäquates Kleidungsstück fürs

Skifahren. Die neue Hose bestand aus Softshell, hatte eine Fleece-Innenseite und angenehmerweise einen Dehnbund. Irmi hätte sie in Schwarz bevorzugt, doch in der Farbe gab es sie nicht in ihrer Größe. Sie musste ein intensives Blau nehmen.

»Tolles Material, sehr stretchig und funktionell«, sagte die Verkäuferin. »Die hat man fürs Leben.«

Irmi schluckte, in ihrem Fall stimmte das wohl auch.

Ein wenig trödelte sie noch durch Wertach und entdeckte an einer Brücke über die Starzlach eine Stele, die zu Ehren eines gewissen Winfried Georg Max Sebald errichtet worden war. Sie googelte den Namen des Mannes, der 1944 in Wertach geboren war. Sebalds Vater war bei der Wehrmacht gewesen und bis 1947 in französischer Kriegsgefangenschaft, später bei der Bundeswehr. Irmi erfuhr, dass die Einstellung des Vaters einer der Gründe für Sebalds Kritik am Schweigen der Vätergeneration über die NS-Zeit und den Holocaust gewesen war. Sebald lebte ab 1966 in England und galt als einer der bedeutendsten deutschen Schriftsteller der Nachkriegszeit. Dabei schrieb er unter dem Autorennamen W.G. Sebald, weil er insbesondere Winfried für einen »richtigen Nazi-Namen« hielt. Irmi kam sich sehr ungebildet vor, denn sie hatte noch nie von diesem Mann gehört. Generell hatte sie immer viel zu wenig gelesen.

Schließlich fuhr sie zurück in die Ferienwohnung, wo sie sich Nudeln mit einem Sugo aus dem Glas kochte. Ohne Luises Gewürze schmeckte das Gericht sehr gewöhnlich. Man musste wirklich ab und zu wegfahren, um zu begreifen, wie gut man es zu Hause getroffen hatte.

Wenig später läutete das Handy.

»Ciao, Bella, carvst du schon?«, schmetterte der Hase ins Telefon.

»Ich lern das nie. Ich bin ein Bewegungsdepp.«

Der Hase lachte. »So ein Quatsch! Wie macht sich Coci?«

Irmi erzählte von der Maus und dem unguten Zusammentreffen mit Cocis Halbschwester.

»Tja, sie hilft Tieren und verachtet Menschen«, fasste Fridtjof zusammen. »Das gibt es bei Damen diesen Alters öfter.«

»Aber sie ist keine dieser hysterischen Tierschützerinnen. Sie ist … keine Ahnung … sehr speziell. Und du? Kommst du mich mal besuchen?«

»Ich würde gerne, aber ich stecke in einer Online-Fortbildung fest. Jeden Tag ein paar Stunden auf Zoom. Ich habe gerade erst den PC abgeschaltet. Das Ganze geht noch bis Donnerstag. Aber danach womöglich. Bis dahin fährst du mir schon davon.«

»Träum weiter!«

Der Hase lachte, und sie warfen sich durchs Telefon ein paar Küsschen zu. Anschließend zappte sich Irmi durchs Fernsehen, bis sie bei *Inspector Barnaby* hängen blieb, wo es wieder Tote zuhauf gab und dieses unvergleichliche Setting. Die Leute lebten entweder in putzigen Cottages, wo einem die Decke auf den Kopf fiel, oder in riesigen Herrenhäusern. Alle waren extrem schräge Typen, und Irmi fragte sich, wo in England man solche Schauspieler in diesen Mengen fand.

4

Immerhin kam sie am nächsten Morgen schon deutlich schneller in ihre Skistiefel. Von den anderen Skischülern und von Coci wurde sie für die neue Hose gelobt, deren metallisches Blau zusammen mit dem Signalanorak eine Art Gesamtkunstwerk ergab.

Heute folgte die ultimative Challenge. Bisher waren sie ja nur an der Schwandenbahn mit der Sesselbahn gefahren, die eine Übungspiste erschloss, aber nun waren sie an den Spieserliften in Unterjoch. Sie sollten lernen, sich von einem Bügellift hinauftragen zu lassen. Coci erklärte, dass es in jedem Fall einfacher sei, zu zweit zu fahren. Marion und Heiko sortierten sich in die Spur, ein Liftmann übergab ihnen den Bügel und warf Coci ein paar Worte zu. Dann waren Joop und Irmi dran. Sie war froh, dass Joop links fuhr und damit den weiteren Weg zur Startposition hatte. Während sie losruckelten, starrte Irmi nach vorne. Ihr war das schon wieder viel zu schnell, und sie hatte jetzt schon fast einen Wadenkrampf. Coci folgte ihnen. Gerade als Irmi sich etwas entspannte, purzelten Marion und Heiko aus der Spur. Um sie nicht zu überfahren, mussten auch Irmi und Joop einen Schlenker machen. Das klappte gerade so. Coci stieg aus, um zu helfen, und brüllte:

»Joop und Irmi, ganz locker bleiben!«

»Ja!«, brüllte Joop zurück.

Was das bedeutete, wurde Irmi bald darauf klar. Der unerbittliche Lift zerrte sie nämlich in einen Steilhang, der ihr vorkam wie die Eigernordwand. Ihre linke Wade zuckte, ihr rechter Oberschenkel war ein Brett.

Zum Glück gelang ihnen der Ausstieg ganz oben ohne größere Probleme. Sie warteten eine Weile, bis Marion mit Coci eintraf und gleich darauf Heiko in Begleitung eines anderen Mannes, den Coci zu kennen schien. Von hier aus mussten sie den ganzen Weg zurück, allein unter lauter eilig vorbeizischenden Skifahrern. Wenn es eine Hölle gab, dann stellte Irmi sie sich ganz genau so vor. Immerhin gelang es ihr, sturzfrei bis zur Spieserhütte zu kommen – für sie eine Leistung, als hätte sie Alaska durchquert. Sie wusste aus Erzählungen, dass es Skipisten gab, die über zehn Kilometer lang waren. Auf so einer müsste sie dann wohl biwakieren.

Es war halb vier, als sie sich zum Après-Ski-Bier zusammensetzten.

»Das war doch super«, lobte Coci erneut. »Toll wart ihr!«

Sie plauderten über die Schnee-Heldentaten, es war wieder sehr zapfig, und nach und nach verabschiedeten sich die anderen.

»Gehst du mit mir nachher zum Abendessen ins Huigarte?«, fragte Coci. »Das ist ein Bistro am Schwimmbad.«

»Am Schwimmbad?«

»Nur im Sommer«, entgegnete Coci lächelnd.

»Gut, wenn ich nicht auch noch schwimmen muss, gerne. Wann?«

»Um sechs?«

»Wunderbar, dann treffen wir uns dort!«

Irmi marschierte die Straße entlang zum Bistro, das etwas unterhalb des Dorfes lag. Der Allgäuer traf sich ja gerne mal zum Huigarta oder Hoigadda, was nichts anderes bedeutete als ein gemütlicher Ratsch oder eine Unterhaltung, gern in Begleitung von Essen und Trinken. Irmi war etwas zu früh. Das Huigarte entpuppte sich als ein sehr hübscher Ort, und auch die Karte offerierte weit mehr als Pommes und Co. Es gab tolle Burger, Flammkuchen, Regionales und ambitioniert Veganes. Coci traf wenig später ein. Sie orderte ein Glas Wein und Kürbiskern-Rösti mit Currygemüse. Irmi litt unter einem latent schlechten Essensgewissen und überlegte kurz, ob sie Rösti mit Jungholzer Zipfel oder Kässpatzn nehmen sollte, bestellte sich dann aber doch einen Wildburger und ein Bier. Als die Getränke auf dem Tisch standen, prosteten sich die beiden zu. Irmi empfand diesen Teil ihres Kurses ganz eindeutig als den besten.

»Das ging doch prima heute«, sagte Coci.

»Du lügst schon wieder. Ich bin ein skifahrerischer Albtraum.«

»Unsinn, das träfe eher auf Marion the Mask zu!«, rief Coci.

Irmi musste lachen. »Danke, es gibt immer welche, die noch schlechter dran sind. Du kannst dir gar nicht vorstellen, wie schwer Skifahren ist, wenn man nicht von Kindesbeinen an fährt.«

»Ich bin auch kein Alpenkind. Wir waren nur oft im Skiurlaub, und ich habe während des Studiums für einen Skireiseveranstalter als Skilehrerin gearbeitet.«

»Was hast du eigentlich studiert?«

»Germanistik und Sport. Eigentlich auf Lehramt. Aber das war mir zu … zu …«

»… zu viel Struktur?«, schlug Irmi lächelnd vor.

»Vielleicht, ja. Mein Examen war auch nicht sonderlich gut. Und ich war nicht kompatibel mit den ganzen Langweilern und Faltenrockmädels, die Angst vor Kindern hatten. Deshalb habe ich dann ein Volontariat bei einer Tageszeitung gemacht. Ich bin … oder besser gesagt, ich war Journalistin«, sagte sie dann ungewohnt leise.

»Warum war?«

»Ich bin raus, bin verstummt. Bis dahin war es ein steiniger Weg. Ich habe lange Zeit frei gearbeitet, selbst und ständig. Musste mich anbiedern bei Chefredakteuren und Ressortleitern, die fett in ihre Sessel pupsten und nachmittags schon zwei Promille intus hatten. Ich habe tolle Themen präsentiert, elaborierte Themenlisten erstellt und gehofft, dass ich den Auftrag bekomme, dass ich womöglich etwas mehr Honorar kriege, als der PC an Strom gebraucht hat. Sehr oft habe ich meine Ideen aus den Themenlisten dann später irgendwo anders gelesen, geklaut und von sonst wem realisiert. Sie war entwürdigend, diese Freiheit, die so was von unfrei war. Ein studentisches Leben in einem Alter, in dem die anderen längst Kinderchen bekommen und ein Reihenhäuschen gebaut hatten.«

Irmi konnte sich ein kleines Glucksen nicht verkneifen.

»Ja, okay, Reihenhaus wäre nicht meins gewesen«, gab Coci zu. »Aber etwas mehr Achtung wäre schön gewesen! Ohne uns schlecht bezahlte Freie hätten die ihre Zeitungen ja gar nicht vollgekriegt. Ich habe um eine Festanstellung gekämpft, die ich schließlich auch bekam. Ich habe in meinem Ressort namens ›Panorama‹ vor allem über Reisen, Gastronomie und Tiere geschrieben. Es gab einmal monatlich eine Buchseite und Reportagen über Freizeitsport – die Bereiche, die ich gut konnte. Den Wettkampfsport hat der Sportteil gemacht. In einer Zeit, in der Redakteure noch Expertise hatten. Der Sportredakteur kannte sich mit Sport aus, der Feuilletonist mit Theater und Musik.«

»Ist doch auch naheliegend, dass man das macht, was man mal studiert hat, oder nicht?«, erwiderte Irmi.

»Schau dich um in der Welt! Politiker mit abgebrochenen Studiengängen, die nie in ihrem Leben gearbeitet haben, können in jedes Ministerium. Da kann in einer Zeitung der dröge Wirtschaftschef doch auch eine Theaterkritik schreiben. Und der Chef des Bayernressorts kann auf die Malediven fliegen und anschließend einen Artikel verfassen, der klingt wie ein Schulaufsatz zum Thema *Als ich einmal in Urlaub flog*. Beginnt beim Einsteigen in den Flieger und endet am Klo neben dem Gepäckband. Reisen tut womöglich jeder, aber eine gute Reisegeschichte zu schreiben, ist eine Kunst. Es geht um Emotionen und um Bilder, die sich auftun wie ein buntes Kaleidoskop. Kann eben nicht jeder, das interessiert aber nicht mehr. Volontäre sind heute halbe Analphabeten, allein darüber könnte ich ein Buch mit Geschichten füllen. Ich hatte mal einen … aber egal. Newsroom heißt jetzt das Zauberwort, alle können alles. Und alle sitzen in einem Großraumbüro, die totale Überwachung! Nur für eine Besprechung gibt es Glaskästen, die zwar verschließbar sind, aber darin fühlst du dich wie eine Laborratte. Was reden die? Was kann ich an Mimik und Gestik ablesen?«

Auch über Irmis Dienststelle hatte mal eine Großraumbüro-Welle schwappen sollen, die dann aber aus baulichen Gründen und am massiven Widerstand ihrerseits ausgerollt war. Irmi hatte letztlich glaubhaft machen können, dass gewisse Gespräche einfach nicht für alle Ohren der Dienststelle bestimmt waren.

»Ein Kollege, der vor mir weggemobbt wurde, sollte dann als Kulturchef auch Sportveranstaltungen besuchen und dabei gleich noch kleine Videos mitbringen und schneiden für den Online-Auftritt. Er hat gekotzt. Weißt du, das war so eine Edelfeder, der einen Tag an seinem Aufmacher-Artikel gefeilt hatte. Der dreht nicht mal eben ein Amateurvideo.« Sie sah Irmi in die Augen. »Hast du noch eine Zeitung? Ist dir etwas aufgefallen?«

Irmi zögerte. »Na ja, dass die Zeitung immer schlechter wird? Dass die Überschriften dämlich sind und nicht zum Text passen? Dass die Namen und Altersangaben von Menschen nicht stimmen?«

»Genau! Das sind alles kleine Mosaiksteinchen. Noch was?«

»Zwei- oder dreimal war derselbe Artikel ein paar Tage später wieder drin. Bisschen anderes Bild und eine nur leicht abweichende Überschrift, aber derselbe Text. Ich habe schon an mir gezweifelt, ob ich irre werde oder ein Déjà-vu habe. Aber die Zeitung von vor drei Tagen lag noch im Altpapier – und es war tatsächlich derselbe Artikel.«

»Ja, genau! Das passiert, wenn Journalisten nicht mehr selber ihre Seiten bauen, sondern die Producer am Newsdesk. Entweder die haben eine Aufmerksamkeitsspanne wie eine Fruchtfliege, oder aber das Team hat gewechselt.

Wer weiß schon, was vor drei Tagen in der Zeitung stand? Was du da siehst, führt nach und nach in den totalen Qualitätsverfall. Was zahlst du für deine Zeitung?«

»Ziemlich viel, über fünfhundert Euro im Jahr, glaub ich.«

»Eben! Und nun muss ich dir leider noch eine ganz schlechte Nachricht überbringen: Du als Abonnentin bist dem Verleger schnurzpiepegal. Was zählt, sind das Anzeigenaufkommen, die Klicks in der Online-Ausgabe und die suchmaschinenoptimierten Keywords. Was du da draußen in den Alpen lesen willst, das interessiert die in München einen klatschnassen Kehricht.«

»Ich hatte auch schon überlegt, das Abo abzubestellen. Mich interessiert halt noch das Lokale, das Regionale, aber ehrlich gesagt rein gar nicht, was in München passiert. Und über irgendwelche Stars und Sternchen will ich schon gar nichts lesen.«

»Mach es! Bestell ab! Du beschleunigst eh nur einen Prozess, der nicht mehr aufzuhalten ist. Die gedruckte Zeitung ist ein Auslaufmodell, ihre Leser auch, die sterben demnächst weg. Wer hat denn heute noch die Muße, morgens in einer Zeitung zu blättern? Käffchen dazu? Die Rentner! Der Rest liest in der U-Bahn auf dem Tablet oder in der Frühe noch im Bett schnell im Smartphone.«

Irmi hatte darüber nie genauer nachgedacht. Eine Zeitung war in ihrem Elternhaus immer da gewesen, eine Konstante wie die Kühe im Stall und der Mond am Himmel. Sie hatte als Teenager selten die Zeitung gelesen, womöglich hatte sie sie manchmal überflogen. In der Ausbildung und später hatte sie gelesen, phasenweise auch mal zwei oder drei Zeitungen. Der Hase hatte bis heute mehrere Zeitungen abonniert, am Sonntag lange zu lesen, war sein Heiligtum. Er las sie nicht immer frühmorgens, weil er da oft schon in die Berge aufgebrochen war, aber dafür dann am Nachmittag zu einem guten Glas Wein. Seine gerunzelte Stirn, die ausgebreiteten Zeitungen und das Weinglas ergaben ein Bild, das sich in Irmis Erinnerung eingebrannt hatte. Er las auch auf dem Tablet, aber da sah er nie so poetisch aus.

»Aber das ist doch irgendwie traurig, oder? Es stirbt ein Stück Kultur«, sagte Irmi nach einer Weile.

»Ja, es stirbt zusammen mit den Freunden des gedruckten Wortes. Es stirbt der gut recherchierte Text. Was du heute zu lesen bekommst, ist Teil der stetigen Berieselung, und hast du es gelesen, ist es weg. Ob wahr oder Fake, ist auch schon egal.«

»Aber Coci, die Zeitungen kannibalisieren sich doch! In jeder Online-Ausgabe steht dasselbe!«

»Gut erkannt, ich kann nur hoffen, dass sich das System heißläuft. Ende Gelände, den Rest erledigt die KI.«

»Und du wurdest dann weggekürzt mitsamt deinen Artikeln?«

»Dafür gibt es ein schönes Wort: Konzentrationsprozess. Verleger kaufen immer mehr Zeitungen auf, die ja am Ende alle dasselbe machen. In meinem Fall wurden drei Zeitungen zusammengelegt. So viele Texte übers Reisen und über Katzen brauchte man auch wieder nicht, und die anderen Zeitungen hatten ja schon ihre Leute. Man brauchte ja nicht dreimal dasselbe in ›Panorama‹, ›Wochenendjournal‹ oder ›Das Beste zum Schluss‹. Der Kollege vom ›Besten zum Schluss‹ war im Rentenalter, dem fiel es am leichtesten abzutreten. Aber da waren noch ich mit dem ›Panorama‹ und der Kollege mit dem ›Wochenendjournal‹. Und der hat seinen alten Erbhof verteidigt, ihn brutal durchgedrückt. Und letztlich gegen mich gewonnen.«

»Und du?«

»Ich durfte noch drei Seiten machen, die wurden in den Mantelteil gehoben, aber auch die wurden nach und nach eingestellt. Am Ende gab es für mich noch eine bunte Seite, zugepflastert mit Agenturmeldungen, die kommen so oder so kostenlos ins Haus. Dafür bin ich nicht Journalistin geworden! Und selbst diese Seite kam dann von einem der anderen zwei Blätter, und mir haben sie am Ende den Freddi angeboten.«

»Den Freddi?«

»Das Faultier Freddi, auf der Kinderseite. Freddi erklärt Dinge aus der Natur, für die sich Kinder angeblich interessieren. Gemacht von alten Leuten, puh! Außerdem mag ich keine Kinder. Zumindest nicht die heutigen.«

»Faultier Holger.« Irmi schüttelte den Kopf.

»Wenn es nicht so traurig wäre, dann müsste man lachen. Aber das ist dieses Lachen, das in einen Hustenanfall mündet und dir dann alles zuschnürt. Weißt du, Irmi, ich habe lange gehadert, mit welcher Kaltschnäuzigkeit über Menschen entschieden wird. Falls du mal dachtest, eine Zeitung wird von Menschen für Menschen gemacht, ist das passé. Tempi passati! Inhalte oder Kompetenz sind längst egal. Es war auch so bitter, zu sehen, wie die freien Mitarbeiter abserviert wurden. Für manche war das ihr Haupteinkommen, aber Freie sind eben vogelfrei. Eine Bekannte von mir, die fünfzehn Jahre lang wirklich sehr differenzierte Buchkritiken geschrieben hat, ist daran fast zerbrochen. Das war ihr Leben, ihre Passion. Aber wenn solche Türen zugehen, dann musst du sie zulassen, es wird sonst sehr kalt.«

»Geht dann nicht eine andere Tür auf?«, fragte Irmi vorsichtig.

»Ist das nicht Schönfärberei? Oder diese letzte Hoffnung, damit man nicht ganz durchdreht? Ich war sechs Wochen in einer psychosomatischen Klinik, ich habe aber immer noch und immer wieder Nervenschmerzen im Gesicht. Das sind blitzartig einschießende Schmerzen, ohne Vorwarnung. Sie kommen auch nach Phasen völliger Beschwerdefreiheit wieder, und zwar in Salven. Die Schmerzintensität ist heftig. Ich habe gelernt, Triggerreize zu vermeiden, das klappt aber nicht immer. Das hast du ja mitbekommen – bei der Begegnung mit Alexandra oder den Deppen im Skirennen.«

Sie sah Irmi an, und etwas in ihrem Blick berührte Irmi wieder sehr. Coci war so tough, so schnell und manchmal so laut, dass Irmi sich von ihr zugleich angezogen und abgestoßen fühlte. Mit Ende fünfzig musste man sich doch etwas besser im Griff haben?, dachte sie.

»Einer der Gründe, warum ich nach Garmisch gezogen bin, ist die Ferienwohnung meiner Familie, die ich geerbt habe. Die bewohne ich nun ganzjährig. Die Berge tun mir gut, der Winter tut mir gut. Und natürlich muss ich auch Geld verdienen. Wenn man die Abfindung versteuert hat, ist das alles nicht mehr so toll. Schau mal.« Sie kramte in ihrer Handtasche und zog ein zusammengerolltes Papier heraus, das mit einem Gummi gehalten wurde. »Hab ich immer dabei. Damit ich es glaube.«

Irmi entrollte das Papier und überflog den Text.

Aufhebungsvertrag zwischen Marshall Mediengruppe – im folgenden »Arbeitgeber« genannt – und Dr. Cordula Kühnlein – im folgenden »Arbeitnehmer« genannt, las sie. Es folgte *§1 Beendigung des Arbeitsverhältnisses,* »zur Vermeidung einer ansonsten unausweichlichen, vom Arbeitgeber auszusprechenden ordentlichen Kündigung aus betrieblichen Gründen«. Coci hatte eine Abfindung in Höhe von siebzigtausend Euro bekommen.

»Aha«, sagte Irmi ratlos. »Ähm, ja?«

»Ja, ich weiß schon. Das wirkt bizarr. Aber ich habe meinen Beruf wirklich geliebt. Ich habe mein ganzes Leben der Arbeit verschrieben. Kein Mann, keine Kinder! Aber es ist vorbei. Ich bin achtundfünfzig und unzeitgemäß! Meine Werte braucht man nicht mehr!«

»Na ja, ich bin fünfundsechzig und habe überlebt«, sagte Irmi.

»Weißt du, Irmi, ich habe nächste Woche Geburtstag, das letzte Jahr mit einer Fünf davor. Ein Jahr Schonfrist und, nein: Es ist nicht großartig, sechzig zu werden. Es ist scheiße! Megascheiße sogar!«

»Na ja, ich stelle auch fest, dass sich an der Wange gerade ein neuer Altersfleck aufmacht, dicker zu werden. So wie die ganze Frau.« Irmi lachte. »Meine Mama hat immer gesagt: Als Frau über fünfzig musst du dich entscheiden, ob du eine Kuh oder eine Ziege werden willst. Fett und klauenlahm oder faltig-verhärmt und zickig. Wenn das die Alternativen sind, bin ich aufseiten der Kühe. Mensch, Coci, du bist so schlank und athletisch. Man schätzt dich doch weitaus jünger.«

»Ich habe eben eine schnelle Schilddrüse. Was mich nervt, sind die Frauen, die behaupten, dass es toll ist, fünfzig zu sein! Ihre Bücher sind extrem erfolgreich, aber der Inhalt ist erstunken und erlogen! Spätestens mit Mitte fünfzig vertiefen sich die Falten, die Äuglein tränen, das Fleisch schlabbert sich ein – und dazu kommen die von dir erwähnten Altersflecken. Obendrein schreiben solche Weiber, sie hätten mit fünfzig zum ersten Mal guten Sex gehabt. Arme Sau, kann ich da nur sagen, wenn sie den bis dahin nicht gehabt haben.«

Irmi lachte.

»In ihren Büchern steht, wie man sich ernähren soll und dass jeder Tropfen Alkohol sich über fünfzig sofort auf die Figur schlüge. Das stimmt natürlich, aber Altwerden ohne Wein ist ja noch charmefreier! Es gibt nichts, aber auch gar nichts schönzureden. Alles Müllkippen-Parolen.«

»Das Altern kann man nun mal nicht ändern«, wandte Irmi ein. »Die anderen werden auch älter.«

»Ja, und? Was interessieren mich die anderen mitsamt ihren Altersflecken? Mein im Juli verhageltes Auto hat nun auch Cellulite, danke für die Solidarität, Auto!«

Irmi musste wieder lachen, aber Coci irritierte sie auch. War sie selbst gelassener? Oder einfach besser im Selbstbetrug?

»Ich weiß schon, ich bin zu negativ, zu zynisch«, fuhr Coci fort. »Ich habe leider nie die Dinge akzeptiert, die mir falsch vorkamen – das war und ist mein Problem. Ich bin unversöhnlich. Als Journalistin konnte ich die Menschen ab und zu noch aufrütteln. Noch was, Irmi: Ich wollte dich neulich nicht angreifen wegen der Katzen. Ich engagiere mich nur gerade bei einer Kampagne für die Katzenkastration und bin geschockt, wie groß das Katzenelend in Deutschland noch ist und in Bayern erst recht. Bei meiner Ferienwohnung hier in Jungholz schleicht auch so ein Kater rum. Ich füttere ihn und hab ihm eine Wurmtablette untergejubelt. Und etwas gegen Parasiten in den Nacken geträufelt. Armer Kerl, eigentlich ein hübscher Tiger, wie deiner, aber völlig verwahrlost. Er kommt nach Aussage der Vermieterin von einem Hof, wo man wohl denkt, der könnte von Mäusen leben. Bis zu fünfzehn Mäuse braucht eine ausgewachsene Katze, um ihren Nahrungsbedarf zu decken. Das war zu Zeiten von Getreidetrockenböden auf den Höfen noch leicht, aber keine Katze kann heute noch nur von Mäusen leben, es gibt einfach zu wenige. Trotzdem hält sich der Mythos hartnäckig.«

»Das mit den Katzen …«, begann Irmi.

»*Aber es gibt Dinge, die man tun muss, sonst ist man kein Mensch, sondern nur ein Häuflein Dreck*, hat Astrid Lindgren mal geschrieben. Und die Schriftstellerin Ilse Schneider-Lengyel sagte: *Der Dichter steht in seiner Zeit, und immer werden ihn die gegenwärtigen Probleme anrühren.* Das ist mein Karma: Finger in die Wunde. Ich kann eben nicht wegsehen.«

Coci überforderte Irmi mit ihren schnell hingeworfenen Sätzen über Katzenelend und den Zitaten, die sie einfach heraushaute. Irmi kannte Astrid Lindgren, aber wer war diese Ilse Schneider irgendwas? Neben Coci kam sie sich so unsäglich behäbig vor.

»Du siehst öfter hin als weg, oder?«, meinte Irmi.

»Stimmt. Dabei könnte ich mir das alles am Arsch vorbeigehen lassen. Deppen wie diese Protestler im Zielraum oder die vielen Tierquäler könnten mir egal sein. Ich weiß das alles und kann doch nicht anders. Und außerdem bin ich bald neunundfünfzig und muss mich neu erfinden.«

Damit traf sie Irmi ins Mark. Ihr eigener Abschied von der Polizei war zwar selbst gewählt gewesen und ihre berufliche Laufbahn stringent und letztlich erfolgreich gewesen. Sie litt keine wirtschaftliche Not, aber auch sie musste sich neu erfinden – und ganz sicher nicht in einem Skikurs. Was sollte sie jetzt sagen? Eine Plattitüde wie: Das wird schon?

Coci sah auf ihr Handy. »Oh, es ist schon fast zehn. Ich glaube, wir gehen schlafen. Morgen muss ich früh raus. Ich gehe vor dem Kurs immer noch langlaufen. Das tut mir gut.«

Kein Wunder, dass sie so dünn war, wenn sie vor die unbegabten Schüler noch eine Skating-Einheit schob.

»Ja, klar. Ich muss ja morgen auch wieder zu Tale havarieren«, bemerkte Irmi.

Coci lachte. »Ich freu mich, dass du weitermachst. Danke für den netten Abend. Bis morgen.«

Irmi nickte etwas überrascht. »Schlaf gut.«

Coci winkte noch kurz zum Abschied und eilte dann im Stechschritt davon.

Irmi sah ihr nach. Sie konnte nur ahnen, welche Tiefen und Untiefen in dieser Frau lagen. Und ihr schoss durch den Kopf, dass es zwischen Kathi und Coci einen großen Unterschied gab. Kathi war eine rasche Gewitterfront, die aufzog und weiterzog, um heiterem Wetter Platz zu machen. Bei Coci aber schien jedes Gewitter Schäden zu hinterlassen, die sie immer nur notdürftig geflickt hatte, nie wirklich grundsaniert.

Irmis nächster Skitag war wieder kein Ruhmesblatt. Vor allem merkte sie, dass Geschwindigkeit nicht ihr Ding war.

»Das mit den Schwüngen ginge leichter, wenn du etwas Fahrt aufnehmen würdest«, bemerkte Coci lächelnd. »Du solltest die Taillierung des Skis nutzen. Das ist Physik und hat mit der Fliehkraft zu tun. Wenn du fast stehst, wird es schwierig.«

Coci hatte bunte Kugeln in den Schnee gesteckt, die sie umfahren sollten. Der Kurs mit den Skizwergen carvte vorbei, die nicht höher waren als ein Tisch, aber schneller, als Irmi es je sein würde.

»Na ja, in dem Alter tut man sich leichter«, meinte Joop, der inzwischen ganz räsonabel fuhr. Auch Heiko beherrschte das Skifahren ganz gut, allerdings war er völlig beratungsresistent. Bei Marion klappte es hingegen nicht sonderlich gut, und Irmi hätte ihr am ehesten empfohlen, doch lieber dekorativ an der Après-Ski-Bar auf ihren Freund zu warten.

Schließlich hatte Irmi auch diesen Skitag hinter sich gebracht. Coci schlug vor, in Irmis Ferienwohnung zusammen zu kochen, was diese gerne annahm.

Gegen sechs traf Coci ein. Unter ihrem Anorak trug sie eine enge Lederhose und ein riesiges Sakko, dessen Ärmel sie hochgekrempelt hatte.

»So schick?« Irmi sah an sich herunter. Jeans und Fleecepullover.

»Mir war danach!«

»Gibt's das Sakko auch in deiner Größe?«, erkundigte sich Irmi lächelnd.

»Es hat einem Freund gehört. Ich mag es einfach.«

Sie packte ihre Tüte aus.

»Kann ich was tun?«, fragte Irmi.

»Den Wein öffnen«, sagte Coci und reichte Irmi eine Flasche Sancerre. »Und einschenken.«

Sie war auch eine Schnellköchin: Nach einer halben Stunde stand ein asiatisches Gericht aus Gemüse und Tofu auf dem Tisch. Das Naanbrot durfte Irmi im Toaster aufbacken.

»Könnt man selber machen, aber dazu hab ich keine Zeit«, meinte Coci. »Und Reis mag ich nicht. Um jeden Preis, kein Reis!«

Irmi lachte. »Es schmeckt toll!«

»Dabei koche ich wirklich ungern.«

»Ist das Tiefstapeln? Fishing for compliments?«, fragte Irmi.

»Nein, ich koche wirklich nicht gern, und es muss auch schnell gehen. Aber wenn ich was mache, dann soll es schon gut werden.«

Irmi lächelte sie an. »Es ist gut, sehr gut sogar. Danke, dass du mich damit bekochst und nicht die anderen.«

»Einen Abend mit Referaten über den Thüringer Wald und den Rennsteig würde ich nicht überleben. Joop würde ich einladen, der ist ein Netter, aber er hat ein Hotel mit Halbpension gebucht. Marion übrigens auch, und ich mag auch keiner Maske gegenübersitzen. Mimiklos durch die Nacht.«

Irmi musste wieder lachen. »Marion sponsert eben die Kosmetikindustrie.«

»Sie hat ja recht. Zu viel Sonne macht Falten. Deshalb spachtelt sie sich so zu«, meinte Coci. »Ich war zeit meines Lebens zu viel in der Sonne, ohne Lichtschutz. Nun bin ich halt ein Faltensack.«

»Du bist eine Zynikerin.«

»Natürlich, das hilft. Ich mag auch nur schwarzen englischen Humor.«

»Immerhin bekommt man davon Lachfalten. Die sind gut, nur diese tiefe Zornesfalte auf der Stirn solltest du im Auge behalten.«

»Ja, der Zorn und das Lachen liegen oft dicht beieinander. Die Zornesfalte hat damit zu tun, dass Alexandra schon wieder angerufen hat.«

»Worum geht es eigentlich bei eurem Streit?«, fragte Irmi.

»Ich habe schon mal erzählt, dass mein Paps den beiden Weibern nach der Trennung eine fürstliche Apanage gezahlt hat: dreitausend Euro für Veronika und tausend für Alexandra. Monatlich! Sie haben immer noch in seinem Haus gelebt, diese Zecken. Als er starb, lag ein Testament vor, in dem er Veronika das Haus vermacht hatte. Seine Wohnung in Hofheim und die Ferienwohnung in Garmisch habe ich bekommen. Die Wohnung in Hofheim habe ich vermietet, in Garmisch wohne ich selber. Und nun will Alexandra die Hälfte der Wohnung in Garmisch.«

»Mit welcher Begründung?« Irmi hatte die Stirn gerunzelt.

»Weil sie ein gieriges Luder ist. Natürlich könnte Veronika das Haus verkaufen und dem Töchterchen die Hälfte abgeben. Das tut sie aber nicht, sie hat nämlich Geldprobleme. Es ist so lästig! Alexandra hat mir ihre Forderungen über einen Anwalt zukommen lassen, und ich musste mir auch einen nehmen, um zu kontern. Nun will sie lieber ohne Anwalt weitermachen, wahrscheinlich geht ihr die Düse, dass sie doch verlieren könnte. Aber lass uns über was anderes reden. Jedes Wort, das ich an diese Frau verschwende, ist eines zu viel.«

Irmi war irritiert. Die Wohnung im Taunus brachte sicher einiges an Miete ein, und da Coci in Garmisch mietfrei wohnte, dürfte sie keine Geldsorgen haben. Warum hatte sie dann behauptet, sie müsse mit ihren Skikursen Geld verdienen? Litt sie unter Verarmungswahn, oder brauchte sie die Kurse als Lebenssinn und Lebensinhalt?

»Du denkst, das sind Luxusprobleme?«, fragte Coci.

»Na ja, du hast zumindest keine eklatanten Geldsorgen«, entgegnete Irmi zögerlich.

»Nein, aber es stresst. Alexandra ist eine Frau, die mich immer schon auf die Palme gebracht hat.«

Wie vieles andere auch, dachte Irmi.

Coci schien Gedanken lesen zu können. Sie war eine Frau, die sehr schnell Schwingungen aufnahm. »Ich weiß, du findest mich aufbrausend. Das bin ich auch, weil man mit Nettsein nicht sonderlich weit kommt. Wie war das bei dir auf der Arbeit? Haben sich Frauen mit Konflikten nicht auch schwerer getan als Männer? Und du hast dich doch sicher verantwortlich gefühlt, wieder für Harmonie zu sorgen?«

»Aber ist das so schlimm?«, konterte Irmi. »Ich war die Chefin eines Teams, das sich oft in Ausnahmesituationen befand. Wir haben im Dreck gewühlt, und das macht etwas mit den Menschen. Natürlich hilft da Harmonie, wenn rundherum das Chaos tobt.«

»Das mag in deiner Arbeit etwas anders gewesen sein als bei mir. Es ist nicht der Job einer Journalistin, für eine Wohlfühl-Atmosphäre zu sorgen. Das dankt dir keiner. Du bist schnell die Mama der Kompanie und wirst nicht mehr ernst genommen.«

Irmi schwieg. Da hatte Coci vermutlich recht, auch wenn Irmi selbst nicht darunter gelitten hatte, in ihrem Team für Harmonie zu sorgen.

»Schau bloß mal auf Social Media«, fuhr Coci fort. »Narzisstische Mädchen erzählen was von Body Positivity und davon, sich selbst anzunehmen. Sie behaupten, ein Mädchen könne heutzutage alles machen und alles werden. Das stimmt aber nicht, und das klappt vor allem nicht, wenn man nett ist und hilfsbereit. Und es stimmt auch nicht, dass die Optik nichts zählt. Seien wir doch mal ehrlich. Letztlich geht es vielen Frauen vor allem darum, von Männern begehrt zu werden.«

War das so? Irmi hatte auch ihre Zweifel, wenn gertenschlanke Schönheiten davon sprachen, ihren eigenen Körper zu lieben. Wie sollte sich ein kräftigeres Mädchen mit Pickeln da identifizieren?

»Frauen sind immer noch abhängig von der Bewertung durch Männer«, sagte Coci. »Und früher war das erst recht so! Wenn du ältere Biografien über Frauen liest, Künstlerinnen oder Wissenschaftlerinnen, dann raunt es durch das ganze Buch, dass diese Frau vor allem unberechenbar und exotisch war. Das gilt vor allem für Biografien, die von Männern geschrieben wurden. Deren Brennglas ist anders, gerne auch mal erotisch-amourös.«

Irmi staunte wieder einmal, in was für einem Tempo Coci die Themen wechselte.

»Ich schreibe gerade ein Buch über Künstlerinnen und darüber, wie sehr sie an Männern gescheitert sind. Georg Baselitz hat noch 2013 in einem *Spiegel*-Interview gesagt: *Frauen malen nicht so gut, das ist ein Fakt.* Krass, oder? In seinen Kursen saßen auch Frauen. Warum wollten die bei so einem noch studieren?«

»Ich denke beim Thema Künstlerin als Erstes an die Münter. Die war ja in meiner Region tätig«, sagte Irmi nach einer Weile.

»Ha! Du sagst auch die Münter, nicht Gabriele Münter!«, rief Coci.

»Ja, stimmt. Das ist in meiner Region so üblich.«

»Deine Region hatte immer ein ambivalentes Verhältnis zur Künstlerin. Die begüterten Murnauer haben sie mit Porträts beauftragt, quasi um sie finanziell zu unterstützen. Dabei haben sie aber immer die Distanz zwischen Auftraggeber und Malerin gewahrt. Ein Mann, der seine Töchter von ihr porträtieren ließ, äußerte den legendären Satz: *I woaß, dass meine Töchter schiach sind, aber so schiach san sie dann doch ned.*«

Irmi überlegte. »Aber Gabriele Münter wird doch heute sehr geschätzt.«

»Dass man sie heute anders sieht, liegt daran, dass über sie extrem viel gearbeitet und geschrieben wurde. Das hat aber viel mit ihrem künstlerischen Umfeld zu tun, in dem eine Entwicklung vom Abbilden der Natur hin zum Expressionismus stattfand. Das Blaue Land wurde zu einer Marke, und in dem blauen Licht vor der Bergen waberte eben auch die Münter herum. Inzwischen gibt es jede Menge Münter-Biografien und Bücher über den Blauen Reiter. Aber zu Lebzeiten, da galt sie als sogenanntes Malweib. Das waren junge Frauen aus gutem Hause, die künstlerisch tätig waren. Gabriele Münter war durch den frühen Tod ihrer Eltern ziemlich begütert, reiste zwei Jahre lang durch die USA und ging 1901 nach München, wo sie als Frau allerdings nicht an der Kunstakademie angenommen wurde. Also malte sie in der Malschule der fortschrittlichen Künstlergruppe Phalanx. Ihr Lehrer war ein gewisser Wassily Kandinsky, der seine Schülerinnen und Schüler auch zum Landschaftsmalen nach Kochel mitnahm. Er war der Traum und die Tragödie ihres Lebens. Dass sie als selbstständige Frau und Künstlerin einen verheirateten Ausländer anbetete, das hatte Sprengkraft, damals wie heute. Die Gefühle, diese beschissenen Gefühle machen alles kaputt! Kandinsky brauchte sie wohl als eine beständige Komponente seines Lebens – doch seine Muse war sie nicht. Sie war eine eher herbe Frau, und als er mal ein Foto von ihr präsentieren wollte, schaffte er ihr an: *Und lass dich auch schön fotografieren*. Das sagt doch alles.«

Irmi überlegte. »Aber war es in der Kunstszene vielleicht nicht doch so, dass bei Frauen die wahren Werte zählten?«

»Du bist ja goldig! Als Gabriele Münter 1920 aus Stockholm wieder nach Deutschland kam, war Kandinsky längst über alle Berge. Er hatte noch einmal geheiratet – bloß nicht sie. Das war eine Kränkung, die sie nie überwand. Sie rang so sehr um ihren Stil, genauso wie um die Farbe, denn an die Farbigkeit Kandinskys kam sie nie heran, so wie sie an ihn als Mann ja auch nie herangekommen ist.«

»Das kann man vermuten«, sagte Irmi, um irgendwas zu sagen.

»Warst du mal in Murnau im Schlossmuseum?«

»Ja, ist aber schon länger her.«

»Es gibt das Selbstporträt von 1911, wo sie die linke Gesichtshälfte so düster lila verschattet hat. Sie ist lesbar. Sie war selten heiter. Mein Lieblingsbild ist aber ihr Gemälde *Olympiastraße* von 1936. Die Häuser und die Berge stehen so standhaft und fest in der Landschaft, darüber ein sphärischer Himmel in hektischem fasrigem Strich. Aber den Ruhm eines Marc oder Kandinsky hat sie nie errungen, weil Frauen sich am Ende immer zurücknehmen. 1931 zog sie mit ihrem zweiten Lebensgefährten, dem Kunsthistoriker Johannes Eichner, nach Murnau. Er ließ ihr Haus in der Kottmüllerallee, das von der Bevölkerung ›Russenhaus‹ genannt wurde, winterfest machen und durfte dafür bald darauf im Grundbuch stehen. Ein junger Journalist namens Nannen traf das Paar Münter und Eichner und befand, dass sie eine *tantenhafte Dame mit rundem Hut und scheuer Art* sei. Und er *ein buchhalterischer, beamtenhafter Typ*. Was für ein Weg von den Blauen Reitern zum runden Hut! Frauen zerbrechen immer daran, es Männern am Ende recht machen zu wollen.«

Irmi hatte wie gebannt zugehört. Sie bewunderte Menschen, die so viel Wissen besaßen und es in Worte kleiden konnten. Das konnte der Hase auch, aber er blieb bei all seinen Ausführungen immer ein wenig distanziert. Coci hingegen lebte in ihren Geschichten. Sie sprach immer ein klein wenig zu laut, sie war fleischgewordene Passion. Und Irmi spürte auch, dass Coci gefährlich lebte. Ihr Herz lag zu offen da.

»Weiß du, das Schwierige ist, dass die Zeitzeugen allmählich wegsterben«, sagte Coci. »Es gibt die Erzählung einer alten Dame, die als Kind mit ihren Spielkameraden Steine über den Zaun von Gabriele Münters Haus geworfen und ›Russenhure!‹ gerufen hat. Die Künstlerin hat die Kinder einmal hereingebeten und ihnen Bonbons geschenkt. Und die Kinder merkten: So schlimm ist die ja gar nicht. Mit dem Tod solcher Menschen vergehen auch ihre Geschichten.«

»Und solche Zeitzeugen willst du noch finden für dein Buch? Wie viele Frauen willst du denn porträtieren?«

»Frage eins: Ja, aber bei den meisten Künstlerinnen ist das fast unmöglich. Frage zwei: Das weiß ich noch nicht. Ich befinde mich in der Jägerin-und-Sammlerin-Phase.« Sie tippte auf ihre Handtasche. »Darin steckt mein dickes Notizbuch.«

»Also nicht nur der Aufhebungsvertrag?«, entgegnete Irmi lächelnd.

»Ist es nicht immer so? Man schleppt einen Teil der Vergangenheit mit und versucht doch, den Blick auf die Zukunft zu richten? Trinken wir noch was?«

»Wir hatten schon eine ganze Flasche Wein«, gab Irmi zu bedenken.

»Zu zweit! Ein Glas geht ja wohl noch!«

Irmi holte eine Flasche Veltliner aus dem Kühlschrank, die sie schließlich austranken, während Coci weitererzählte.

Nur ab und zu stellte Irmi eine Frage oder setzte einen Impuls.

»Vor ein paar Jahren war ich in einer großartigen Ausstellung im Wiener Belvedere Museum«, fuhr Coci fort. »Die Kuratorin hatte sich zum Ziel gesetzt, Künstlerinnen der Wiener Moderne zu suchen und zu präsentieren. Jeder denkt an Klimt oder Schiele, aber wo sind die Malerinnen? Es gab zwischen 1900 und 1938 etliche Frauen, die nicht nur die Muse sein oder als Hobbymalerin ein paar Blümchen in der Vase pinseln wollten.«

»Aber sie waren Exotinnen?«

»Na ja, nicht unbedingt. Die Frauen Ende der Zwanziger- und Anfang der Dreißigerjahre waren emanzipiert. Sie waren selbstbewusst, trugen Hosen, sie rauchten und tranken und waren auch Malerinnen oder Dichterinnen. Nach dem sogenannten Anschluss Österreichs ans Deutsche Reich galt ein großer Teil der modernen Kunst als entartet – insbesondere weibliche Kunst. Denn eine Frau hatte Hausfrau und Mutter zu sein, sollte dem Manne dienen und arische Kinder gebären. Die Schriftstellerin und Künstlerin Stefanie Kiesler zum Beispiel ging nach Paris und zog es vor, ihre Arbeiten unter dem männlichen Pseudonym Pietro de Saga auszustellen. In Wien gab es viele jüdische Künstlerinnen und Künstler, kosmopolitisch, gebildet, frei – die dann zur Emigration gezwungen oder deportiert wurden oder in steter Lebensgefahr schwebten. Das macht etwas mit dir, auch wenn du überlebst!«

»Bestimmt, vor allem, wenn du ein sensibler Mensch bist, der anders hinfühlt und den Drang hat, sich zu exponieren«, sagte Irmi leise. Sie selbst war nicht so gestrickt, sie wäre wahrscheinlich eine der Mitläuferinnen gewesen, die sich geduckt hatten. Und dieses Wissen machte sie beklommen.

»Du sagst es! Manche waren in den Startlöchern zu einer großen Karriere, aber dann kamen die Nazis mit ihren Ideologien. Es wurde dunkel, es war ein kultureller Exitus. Nimm eine Frau wie Lotte Laserstein in Berlin. Kennst du die?«

Irmi schüttelte den Kopf.

»Sie wurde 1898 im heutigen Polen geboren. Sie gehörte zur ersten Generation von Frauen, die nach Einführung des Frauenwahlrechts 1919 das Recht zum Besuch von Universitäten erhalten hatten, nicht für alle Fachrichtungen, aber doch Zugang zu den Kunstakademien. Schon Ende der Zwanzigerjahre präsentierte sie ihre Kunst in Einzelausstellungen. Ihre Bilder waren malerisch virtuos, mit einer bezaubernden Nähe zu den porträtierten Personen. Sie malte nie distanziert und kühl, und das spürten auch die Betrachter. Es gab eine seelische Verbindung zwischen Malerin, Gemälde und Betrachter. Sie hätte eine ganz Große werden können, aber ab 1935 durften Jüdinnen nicht mehr unterrichten. Sie musste ihre Malschule schließen, sie bekam auch keine Malmaterialien mehr, weil sie nicht in der Reichskulturkammer war. Im Jahr 1937 wanderte sie nach Schweden aus, was ihr Leben rettete, aber zu welchem Preis!« Coci atmete tief durch. »Sie ist nur ein Beispiel für dieses Trauma, das so viele nie überwinden konnten. Lotte Lasersteins Mutter ist im KZ gestorben. Sie selbst fand nicht mehr zu ihrem künstlerischen Ausdruck zurück, weil das Leid, die Furcht und das bohrend schlechte Gewissen sie zerfraßen.«

»Aber hat sie in Schweden dann nicht mehr gemalt?«

»Doch, sie bekam genug Aufträge für Porträtmalerei, Auftragsarbeiten, die ihr Leben finanzierten. Aber sie war niedergeschlagen, voller Zweifel, ohne Halt – ihre langjährige Freundin und zugleich Lieblingsmodell Traute Rose war in Berlin geblieben. Laserstein zog 1954 von Stockholm nach Kalmar, womöglich dachte sie, dass sie in einer Kleinstadt mehr Ruhe fände.«

Irmi kam der Gedanke, dass Coci sich in solchen Frauen wiederzufinden und sich mit ihnen zu identifizieren schien. Sie war auch nach Garmisch gezogen, in eine kleinere Stadt. Aber mit welcher Hoffnung?

»Es ging Lotte Laserstein materiell ja nie schlecht, sie bekam 1961 eine Wiedergutmachungszahlung als Verfolgte des Naziregimes. Außerdem wurde ihre eine Rente bewilligt, dazu kam das Erbe ihrer Schwester Käte, die 1965 verstarb. Du siehst, es geht eben nicht nur ums Finanzielle! Sie bekam 1977 sogar den Kulturpreis der Stadt Kalmar. Aber sie war keine Schwedin, sie war tief drinnen zerstört. Man hat sie wiederentdeckt, es gab ein paar fulminante Ausstellungen, die in London Ende der Achtzigerjahre besuchte sie selber noch. Sie starb mit 94 Jahren im Januar 1993 in Kalmar. Erst vor wenigen Jahren hat man eine Gedenktafel für Lotte Laserstein an ihrem ehemaligen Wohnhaus in der Jenaer Straße in Berlin-Wilmersdorf angebracht. Ein Leben platt geklopft in 2 D.«

Was sagte man da, mitten in so ein Feuerwerk aus Worten und Emotionen hinein?, fragte sich Irmi, die sich plötzlich schwer fühlte. »Ich würde das Buch kaufen«, meinte sie schließlich, und das war ihr Ernst.

»Gut, dann habe ich ja schon eins verkauft«, meinte Coci lächelnd. »Wenn du noch ein paar kaufst und weiterverschenkst, dann werde ich reich. Aber im Ernst: Eine wie Lotte Laserstein hat überlebt in Köpfen und an Wänden, aber so viele andere Künstlerinnen waren nach 1945 einfach vergessen. Und die Emanzipation war im Nachkriegsdeutschland auch weg, die Frau der Fünfziger war adrett und freute sich über innovative Küchenmaschinen. Emanzipation kam erst mit der Studentenrevolte auf, aber für viele Künstlerinnen kam das zu spät, sie waren längst tot.«

»Darüber habe ich nie nachgedacht«, gab Irmi zu. »Das ist spannend, vor allem, weil solche Lebenswege ja eine lange Zeit überspannen. Was hat Lotte Laserstein vom Ende des 19. Jahrhunderts bis 1993 alles miterlebt! Vom ersten Auto bis zum Internet, selten war die Zeit so beschleunigt wie in den letzten hundert Jahren.«

»Eben, aber das meiste, was wir wissen, was wir erfahren, wird durch die Brille der Männer gesehen und in ihrer Sprache erzählt. Deshalb wage ich mich an dieses Projekt.«

»Wie weit bist du denn schon?«

»Es gibt einen Entwurf für ein Vorwort und ein paar Kapitel, darunter die über Gabriele Münter und Lotte Laserstein, deshalb hab ich deren Vita auch so gut drauf.« Coci lachte. »Aber es gibt viele andere, ungeheuer faszinierende Frauen, über die man so gut wie nichts weiß.«

»Zum Beispiel?«

»Ich recherchiere gerade sehr intensiv über Ilse Schneider-Lengyel.«

»Wer ist das?«

»Ilse Maria Schneider, 1903 als Protestantin im katholischen München geboren, hinein in eine begüterte Familie, die Ländereien am Chiemsee besaß, später auch im Allgäu den Hopfensee, den Weißensee und den Bannwaldsee.«

»Denen haben wirklich die Seen gehört?«

»Ja, und das war gar nichts Ungewöhnliches. So einem See wurde früher eine andere Bedeutung beigemessen als heute. Das waren Fischwasser mit sumpfigen Wiesen drum herum, von geringem Wert. Durch die Weltwirtschaftskrise wurde die großbürgerliche Familie sehr gebeutelt, nur der Bannwaldsee verblieb in ihrem Besitz. Ilse studierte in Paris und Berlin, sie war Ethnologin und Kunsthistorikerin, eine begnadete Fotografin und Dichterin, aber zwei Kriege haben immer wieder ihr Leben und ihr Schaffen torpediert. Ihr Tod in der Psychiatrie in Konstanz ist eher ein Kriminalfall. Ich stecke mittendrin, entdecke immer mehr Brüche, es ist wahnsinnig spannend. Und es geht wie so oft um männliche Bewertungen. Wenn man über sie liest, blitzt immer etwas von der männermordenden Spinnenkönigin durch. Sie war weit gereist, verkehrte in Künstlerkreisen, sie war anders – und schon heißt es: Die will Sex. Aber ich denke, sie wollte den ganzen Menschen sehen. Mit allen seinen Facetten, die Körperliches und Geistiges mit einschließen. Ich bin da so einigem auf der Spur! Ein wahrer Krimi! Mit einer Zeitzeugin habe ich noch sprechen können, sie ist inzwischen leider verstorben. Ihre Erinnerungen geben mir einige Rätsel auf. So ähnlich stelle ich mir die Ermittlungen der Kriminalpolizei vor, aber das ist ja eher deine Domäne!«

Wieder diese Leidenschaft, dieses Feuerwerk in ihren Augen und Worten.

»Das *war* meine Domäne«, bemerkte Irmi.

Coci bedachte sie mit einem kritischen Blick. »Man kann eine Passion nicht einfach abstellen, weil man ein bestimmtes Alter erreicht hat, bei dem die Gesellschaft denkt, man sei weg vom Fenster. Mach dich doch nicht so klein und unsichtbar.«

Luise hatte kürzlich mal gesagt, man sei alt, wenn kein Mann sich mehr nach einem umdrehe. Auch wenn man noch eine passable Figur habe. Von hinten Lyzeum, von vorne Museum, auch ein Spruch, den schon Irmis Mutter verwendet hatte. Und schon saß man wieder in der Falle, dass Männer Frauen bewerteten.

»Ich habe mich nie besonders gerne exponiert«, sagte Irmi zögernd.

»Darum geht es doch nicht. Es geht um das, was in dir arbeitet und brodelt.«

»Ich war aber nie eine Frau, in der es brodelt«, entgegnete Irmi. »Eher eine, bei der langsame Maschinen zuverlässig laufen. Fürs Brodeln bist eher du zuständig – und Kathi.«

»Du vermisst sie?«

»Irgendwie schon.«

»Nun, fürs Beben und Brodeln hast du ja nun mich«, sagte Coci leichthin.

5

Irmi hatte definitiv zu viel Wein erwischt und schlief gar nicht gut. Als um halb acht der Wecker klingelte, fühlte sie sich wie durch den Fleischwolf gedreht. Auch ein blödes Bild, dachte sie, denn wer wusste schon, wie sich das anfühlte …

Ihr ganzes Leben lang hatte sie nur selten im Übermaß getrunken und noch nie einen Filmriss gehabt. Sie war – auch was ihre Trinkgewohnheiten betraf – immer vernünftig gewesen. Mehr als ein, zwei Feierabendbierchen oder ein Glas Wein wurden es so gut wie nie. Auch als die Mädels in ihrer Schulzeit Apfelkorn gekippt hatten, hatte Irmi maximal ein Stamperl getrunken, um nicht als völlige Spaßbremse dazustehen. Sie war generell kein Suchttyp und fragte sich, ob das auch für Coci galt.

Irmi machte sich einen Kaffee und sank mit der Tasse in der Hand auf den Stuhl. Ihr Blick fiel auf die Handtasche, die Coci offenbar am Vorabend hier vergessen hatte. Die würde sie ihr mitbringen, aber erst mal musste sie in die Skiverkleidung kommen.

Als sie sich in Skiunterwäsche, Hose, Fleece und Skischuhe gekämpft hatte, war sie schweißgebadet. Allein das Anziehen vorher war ein Grund, nicht Ski zu fahren. Man taumelte schweißnass nach draußen, wo es eiskalt war. Man schlingerte und schlitterte in diesen bocksteifen Schuhen über schlecht geräumte Parkplätze und wurde von anderen

Skideppen fast erschlagen, wenn die sich – die Ski geschultert – schnell drehten und einem fast einen Schmiss ins Gesicht zauberten. Irmi beschloss, den Kurs durchzuziehen, auch wegen Coci, doch sie war fest davon überzeugt, dass Skifahren nicht ihre neue große Passion werden würde.

Schon bald stellte sie fest, dass es schier unmöglich war, neben den Ski auch noch Cocis baumelnde Handtasche in den Händen zu halten. Also hängte sie sich die Tasche wie früher das Kindergartentäschchen um den Hals und stopfte sie unter den Anorak. Gottlob war die Tasche nicht sehr groß und die Jacke weit.

Sie erreichte ihre Gruppe ein paar Minuten nach 9 Uhr. Die anderen sahen munter aus. Marion war zugekleistert wie immer, doch unter all der Tünche bekam sie wenigstens keinen Sonnenbrand.

»Wo ist Coci?«, fragte Irmi.

»Noch nicht da«, sagte Joop.

Vermutlich litt Coci auch unter dem Wein, bei dem das letzte Glas sicher schlecht gewesen war, dachte Irmi und grinste in sich hinein.

Es vergingen zehn, fünfzehn Minuten, bis Joop zum Handy griff und Coci anrief. Es meldete sich nur die Mailbox.

»Sollen wir mal beim Skischuloffice anrufen?«, schlug Marion vor.

Warum sagte Marion nicht einfach Büro?, dachte Irmi und war plötzlich hellwach. Plötzlich begann ihr Herz zu rasen, und das waren nicht nur die Nachwirkungen des Alkohols. Joop redete mit dem Inhaber, doch der wusste auch nicht, wo Coci sein konnte.

»Wir sollten in ihrer Wohnung nachsehen«, sagte Irmi.

»Wenn sie verschlafen hat, wird sie doch von den Telefonaten aufgewacht sein«, sagte Heiko.

»Vielleicht hat sie ihr Handy im Flugmodus«, sagte Marion, was gar nicht so doof war.

Oder es steckte in der Handtasche, die immer noch unter Irmis Anorak baumelte, doch von dort meldete es sich definitiv nicht.

Joop sah Irmi an. »Oder meinst du, ihr ist etwas zugestoßen?«

»Sie hat gestern Abend etwas viel getrunken«, sagte Irmi und hielt sich bewusst vage. »Bestimmt hat sie verschlafen. Ich fahr mal zu ihrer Wohnung.«

»Ich komme mit«, meinte Joop.

»Dann holen wir mein Auto. Ich schleppe mich nicht in Skischuhen bis Langenschwand.«

Irmis Ferienwohnung lag im Zentrum, im Prinzip gar nicht weit weg vom Parkplatz, doch sie empfand es schon als Zumutung, dieses kleine Stück in Skischuhen zurücklegen zu müssen. Die ganze Strecke zu Cocis Wohnung in Langenschwand hingegen wäre eine wahre Strafexpedition.

»Warte schnell!«, rief Irmi, als sie mit Joop an ihrer Ferienwohnung angekommen war, und wechselte im Skikeller rasch das Schuhwerk. Dann startete sie das Auto, das unwillig stotterte. Die Nächte waren bitterkalt.

Wenig später hielten sie vor dem Apartmenthaus in Langenschwand und betraten es durch die unabgeschlossene Eingangstür. Sie klingelten an der Tür zu Cocis Ferienwohnung und klopften heftig, doch nichts passierte. Schließlich drückte Irmi die Klinke hinunter. Coci war nicht da. Alles sah normal aus, im Abwaschbecken stand eine halb ausgetrunkene Tasse Kaffee. Irmi hielt den Finger hinein, die Flüssigkeit war nicht ganz kalt.

»Polizeiarbeit?«, fragte Joop und lächelte, sah aber dennoch beunruhigt aus.

»Sie scheint früh aufgebrochen zu sein«, sagte Irmi. »Und überstürzt. Womöglich ist etwas Wichtiges passiert, und sie hat den Kurs vergessen.«

Joop runzelte die Stirn. Er schien dasselbe zu denken wie Irmi: Coci war dazu in der Lage, viele Dinge gleichzeitig und schnell zu tun. Sie würde doch ihren Kurs nicht einfach vergessen!

»Steht ihr Auto vor der Tür?«, fragte Irmi.

Joop schob den Vorhang zur Seite. »Nein, ich sehe es nicht.«

»Schau doch mal unten nach, ob sie ihre Ski mitgenommen hat. Oder ihre Langlaufski. Sie geht öfter in der Frühe langlaufen, hat sie mir erzählt.«

Joop nickte und verschwand. Irmi fiel jetzt erst wieder ein, dass sie Cocis Tasche dabeihatte. Sie schälte sie unter ihrem Anorak hervor und öffnete sie kurz. Auf den ersten Blick war kein Handy darin, das hatte Cordula dann wohl dabei. Irmi stellte die Tasche auf einen Stuhl.

Es polterte auf der Treppe. Joop war zurück. »Die Langlaufski sind weg mitsamt Schuhen und Stöcken. Was, wenn ihr beim Langlaufen etwas passiert ist?«

Irmis Gedanken überschlugen sich, sie polterten die Stufen hinunter und sortierten sich am Fuße der Treppe wieder.

»Wir sind hier nicht im Yukon«, meinte Irmi. »Coci skatet, und dazu braucht sie eine Loipe. Da würde sie doch jemand finden, wenn sie wirklich verletzt wäre.«

»Wenn es so schlimm ist, dass sie bereits im Krankenhaus liegt?«

»Ich mache mich mal schlau.« Zum Glück habe ich ja noch ein paar Kontakte, dachte Irmi. »Geh du mal zu den anderen. Ich melde mich.«

Joop wirkte fast erleichtert, sich wieder zurückziehen zu dürfen, und auch der Weg in Skischuhen schreckte ihn offenbar nicht.

»Du meldest dich?«, vergewisserte er sich.

»Ja, klar.«

Man hörte seine Schritte auf der Treppe, dann war er weg.

Irmi sah sich im Raum um. An der Wand hing ein Bild, das eine alte Bergbäuerin zeigte, die zahnlos und verlegen in die Kamera lächelte. Die Kuh neben ihr hatte Hörner. Etwas in Irmi schmerzte.

Dann griff sie erneut zu Cocis Handtasche und nahm sie genauer in Augenschein. Darin befanden sich das Notizbuch, ein Portemonnaie, Papiertaschentücher, eine Tube Handcreme, ein paar Münzen, die wohl aus dem Geldbeutel gefallen waren, und das aufgerollte Dokument, das Coci ihr gezeigt hatte.

Im Geldbeutel steckten Personalausweis, Führerschein und Fahrzeugschein, die Visakarte und die Bankkarte sowie hundertzwanzig Euro in bar. Nur ihr Handy schien Coci wirklich dabeizuhaben. Irmi wählte ihre Nummer, doch auch jetzt erklang nur eine Ansage. Sie nahm das Notizbuch aus der Tasche und steckte es ein, ohne zu wissen, warum. Dann warf sie einen genaueren Blick auf den Fahrzeugschein. Das Kennzeichen war aus Garmisch. Erneut griff sie zum Telefon und rief Kathi an.

»Na, Irmi? Sehnsucht nach uns? Kannst du schon wedeln?«

»Man wedelt nicht mehr, man carvt. Und nein, ich kann Pflugbogen und den auch nur auf eine Seite. Es ist entwürdigend.«

»Das war ja auch eine Scheißhausidee von Fridtjof!«

Irmi musste lachen. Kathi war gut darin, Dinge auf den Punkt zu bringen.

»Sag mal, Kathi, kannst du mir eine Autonummer überprüfen? GAP CK 1967. Ist das Auto irgendwie in einen Unfall verwickelt?«

»Wieso? Also Irmi …«

»Kathi, machst du das bitte?«, unterbrach Irmi.

»Ja, okay, ich ruf zurück.«

Es verging eine kurze Weile, bis Kathi wieder anrief. »Das Auto ist auf Frau Dr. Cordula Kühnlein zugelassen. Das ist doch diese Irre, die den jungen Mann niedergeschlagen hat. Deine Skilehrerin. Was hat sie jetzt schon wieder angestellt?«

»Sie ist nicht zum Kurs erschienen. Ich mache mir Sorgen. Sie scheint frühmorgens zum Langlaufen gegangen zu sein. Kannst du nachprüfen, ob es eine Unfallmeldung gibt?«

»Wohin zum Langlaufen?«

»Ich nehme an, entweder bei Wertach oder am Oberjoch. Ich glaube aber eher Wertach, also am Grüntensee.«

»Irmi, diese Alte ist doch total irre. Womöglich ist sie

wieder auf einem Kreuzzug. Warum sollte ihr etwas passiert sein? Ich hatte eher den Eindruck, da passiert anderen etwas!«

»Kathi, machst du das bitte?«, wiederholte Irmi.

»Ja, ich ruf dich an. Versprochen!«

»Danke, Kathi.«

Irmi setzte sich auf den Stuhl und ließ den Blick über den melierten Laminatboden und dann zur weißen Küche wandern, die neu war und zeitlos. Alles Marke frisch renovierte Ferienwohnung. Schließlich wollte der Gast nicht mehr auf alten Teppichen wandeln und in einer dunkelbraunen Küche aus den Siebzigern kochen. Irmi ging ins Schlafzimmer. Das Doppelbett war mit einer Bergblumen-Bettwäsche bezogen, auf der unbenutzten Seite lag ein Laptop. Irmi konnte das Gerät nicht einfach anschalten oder mopsen, mit welcher Begründung auch? Sie war keine Kriminalpolizistin mehr. Und Coci würde doch bestimmt auch wiederkommen?

Sie zog das Notizbuch heraus und blätterte kurz darin. Es gab einige handschriftliche Notizen darin, vor allem aber lagen ein paar Ausdrucke darin, die in der Mitte zusammengefaltet waren.

Es waren etwa zwanzig Minuten vergangen, als Kathi anrief. »Irmi?«

»Ja?«

»Es tut mir so leid. Es ist … ach, Scheiße!«

»Kathi, was ist los?«

»Vor etwa zwei Stunden hat die Polizei eine Frau aus dem Grüntensee gezogen. Sie ist im Eis eingebrochen. Aber das muss ja nicht deine Skilehrerin gewesen sein.«

»Wie alt war die Frau?«, fragte Irmi mit äußerster Beherrschung.

»Die Kollegen sagen, etwa Mitte fünfzig. Sie hatte nichts bei sich. Deshalb können sie sie nicht identifizieren.«

»Ihr Auto müsste am See stehen. Wo wurde sie gefunden?«

»Am Seeufer in der Nähe eines Kletterwalds, sagt der Kollege.«

»Ist sie noch vor Ort?«, fragte Irmi.

»Das weiß ich nicht, Irmi, aber das kann doch nicht sein, dass das diese Coci ist!«

Natürlich war es ungerecht, wenn eine Frau, die erst vor Kurzem zu neuen Ufern aufgebrochen war, nun ertrunken war. Und Irmi, die gerade mal ein paar Monate in Pension war, hatte auch nicht gedacht, dass ihr schon so bald wieder der Tod im Nacken sitzen würde. Der Tod einer – was war Coci für sie? Eine Bekannte oder doch längst eine Freundin?

»Gib denen die Autonummer durch, Kathi, ja?«

»Sie ist in Garmisch gemeldet, das heißt …«

Das heißt, dann bist auch du an dem Fall dran, ergänzte Irmi in Gedanken. »Ich fahre dahin.«

»Aber du, du bist …«

»… nicht mehr zuständig, schon klar. Aber ich bin eine Bürgerin, die womöglich bei der Identifizierung helfen kann.«

»Irmi, wenn sie das wirklich ist, dann …« Der Satz erstarrte wie ein Eiszapfen, dessen Spitze abgebrochen war.

»Kathi, ich melde mich bei dir.«

Irmi sah sich noch einmal in der Wohnung um und

schrieb schnell eine WhatsApp an Joop: *Coci kommt nicht, also macht euch einen schönen Skitag.* Was für ein bekloppter Satz.

Kathi hatte ihr die Koordinaten auf ihr Handy geschickt. Die Route führte Irmi am See entlang, nach Haslach und dann weiter auf einem Weg, der an einem Parkplatz endete. Im stillen Tann dahinter lag ein Kletterwald, der gerade Winterruhe hatte. Irmi hielt an und stieg zögerlich aus. Sie ließ ihren Blick über den eisbedeckten See schweifen.

Ein junger Polizist kam auf sie zu. »Frau Mangold. Wie schön! Ihre Kollegin hat schon angekündigt, dass Sie kommen. Der Wagen steht hier am Parkplatz, wir gehen also davon aus, dass die Dame, dass sie … Aber zweifelsfrei identifizieren, also …«

»Wo ist sie?«, fragte Irmi.

Seine Hand deutete nach unten zum See, wo zahlreiche Menschen herumwuselten und jemand Absperrbänder angebracht hatte, um die Schaulustigen zurückzuhalten, die sich bereits versammelt hatten. Sie querten eine Loipe, gingen ein kurzes Stück auf einem schneebedeckten, aber platt getrampelten Wanderweg und dann im Gänsemarsch auf einer Pfadspur und unter dem Absperrband hindurch. Irmi wurde zu einem Leichensack geführt. Jemand öffnete ihn ein Stück.

Irmi blickte in Cocis Gesicht, das bläulich war, von nassen Haarsträhnen umrankt. In diesem Moment fühlte sie nichts, sondern war nur hoch konzentriert.

»Das ist Dr. Cordula Kühnlein«, sagte Irmi. »Sie ist achtundfünfzig Jahre alt und arbeitet momentan in Jungholz als Skilehrerin. Sie hat dort auch eine Ferienwohnung, wo sich ihre Wertsachen befinden. Ihr Hauptwohnsitz ist Garmisch-Partenkirchen.«

Der Kollege sah Irmi fast ehrfürchtig an. »Danke, Frau Mangold. Schade, dass Sie nicht mehr dabei sind. Ihr Ruf ist auch bei uns …« Er stockte.

Irmi blickte auf seinen Namen. »Herr Guggemos, alles gut. Haben Sie denn sonst etwas feststellen können?«

»Sie ist eingebrochen und war schon bewusstlos, als die Wasserwacht sie geborgen hat. Der Notarzt hat reanimiert, aber leider vergeblich.«

Irmi verbat sich, die Frage aller Fragen zu stellen. War es ein natürlicher Tod gewesen?

»Was nur komisch ist, also …«, sagte der Kollege.

»Ja?«

»Sie hatte Langlaufschuhe an.«

»Sie hat mir erzählt, dass sie morgens oft langlaufen geht.«

»Aha.«

»Haben Sie Ski oder Stöcke gefunden?«

»Nein, aber das heißt nichts. Wenn sie eingebrochen ist, dann hat sie sicher versucht, die Ski loszuwerden. Die können unter das Eis gezogen worden sein. Es gibt Strömungen hier im See.«

»Sie glauben also, sie ist mit Ski auf das Eis?«

»Kann leicht sein, manche queren den See oder kürzen ab.«

Würde Coci das tun? Irmi hatte ihre Zweifel. Coci war sicher unbedacht, aber der Winter war ihr Metier. Der See war, oberflächlich betrachtet, zugefroren, aber wozu hätte sie mit Ski auf den See fahren sollen?

»Haben Sie im Eis Abdrücke von Stöcken oder so gefunden?«

»Nichts, was klar ersichtlich wäre. Aber das ist auch schwer, da sind Kinder Schlittschuh gefahren, haben Eishockey gespielt. All so was.«

All so was? Es war irgendwie rührend, wie bemüht der junge Mann ihr Auskunft geben wollte, weil sie einen Ruf wie Donnerhall zu haben schien. Für ihn war das wohl der Besuch einer alten Dame. Und er fühlte sich auch verpflichtet fortzufahren: »Da waren noch zwei Jungs am See. Die Frau, die den Fund gemeldet hat, hat die noch gesehen. Die werden wir suchen.« Er holte Luft. »Und ich werde die Kollegin Reindl in Kenntnis setzen. Also wegen Garmisch. Hat die Frau da Verwandte, Mann oder Kinder?«

»Sie ist alleinstehend. Ich weiß von einer Halbschwester, die in Wertach wohnt und Alexandra heißt. Mehr weiß ich leider nicht.«

»Danke, vielen Dank.«

»Wird die Dame denn in die Rechtsmedizin gebracht? Was hat der Notarzt denn angekreuzt?«, fragte Irmi plötzlich.

»Ungeklärt.«

Irmi atmete innerlich auf. Die Rechtsmedizin in München bekam pro Jahr rund zweitausend Leichen aus dem südlichen Bayern auf den Tisch, sofern die Todesursache ungeklärt oder nicht natürlich war. Nicht jeder Arzt – manchmal waren auch Zahnärzte oder ein Psychiater am Start – führte eine korrekte Leichenschau durch. Gar nicht so selten bescheinigten die Mediziner vor Ort fälschlicherweise einen natürlichen Tod. Manchmal versuchten sogar

Polizisten, den anwesenden Arzt zur Diagnose »natürlicher Tod« zu drängen, um sich die Arbeit zu ersparen. Irmi war dankbar, dass in diesem Fall ein Notarzt da gewesen war.

»Haben Sie Zeugen befragt?«, erkundigte sie sich.

»Ja, die junge Frau, die auch den Notruf getätigt hat. Die haben wir jetzt heimgeschickt, wir haben aber ihre Adresse. Sie war halb erfroren.«

»Getätigt« war ein Wort, das ihm schwer über die Lippen zu gehen schien. Er bemühte sich auch, jedes Allgäuerisch zu unterdrücken. Irmi hätte noch viele Fragen gehabt, aber das war nicht mehr ihre Baustelle. Sie war hier als Privatperson, die Coci letztlich doch ins Herz geschlossen hatte.

»Wenn wir von Ihnen noch was wissen müssten …«, setzte er an.

»Die Kollegin Reindl hat meine Daten«, erklärte Irmi.

»Danke, Frau Mangold.«

»Gerne.« Was für eine falsche Floskel! Natürlich mehr als ungern.

Irmi startete ihr Auto und fuhr langsam los. Ein paar Winterwanderer, die Richtung Haslach liefen und einen Schlitten zogen, schienen keine Veranlassung zu sehen, ihr Platz zu machen. Irmi fuhr hinter ihnen her, dann ließ sie den Motor aufheulen. Die Wanderer taten so, als hätten sie Irmi eben erst gehört. Eine Frau warf ihr einen bösen Blick zu, weil sie ihren Schlitten zur Seite in die Schneewehe heben musste. Coci hätte sicher die Scheibe runtergekurbelt und etwas Unflätiges gebrüllt. Mensch, Coci!

In Jungholz parkte Irmi ihr Auto und rief Joop an. Sie vereinbarte mit ihm, dass sich die Gruppe gleich am Bischlag-Stadel treffen sollte.

»Irmi, wo warst du? Was ist los?«, fragte Joop, als sie alle am Treffpunkt standen. Sein holländischer Akzent erinnerte sie an Rudi Carells *Lass dich überraschen* und wollte so gar nicht zum Ernst der Lage passen.

Irmi sank auf die Bierbank. »Ich muss euch leider sagen, dass Cordula tot ist.«

Marions Lippen öffneten und schlossen sich wieder. Sie blickte Irmi völlig verdattert an.

»Aber nein!«, rief Joop.

»Sie ist am Grüntensee ins Eis eingebrochen und ertrunken«, berichtete Irmi. Sie verschwieg ihnen, dass Coci womöglich noch hätte reanimiert werden können. »Ich war vor Ort. Es gibt keinen Zweifel.«

»Das gibt es doch nicht!«, sagte Heiko.

»Aber warum tut sie so was? Aufs Eis gehen? Man weiß doch ...« Joop brach ab.

Gute Frage, die brennende Frage, dachte Irmi. »Ich weiß es nicht, die Staatsanwaltschaft ist eingeschaltet. Es wird obduziert.«

Marions Blick war jetzt panisch. Sie sah aus, als würde man sie bedrohen und aufschneiden wollen und nicht Coci.

»Und was machen wir jetzt?«, flüsterte Heiko.

»Ich nehme an, dass die Polizei den Arbeitgeber informiert. Ihr werdet sicher noch offiziell angesprochen.«

»Ich kann das nicht glauben. Sie war doch das blühende Leben«, sagte Heiko immer noch im Flüsterton, als ob es weniger real wäre, wenn man sehr leise sprach.

»Warum warst du da?«, fragte Marion plötzlich.

»Weil ich meine Hilfe angeboten hatte.«

»Aha, die Frau Polizistin«, kommentierte Marion spöttisch.

»Was ist eigentlich dein Problem? Außer dieser scheußlichen Maske in deinem Gesicht?«, stieß Irmi aus und wunderte sich im nächsten Moment. So etwas hätte sie früher nie gesagt, sondern höchstens gedacht. Coci schien in ihr nachzuwirken.

Joop lachte kurz auf. Marion starrte Irmi an, hinter der Maske schien es zu rattern. Alle schwiegen.

Die Sonne übertrieb es fast, und der Himmel war unwirklich blau. Man hörte Lachen, das Knirschen von Stiefeln, Schneeschuhwanderer machten sich auf, bergwärts zu stapfen in einem Skigebiet, das zumindest diese Saison keines mehr war.

»Ich für meinen Teil werde zusammenpacken. Für mich ist der Kurs beendet«, sagte Irmi in das Schweigen hinein und sah dabei nur Joop an.

»Ich … ich … Irmi … Ich weiß gar nicht, was ich sagen soll«, sagte Joop.

»Ihr werdet bestimmt einen neuen Lehrer oder eine neue Lehrerin bekommen«, sagte Irmi lahm. Wobei Coci ganz sicher nicht ersetzbar war.

»Wir bleiben in Kontakt, ja?«, fragte Joop. »Du meldest dich, wenn du was hörst?«

»Machen wir, ich hab deine Nummer. Ich wünsche euch noch viel Erfolg. Das Wetter soll ja schön bleiben.« Irmi empfand eine Art Fluchtreflex. Sie wollte, sie musste weg von hier. In ihrem Kopf sprangen zwei Bilder hin und her: Cocis Gesicht, als sie ihre Schwester anbrüllte, und das der toten Cordula.

Irmi packte ihre Sachen zusammen, ihre Bewegungen waren mechanisch. Sie gab der Vermieterin Bescheid und zahlte die Rechnung für die gesamte Woche. Die Frau war betroffen, als sie den Grund der Abreise erfuhr. Sie hatte Coci gekannt und murmelte etwas von tragischem Unglücksfall und dass sie das gar nicht glauben könne.

Irmi wandte sich ab, sah zu Boden, schluckte den Kloß in ihrem Hals hinunter und nickte der Frau zu. Sie presste ein »Leben Sie wohl« heraus, was sie sonst eigentlich nie sagte. Wie ferngesteuert fuhr sie los, und als sie in Wertach an der großen Ampel stand, überlegte sie, wie sie dorthin gekommen war. Jemand hinter ihr hupte, es war grün. Sie gab zu viel Gas, fuhr los, wieder am See entlang. Am Kreisel folgte Irmi dem Impuls, nach Haslach abzubiegen, um noch einmal an den See zu gehen.

Die Straße war schneebedeckt und glatt. Irmi fuhr Schritttempo, bis sie wieder den Parkplatz erreicht hatte. Dieses Mal blickte sie etwas länger über den See und sein Gestade. Immer noch waren die wenigen Büsche am Ufer vereist, zu Skulpturen erstarrt. Wenn man hier auf der Ostseite stand, sah man in die Sonne, die auf den Eiskristallen spielte und ein furioses Funkeln erzeugte, das so lebensfroh war – und in diesem Moment so unpassend …

Als die junge Mutter mit ihren Wichtelmännchen und Oskar ein gutes Stück entfernt war, drehte sich Irmi um. In der Loipe war noch Betrieb, Knirschen und Kratzen im Schnee, irgendwo war ein Lachen zu hören. Die Schneekristalle funkelten wie Diamanten. Keiner glich dem anderen, jeder war ein Kunstwerk. Irmi stapfte am Ufer entlang, die Sonne schickte sich an zu gehen. Der Himmel verfärbte sich, weil es ein paar Schleierwolken gab, er erstrahlte in Orange und Violett. Irmi stapfte weiter. Zwei Bänke blickten seewärts, große Fichten warfen ihre langen Schatten Richtung See. Irmi sah schnaufend nach oben, wo sich Seilleitern und Podeste an Bäume klammerten. Auch der Besuch eines Kletterwaldes kam ihr ziemlich unnötig vor. Die Routen verliefen auf unterschiedlichen Höhen, selbst die unterste wäre für sie viel zu hoch gewesen.

Man konnte förmlich fühlen, wie es von Minute zu Minute kälter wurde. Und diese Kälte bekam plötzlich eine zusätzliche Schattierung. Irmi hatte kurz das Gefühl, jemand beobachte sie. Zweimal drehte sie sich um, aber da war niemand. Sie halluzinierte wohl. Noch einmal wanderte ihr Blick über die dunklen Bäume. Unter einem der Podeste lugte etwas Buntes hervor. Irmi ging näher. Es waren gelbe Langlaufski und ein Stock. Eindeutig der Kumpel jenes Stocks, den Oskar vorhin apportiert hatte. Es handelte sich um Skatingski, in die Initialen eingestanzt waren. C.K. Das mussten Cocis Ski sein!

Irmis Herz pochte. Damit lag die Ausrüstung schon mal nicht unter dem Eis, wie der junge Polizist vermutet hatte. Hatte Coci die Ski etwa hier abgestellt? Allerdings wirkte es auf Irmi nicht wie Abstellen, sondern eher wie Verstecken. Auch das hatte möglicherweise eine ganz einfache Erklärung. Womöglich hatte Coci Angst gehabt, jemand könnte sie stehlen, bis sie vom See zurückgekommen war. Doch warum hatte sie das Eis überhaupt betreten?

Vorsichtig griff Irmi nach den Ski und dem Stock und stapfte zurück zu ihrem Auto. Auf dem Weg sammelte sie auch den ersten Stock ein, der noch an der Stelle stand, wo sie sich mit Kathrin unterhalten hatte.

Zwei Huskys kamen ihr entgegen, an langen orangen Schleppleinen, die wie giftig aussehende Schlangen über den Schnee tanzten. Der Besitzer nickte Irmi zu.

»Zapfig, gell?«

Irmi nickte, zu mehr war sie gerade nicht in der Lage. Eine Frau war gestorben inmitten dieser eisigen Schönheit, die Welt aber skatete weiter. Irmi hätte gar nicht sagen können, was sie dazu trieb, aber sie wandte sich ein letztes Mal um. In gebührendem Abstand ging ein Mann am See entlang, er war so weit weg, dass Irmi kein Gesicht erkennen konnte, nur einen knielangen braunen Mantel. Er bückte sich und nestelte an seinen Schuhen herum. Dann erhob er sich wieder, zog ein Handy heraus und schien zu telefonieren.

Irmi legte die Ski vorsichtig in ihr Auto und fuhr nach Schwaigen. Raffi kam angeschossen wie ein weißer Pfeil und freute sich wie Bolle über ihre Ankunft. Hinter ihm, deutlich gemächlicher, erschien Luise, die Raffi wohl ausschimpfen wollte und nun überrascht innehielt.

»Irmi, was machst du denn hier?«

»Ich wohne auf diesem Hof.«

»Blöd gefragt von mir. Aber der Kurs? War doch nichts?«

»Genau genommen war es wirklich nichts, ich werde keine Skifahrerin mehr. Aber es hat leider einen anderen Grund, es ist …« Sie kämpfte mit den Tränen. »Coci ist tot.«

»Tot?«

»Sie ist im Grüntensee eingebrochen und ertrunken.«

Luise hatte die Augen weit aufgerissen. »O nein, das kann doch nicht sein!«

»Leider doch. Können wir reingehen? Ich friere.« Und in dieser Äußerung lag weit mehr als eine Aussage zur Temperatur.

»Sicher, entschuldige, ich mach uns einen Tee.«

»Ginge auch ein Bier?«

»Natürlich.«

Wenig später saßen sie in der Küche, wo der Herd eine wohlige Wärme verströmte. Ab und zu krachte ein Holzscheit. Während es draußen dunkel wurde, erzählte Irmi von den Ereignissen der letzten Tage und Stunden.

»Ich kann das einfach nicht begreifen«, sagte Luise betroffen. »Wie kann sie tot sein? Sie vibrierte doch vor Lebensenergie. Und dieses Mundwerk, das kann doch nicht verstummt sein?«

»Ach, Luise.« Nun bahnten sich die unterdrückten Tränen doch ihren Weg.

Luise tat nichts, und das machte sie gut. Sie war einfach nur da, ohne jede Übergriffigkeit.

Plötzlich waren Schritte im Gang zu hören, und die Tür ging auf. Fridtjof trat näher und war sichtlich erstaunt.

»Irmi, was machst du denn hier?« Das war wohl die Frage des Tages. »Ich war bei Lissi einkaufen und wollte schnell bei Luise vorbeischauen. Ist was passiert? Du weinst?« Er humpelte immer noch ein wenig. »Bist du krank? Verletzt?«

»Nein, alles in Ordnung.«

Luise holte eine Flasche Wein aus dem Kühlschrank und stellte sie vor Fridtjof auf den Tisch.

»Irmi geht es gut, sie hat nur leider schlechte Nachrichten mitgebracht«, erklärte sie. »Setz dich doch.«

Er nahm Platz, nippte am Wein und sah Irmi an. In seinem Blick lag Besorgnis und so viel mehr. Irmi wusste, dass sie Fridtjof schon einiges zugemutet hatte. Mehrmals hatte er miterleben müssen, wie sie in Lebensgefahr schwebte. Wenn man selbst in der Situation war, hatte man zu funktionieren und die Panik niederzuzwingen. Dann ging es nur ums Überleben. Der Außenstehende, der einen liebte, hatte es schwerer. Er konnte nichts tun, nur warten, bangen, hoffen. Hoffen war das Schlimmste, denn das Leben war nicht immer gut zu den Hoffenden.

Das alles wirbelte durch Irmis Kopf. Obendrein war Eis ein besonders belastendes Thema, denn Fridtjofs Sohn war einst beim Schlittschuhfahren eingebrochen und ertrunken.

»Fridtjof, ich habe den Kurs beendet, weil … weil Coci tot ist.«

Er sagte lange nichts. »Wie kann das sein?«, fragte er schließlich.

»Sie ist in einen See eingebrochen.«

Fridtjof zwinkerte. Sah weg. Sein Gesicht war plötzlich fahl, als er wieder Irmis Blick suchte.

»Es tut mir so leid«, sagte sie hilflos. Sein Schmerz füllte den Raum mehr und mehr und schnürte Irmi die Luft ab.

»Warum war sie auf dem See?«, fragte Luise.

»Das weiß man nicht. Die Polizei vor Ort meint, sie sei mit Langlaufski auf den zugefrorenen See gegangen.«

»Aber?«, fragte Luise.

»Sie war auf dem See, aber nicht mit Ski. Ich habe nämlich Cocis Ski mitsamt den Stöcken gefunden. Sie waren in einem Wald versteckt.«

Luise hatte die Augen zusammengekniffen. »Das war noch nicht alles, oder?«

Irmi atmete tief durch. »Ich habe die Ski mitgenommen.«

»Du hast was? Und warum, um Himmels willen?«, stieß Fridtjof aus.

»Ich dachte plötzlich, du könntest die Ski untersuchen«, sagte Irmi sehr leise.

Aus Fridtjofs Blick sprach völliges Unverständnis. »Ich soll was? Ski untersuchen, die du an einem Tatort entwendet hast? Bist du meschugge?«

Luise sah verzweifelt zwischen Irmi und dem Hasen hin und her. »Ihr solltet beide ein bisschen runterkommen.«

»Das sind Beweismittel. Wieso hast du sie nicht den ermittelnden Beamten gegeben?«, fragte der Hase mit äußerster Beherrschung.

Die Frage war wie ein Schnitt mit einem scharfen Messer. Sekundenlang tat es nicht weh, doch dann schoss der Schmerz ein.

»Das tut sie ja gerade«, wandte Luise ein. »Du bist doch Spurensicherer.«

»Luise, du musst mich nicht verteidigen«, sagte Irmi. »Ich hätte diese Ski natürlich den Allgäuer Kollegen übergeben sollen. Das war alles ein bisschen viel für mich. Ich war wie in Trance.« Irmi sah Fridtjof an. »Es tut mir leid, ich hätte dich nicht mit reinziehen sollen.«

»Warum denn nicht? Weil du mir damit ein Déjà-vu geliefert hast? Irmi, ich muss damit fertigwerden. Ich bin unsouverän. Die Zeit heilt alle Wunden, nicht wahr?« Seine Stimme war schneidend, und Irmi konnte nichts erwidern.

»Das tut sie nicht, diese blöde Zeit«, mischte sich Luise ein. »Das wissen wir, Fridtjof. Wunden brechen wieder auf, auch wenn die Kruste dick ist. Aber was hätte Irmi tun sollen?«

»Die Ski den ermittelnden Kollegen übergeben – das hätte sie tun können! Aber gut, ich bin schuld an der Misere«, bemerkte der Hase. »Ich habe Irmi diesen Kurs aufoktroyiert. Mea culpa, mea maxima culpa.«

»Fridtjof, du darfst nicht so harsch werden, so ungerecht«, sagte Luise leise.

»O weh, Luise, geht es um deine zartbesaitete Seele? Ich bin doch schuld an dieser dummen Idee, an der Wette, am Kurs.« Er wandte sich an Irmi. »Was wolltest du also, Irmi?«

Da war eine solche Kälte in ihm, dass Irmi schauderte, obgleich die Küche eher überheizt war.

»Nichts. Es war dumm.«

»Was wolltest du?«

»Dass du diese Ski untersuchst. Und die Stöcke.«

Er stand auf und leerte im Stehen das Glas. »Wo ist das Zeug?«

»In meinem Auto.«

»Gut, ich nehme die Sachen mit und melde mich morgen.«

»Fridtjof, bitte, du musst das nicht machen. Die Idee war dumm. Natürlich hast du recht. Ich habe völlig hirnrissig agiert.«

»Ich muss gehen. Jetzt. Ich kümmere mich«, stieß er aus. »Wie gesagt, ich melde mich morgen. Gute Nacht.« Dann eilte er davon, ein Flüchtender.

Irmi und Luise starrten auf die Tür, die hinter ihm zugefallen war.

»O nein«, sagte Luise.

»Ich bin so eine Idiotin. Was mute ich ihm zu?«, flüsterte Irmi.

»Das ist sein Trauma, schon klar. Aber dass er so reagiert, ist schon auch etwas krass«, fand Luise.

War es krass? Er war immer beherrscht, immer ausgewogen und fair. Er war ein Kopfmensch, der sich und seine Emotionen steuern konnte und nur selten über irgendwelche Stränge schlug. Aber auch ein Fridtjof Hase war nur ein Mensch.

»Luise, sei mir nicht böse, aber ich brauche eine Badewanne und dann Schlaf«, sagte Irmi.

»Irmi, du hast alles richtig gemacht.«

»Nein, natürlich nicht! Es ist offensichtlich, dass ich diese Ski nicht hätte mitnehmen dürfen. Ich bin keine Polizistin mehr. Und selbst wenn ich noch eine wäre: Es geht um Zuständigkeiten, um Respekt.«

»Irmi, jeder regiert mal falsch. Auch du kannst das Denken nicht abstellen. Und das Fühlen. Das war so lange dein Leben.«

»Danke für deinen Versuch, mich aufzumuntern.« Irmi stand auf und winkte Luise lasch zu. Raffi sah sie aus seinen Knopfaugen verstört an. Mit seiner feinen Hundeantenne spürte er, dass bei seinen Menschen dicke Luft war. Und er folgte Irmi auch nicht, als sie hinausging.

Sie ließ sich in eine heiße Wanne sinken. Das üppig dosierte Erkältungsbad roch intensiv nach Menthol und Eukalyptus. Ihr Gesicht rötete sich von der Hitze, von diesen Wechseln von kalt und heiß. Und vor Scham. Dennoch schlief sie schnell ein, so als wisse der Körper, dass er sich dringend Ruhe verschaffen musste.

6

Als Irmi am nächsten Morgen beim Kaffee saß, war sie froh, dass Luise schon drüben im Laden war. Bestimmt hätte sie noch mal mit Irmi reden wollen, doch manchmal war Reden auch Zerreden. Da läutete Irmis Handy. Sie kannte die angezeigte Nummer nicht, ging aber dran.

»Hallo, hier ist Kathrin. Kathrin Schmid.«

»Kathrin, ach ja. Was gibt es?«

»Ich war mir nicht sicher, aber als ich gestern Abend daheim war …«

»Ja?«

»Mir ist noch etwas eingefallen.«

»Was denn?«

»Mir kamen doch die beiden Jungs entgegen, und ich hab ja dann die Frau im See entdeckt und einen Notruf abgesetzt. Ich war total panisch.«

»Verständlich.«

»Beim Warten auf die Helfer habe ich mal zum Parkplatz geschaut. Da stand ein Mann, der auf den See hinausgesehen hat. Ich verstehe gar nicht, warum ich das zuerst gar nicht mehr im Kopf hatte.«

»Das ist normal, das Gehirn ordnet die Eindrücke nach Priorität. Denken Sie, dieser Mann hat die Frau auch gesehen?«

»Muss er fast.«

»Aber er hat nichts getan?«

»Das ist es ja! Ich weiß nicht, was ich tun soll. Ich hätte das nicht verschweigen dürfen!«

»Rufen Sie die Polizei an, machen Sie diese Aussage. Niemand wird Ihnen einen Strick daraus drehen.«

»Sicher?«

»Sicher. Haben Sie den Mann gesehen? Erkannt? Wie sah er aus?«

»Ich weiß es nicht. Es war ja ziemlich weit weg. Er hatte eine Sonnenbrille und eine Mütze auf, den Kragen hochgeschlagen. Und der Mantel war braun und ging bestimmt bis zum Knie.«

Ein Mann mit einem Mantel? Einem langen Mantel? Irmis Herz klopfte.

»Würden Sie den Mann denn wiedererkennen?«, fragte sie. »Könnten Sie sagen, ob er jung oder alt war?«

»Nein, ich glaube nicht. Ich hab gegen die Sonne geschaut.«

»Kathrin, melden Sie das unbedingt!«

»Weil das unterlassene Hilfeleistung wäre?«

»Ja, das ist gut möglich. Oder er ist ein Zeuge. In jedem Fall ist das wichtig.«

»Danke, Frau Mangold.«

»Gerne. Gruß an die Zwerge und an Oskar.«

»Gebe ich weiter.«

Irmi war aufgestanden, stellte die Milch zurück in den Kühlschrank und wusch ihre Tasse ab. Reine Übersprungshandlungen waren das. Die junge Frau hatte auch einen Mann gesehen, den Mann mit dem Mantel. Das klang wie der Titel eines Hitchcock-Streifens. Und auch Kathrin hatte nicht sagen können, ob er jung oder alt gewesen war. Man konnte auch am Gangbild wenig ablesen, weil im tiefen Schnee alle etwas eierig liefen.

Ihr Handy läutete erneut, diesmal war es Fridtjof.

»Hallo, guten Morgen«, sagte Irmi.

»Guten Morgen, Irmi. Ich war gestern sehr unfreundlich und in der Tat wenig souverän. Dafür möchte ich mich entschuldigen.« Das klang irgendwie eingeübt und auswendig gelernt.

»Es war unsensibel von mir. Ich habe nicht nachgedacht.« Das war gelogen, Irmi hatte sehr wohl darüber nachgedacht, wie eine Ertrunkene ausgerechnet auf den Hasen wirken würde. »Und natürlich hattest du recht: Ich hätte die Ski nicht mitnehmen dürfen.«

Sie umschlichen sich. Sie spielten zivilisierte Menschen. Wie hätte wohl Coci reagiert?, fragte sich Irmi. Hätte sie ungefiltert draufgehauen?

»Ich habe mir das Zeug heute Nacht angesehen. Damit keiner sonst im Labor ist«, berichtete Fridtjof.

Irmis schlechtes Gewissen wuchs.

»An einem der Stöcke war Hundesabber. Sagt dir das was?«

»Das war Oskar. Der hat den Stock gefunden und apportiert.«

»Aha. Nun, es bleibt tierisch. Ich habe auch ein paar Katzenhaare gefunden.«

»Katzenhaare?«

»Ja, felis catus. Cordula hatte selber Katzen, wie wir wissen.«

»In ihrer Ferienwohnung gab es auch noch einen Besuchskater. Einen etwas verwahrlosten Bauernhofkater.

Den hat sie gefüttert und ein bisschen gepflegt, hat sie mir erzählt. Der scheint öfter bei ihr gewesen zu sein.«

»Das würde die Haare erklären. Sie waren feucht, aber die Ski waren ja auch im Schnee. Angetaut. Ein Ski-Ende allerdings …«

»Fridtjof?«

»Ich gehe davon aus, dass ein Ski-Ende im Wasser war. Ich erspare dir jetzt die feinstoffliche Erklärung, aber für mich sieht es so aus, als sei der Ski teilweise im Wasser gewesen.«

»Dann hat jemand versucht, ihr den Ski hinzuhalten, damit sie sich dran festklammern kann?«, flüsterte Irmi.

»Denkbar.« Seine Stimme blieb geschäftsmäßig.

»Aber dann hat diese Person am Ende die Ski versteckt. Weil es zu spät war? Warum hat sie nicht Hilfe geholt? Es waren zwei Buben vor Ort. Waren die das? Da ist doch was im Argen!«

»Gutes Stichwort: im Argen. Ich habe Kathi informiert. Das musste ich tun. Ich schätze, sie wird dich zeitnah flottmachen.«

»Danke trotzdem.« Sollte sie ihn fragen, ob er heute Abend mit ihr zusammen essen wollte? Sie tat es nicht. Er fragte ja auch nicht.

»Bitte«, sagte er nur und legte auf.

Draußen ertönte Raffis Bellen, dann hörte sie ein Auto vorfahren. Irmi ging zur Eingangstür. Sie kam Kathi zuvor, die gerade klopfen wollte.

»Kathi.«

»Kathi, ja, so heiße ich. Mit vollem Namen Katharina Reindl, nach einer Beförderung Hauptkommissarin.«

»Magst du einen Kaffee?«

»Mach mir einen Espresso. Doppelt. Pronto!«

»Komm!«

Sie gingen in die Küche. Irmi und Luise pflegten sonst Filterkaffee aus einem Porzellanfilter zu trinken, aber es gab eine italienische Espressomaschine, die man auf die Herdplatte stellen konnte und die dann aus einem kleinen vulkanischen Kamin den affenstarken Kaffee ausspie. Kathi schwieg, bis die Tasse vor ihr stand. Dann nahm sie zwei große Schlucke. Kein Mensch konnte so schwarzen und heißen Kaffee trinken wie Kathi.

»Irmi, du drehst ab!«

Irmi schwieg.

»Du hast Beweismittel unterschlagen.«

»Nein, der Richtige hat sie erhalten. Fridtjof hat sie untersucht.«

Kathi gab ein Geräusch von sich, als müsste sie sich einen Ausbruch verkneifen.

»Und was soll ich den Allgäuern sagen? Warum wir diese Ski haben? Weil wir vorauseilend gleich mal Bayerns besten Spurensicherer ins Boot geholt haben? So was in der Art?«

»Ja, ich weiß. Es war ein Reflex. Es war dumm. Es tut mir leid.«

Kathi schüttelte den Kopf. »Mir wird schon was einfallen. Irmi, echt! Wegen Dr. Cordula Kühnleins Wohnort übernehmen wir sowieso die Ermittlungen. Man reißt sich im Allgäu nicht direkt um die Dame. Das rettet dir den Arsch.«

»Das war jedenfalls kein Unfall. Offenbar wollte ihr jemand helfen und hat sie dann im Stich gelassen. Oder sie womöglich sogar zurückgestoßen?« Nun hatte sie doch ausgesprochen, was ihr auf der Seele brannte.

»Hast du noch mehr in petto, was ich wissen sollte? Es wäre nett, wenn du mal die Infos komplett rauslassen würdest.« Noch immer war Kathi bemüht, ruhig zu bleiben, doch es fiel ihr schwer, das spürte Irmi.

»Du hast ja sicher aus der Akte Kenntnis davon, dass eine gewisse Kathrin Schmid den Vorfall gemeldet hat. Sie hat die beiden Buben gesehen, aber auch einen Mann, der zur selben Zeit vor Ort war. Ich habe ihr geraten, das zu melden, weil der Mann etwas gesehen haben könnte.«

»Wieso kannst du ihr was raten?«

»Sie hat vorher hier angerufen und mich gefragt.«

Es war kurz still. »Logisch! Sie ruft hier an. Präsidium Mangold, hier können Sie Aussagen machen!« Kathi bebte.

»Wir sind ins Gespräch gekommen, und ich habe ihr meine Nummer gegeben. Da hat sie angerufen, weil ich ja mal Polizistin war.«

Das »war« stand gewichtig und markig im Raum.

»Dann wird sie uns also einen Mann melden. Aha.«

»Ich habe auch einen Mann gesehen. Später dann, am Nachmittag. Es könnte derselbe gewesen sein wie der, den Kathrin Schmid gesehen hat. Er trug einen langen braunen Mantel, mehr kann ich dir nicht sagen.«

Kathi sah Irmi an, trank ihren Kaffee aus und übte sich weiter in Beherrschung. »Frühmorgens sieht eine Kathrin einen Mann im Mantel. Und am Nachmittag du. Und der war dann den ganzen Tag an diesem beschissenen See, mitten im beschissenen Winter? Mal überlegt, dass es mehr Männer mit Mänteln geben könnte?«

Sie schwiegen, bis Kathi wieder das Wort ergriff: »Ich habe noch einiges über deine Cordula herausgefunden. Musste ich ja wegen dieser Zielraum-Attacke.«

»Ja, und?«

»Sie kannte den jungen Mann, den sie angegriffen hat.«

»Wie?«

»Tja, Irmi, Funfact: Dieser junge Mann namens Justus Mergenthaler ist Mitglied der Letzten Generation. Und sie hatte mit ihm schon einmal einen Zusammenstoß bei einer Straßenblockade. Sie hat ihn geohrfeigt. Das gab eine Geldstrafe und ist aktenkundig. Dieser Justus hat eine Verfügung erwirkt, dass sie sich ihm nicht weiter nähern darf. Ich muss mich da erst noch genauer einlesen und habe Akten angefordert. Cordulas Aktion in Garmisch hätte sicher ein Nachspiel gehabt, aber nun …«

»… ist sie gestorben! Unter dubiosen Umständen! Kathi, was, wenn dieser Justus vor Ort war?«

»Warum sollte er?«

»Aus Rache? Weil er sie fertigmachen wollte? Weil sie ihm trotz Anordnung wieder zu nahe gekommen ist?«

»Und der Mann mit dem Mantel soll Justus Mergenthaler gewesen sein?«, entgegnete Kathi. »Und der lungert dann den ganzen Tag am See rum? Weil ein Verbrecher nicht anders kann, oder was?«

»Warum nicht? Im Zielraum hat er zu Coci rübergezischt: *Sei bloß vorsichtig, Alte*. Und sie: *Das war längst nicht alles, du Bürschlein.* Und ich habe mich noch gewundert, warum die per Du waren. Klar, die kannten sich!«

»Schön, dass ich das auch erfahre.«

»Ist mir gerade erst wieder eingefallen. Überprüf doch bitte sein Alibi!«

»Ich warte jetzt erst mal die Rechtsmedizin ab, bevor ich hier bei irgendwelchen Leuten Wallung mache.« Kathi warf Irmi einen Blick zu, in dem Genervtheit lag und etwas Neues. Es war ein Blick, den man einer leicht verwirrten Oma zuwarf. War sie etwa schon so weit?

»Aber was sagst du denn dazu, dass ein Ski im Wasser war?«, fragte Irmi. »Das hat dir Fridtjof doch erzählt?«

»Ja, hat er.«

»Das könnte damit zu tun haben, dass jemand ihr helfen wollte, es könnte aber auch heißen, dass jemand sie weiter reingestoßen hat«, sagte Irmi leise.

»Ja, das habe ich auch in Erwägung gezogen. Und es gab Katzenhaare, hat der Hase gesagt. Konntest du ihm etwas zu den Katzenhaaren sagen?«

»Nur dass sie selber Katzen hat und es in der Ferienwohnung einen Kater gab, der zu Besuch kam. Würdest du mir dann sagen, was die Rechtsmedizin herausgefunden hat? Wenn du die Ergebnisse hast?«

Kathi verzog das Gesicht, zögerte. »Ja, weil du ja sonst eh keine Ruhe gibst.«

»Danke.«

»Bedank dich lieber bei Fridtjof, der die halbe Nacht im Labor war. Übrigens war der heute richtig komisch«, fuhr Kathi fort. »Ich meine, der Hase ist immer etwas speziell, aber er wirkte auf mich besonders spröde. Schräg irgendwie.«

»Es liegt daran, dass sein Sohn auch in einem See ertrunken ist«, sagte Irmi leise.

»Scheiße!« Kathi hieb auf den Tisch. »Das hatte ich gar

nicht auf dem Schirm. Das ist natürlich ein Flashback. So eine Scheiße!«

»Ja, und ich hab ihn da reingezogen, und ich schäme mich dafür. Du kennst ihn, er bewahrt immer seine Souveränität. Die war gestern weg. Das macht mir Angst.«

»Macht ihn das nicht eher menschlich? Wie uns andere Sterbliche?«

»Kathi, da ist etwas zerbrochen!«

»Gib ihm etwas Zeit und dir auch. Ihr seid es beide nicht gewöhnt. Ihr streitet ja nie. In anderen Beziehungen kracht es laufend. Da bin ich Fachfrau. So, ich muss weiter. Und du hältst die Füße still.«

»Versprochen.«

Kathi hob die Hand zu einem schnellen Gruß und verschwand durch die Tür.

Irmi blieb sitzen und ließ den Blick durch ihre Küche wandern, die mit Luises Einzug mehr Deko bekommen hatte. Bunte Kissen, ein offenes Regal für ebenso bunte Tassen. Ein Poster mit verschiedenen Pastasorten und wertvolle Öle, die auf der Anrichte standen.

Kathi hatte das gut erspürt. Irmi und Fridtjof hatten wirklich nie gestritten. Solche Ausbrüche war sie von ihm nicht gewöhnt. Sie waren beide nie allzu emotional gewesen, ihre Beziehung war immer wie ein ruhiger Fluss dahingeflossen. Ohne viele Strudel und Wasserfälle. Sie waren auch nie ein Paar gewesen, das dauernd in der Öffentlichkeit aneinander herumfummelte. Irmi fand es furchtbar, wenn Frauen ihres Alters in Restaurants dauernd an ihrem Liebsten herumfingerten, um zu demonstrieren, dass dies der Ihre war.

Und was hatte Kathi gesagt? Sie solle die Füße still halten. Irmi hatte schon morgens beim Aufwachen mit einer Idee gespielt, die sich nun wieder zu Wort meldete. Ob es Kathi stören würde, wenn Irmi diesen Franz aufsuchte? Es ging doch um die Katzen, er musste wissen, dass Cordula tot war.

Wenig später hatte sie ihn im Internet gefunden. Haselbauer Franz, mit einer Adresse in Altenau. Irmi schlüpfte in ihre Stiefel und griff nach der Jacke, die sie auch beim Skikurs getragen hatte. Mensch, Coci!

Wieder fuhr sie durchs Winterwonderland. Der Schnee hatte aus Bäumen Skulpturen gemacht und deckte das Unzulängliche zu. Rein wissenschaftlich gesprochen war Schnee ein Gefüge aus Eis, Wasser, Luft und Wasserdampf. Das Zusammenspiel dieser Komponenten und ihre Veränderung im Laufe eines Winters waren physikalisch derart schwierig nachzuvollziehen, dass die meisten Physiker einen großen Bogen um das poröse Medium Schnee machten, hatte Fridtjof ihr und Luise erst kürzlich erklärt. Dass Schnee so weiß war, lag darin begründet, dass er aus Eiskristallen bestand. Jeder einzelne Kristall war eigentlich transparent, doch das Licht aller sichtbaren Wellenlängen wurde an den Grenzflächen zwischen den Eiskristallen und der umgebenden Luft reflektiert und gestreut. Luise hatte aufmerksam zugehört und dann gesagt: »Schnee ist schön, solange er auf den Wiesen liegt und nicht als Lawine daherkommt oder auf den Straßen liegt.« Luise war kein Winterfan, ihre Jahreszeit war der Herbst, in dem man ernten konnte. Irmi schluckte. In ihrem sonst so entspannten Dreiergespann gab es momentan schwere atmosphärische Störungen, und das war ihre Schuld.

An der angegebenen Adresse stand ein altes, leicht vernachlässigtes Bauernhaus. Schon im Garten kamen Irmi drei Katzen entgegen, die sie aus Augen in Grün, Gelb und Blau anstarrten. An der Tür gab es wie bei ihr zu Hause keine Glocke, deshalb versuchte sie es mit Klopfen. Nichts tat sich. Sie drehte sich um und stellte fest, dass das Katzentrio sie noch immer unverwandt ansah.

»Sagt mal, gibt es hier einen Franz?«, wandte sie sich an die drei.

»Gibt es«, meldete sich die Stimme eines Mannes, der scheinbar aus dem Nichts aufgetaucht war. »Sie wünschen, wir spielen?«

Irmi war überrascht. Coci hatte von einem pensionierten Tierarzt gesprochen, der krank sei. Dieser Mann hingegen war ein kräftiger Hüne, aus dem grauen Bart spitzten noch vereinzelte rote Haare hervor. Man hätte jeden Wikingerfilm mit ihm besetzen können, krank sah er gar nicht aus, und irgendwo hatte Irmi ihn schon mal gesehen.

»Junge Frau?«

Irmi lächelte. »Irmi Mangold, ich bin eine Freundin von Coci. Herr Haselbauer, könnten wir reingehen? Das wäre vielleicht besser.«

»Bitte.« Er öffnete die Tür, und die drei Katzen waren schneller drin als die Menschen. Er ging vor in eine Küche, die vom Schnitt her an Irmis Küche erinnerte und ähnlich alt war. Statt Luises Ölen aber standen überall Medikamentenfläschchen herum und auf dem Boden eine Armada von Katzenfutterschälchen. Von der Eckbank erhob sich gerade ein schwarz-weißes Katzentier, das einen eleganten Buckel machte und sich dann erneut einkringelte.

»Wie viele haben Sie?«

»In und um das Haus neun, in der Station zwischen zwanzig und vierzig.«

»Vierzig?«

»Hochphase im Frühjahr und Herbst. Kittenschwemme«, erklärte er. »Was wollten Sie mir sagen? Cordulas Freunde sind natürlich auch meine Freunde. Espresso oder Cappuccino?«

»Gerne einen Cappuccino.«

Das gab ihr ein bisschen Aufschub. Er kochte Espresso in einer ebenso alten Maschine, wie Irmi sie besaß. Und er schäumte die Milch händisch auf.

»Bitte!«, sagte er und stellte ihr eine große Tasse Cappuccino hin.

»Danke.« Irmi probierte. »Puh, der ist stark!« Weckt Tote auf, hätte sie fast gesagt. Coci weckte er nicht mehr auf.

»Frau Mangold, was führt Sie her? Ich weiß, dass Sie bei der Polizei sind. Ich lese die Zeitung.«

»Ich war bei der Polizei. Inzwischen bin ich in Pension. Es ist wegen …«

Er sah sie stirnrunzelnd an.

»Coci ist tot. Ich nehme an, dass auch die Polizei Sie kontaktieren wird. Meine ehemalige Kollegin Kathi Reindl. Ich war beim Skikurs. Entschuldigen Sie, ich rede wirres Zeug.« Irmi liefen die Tränen über die Wangen.

Franz Haselbauer stand auf, holte aus einer Schublade eine Packung Tempos und aus einem Schrank eine Flasche Obstler samt Gläsern. Ein Papiertaschentuch reichte er

Irmi, ein weiteres nahm er selbst. Irmi sah, dass auch seine Augen in Tränen schwammen.

Eine ganze Weile saß sie einfach am Küchentisch und heulte zusammen mit dem wildfremden Wikinger. Schließlich goss er den Schnaps ein und reichte Irmi ein Stamperl. Sie deuteten ein Anstoßen nur an.

»Auf Cordula«, sagte er leise. »Mögen Sie mir verraten, was passiert ist und woher Sie Cordula kennen?«

Und Irmi begann zu erzählen – von Sieglinde bis zum Skikurs. Sie gestand, dass Coci sie in der kurzen Zeit ihrer Bekanntschaft beeindruckt hatte, was ihre Tierliebe und die Passion für ihr Buchprojekt betraf, dass Irmi zugleich aber auch irritiert gewesen war, wie schnell Coci in die Luft gehen konnte.

»Ich weiß.« Er lächelte wehmütig. »Niemals in Maßen, immer Salven aus Maschinengewehren, nie ein gezielter Schuss.«

»Sie kannten sie besser? Und länger?«

»Ja, ich kenne Cordula, seit sie mich damals interviewt hat.«

»Interviewt?«

»Das war keine große Sache. Ich war mal TV-Tierarzt.«

»Wie?«

»Es gab ein TV-Format namens *Tierklinik hautnah*. Ich war dabei als der Arzt, dem die Tiere vertrauen, aus einer Klinik im Taunus.«

»Natürlich! Ich bin keine große Fernseherin, aber meine Nachbarin war ein absoluter Fan von Ihnen! Wenn die wüsste, dass Sie so nahe wohnen.«

»Magst du nicht Du sagen?«, warf er ein. »Ich bin der Franz.«

»Gerne. Ich die Irmi. Aber es stimmt: Lissi hat fast keine Folge verpasst. Du hast nur ein bisschen anders ausgesehen, oder?«

»Jünger, schlanker, kein Bart. Ich wurde schließlich im Supermarkt erkannt und am Flughafen am Gate, es gab sogar einen Fanclub auf Facebook. Das war alles lieb gemeint, aber wir machten ja nur unseren ganz normalen Job. Mit dem Unterschied, dass fest installierte Kameras mitliefen. Fest installiert hieß auch, dass Ärzte und Helferinnen manchmal die Anwesenheit der Kameras vergaßen, und ich habe mein Mikro auch mal auf der Toilette drangelassen. Einige Folgen habe ich selber gesehen. Ich dachte, mir hätte ja wenigstens einer sagen sollen, dass ich noch Zahnpasta im Gesicht habe. Und damals hat Cordula eine Reportage über meine Arbeit für ihre Zeitung geschrieben. Daher kennen wir uns.«

»Und was hat dich hierher in den Süden gezogen?«

»Ich bin in Rente gegangen. Ich brauchte mal eine Luftveränderung. Ich werde demnächst dreiundsiebzig.«

»Gut gehalten! Ich möchte nicht übergriffig wirken, aber Coci meinte, du seist krank?«

»Danke fürs Kompliment. Krank, nun ja. Ich habe Rheuma. Kommt in Schüben. Ansonsten bin ich altersgemäß abgenutzt und an einigen Stellen restauriert.« Er deutete auf seine Knie. »Beide neu. Aber ich bin viel an der Luft und unter Tieren. Das hilft.«

Das konnte Irmi unterstreichen.

»Ich trinke moderat.« Er sah weg. »Coci leider nicht.«

»Hatte sie ein Alkoholproblem?«

»Sie war keine Alkoholikerin. Nein, das denke ich nicht. Sie trank auch mal ein paar Wochen gar nichts. Aber wenn, dann immer diesen einen Ticken zu viel.«

»War das ihr Lebensproblem: dieser eine Ticken zu viel?«, fragte Irmi leise.

»Bei anderen Frauen würde ich sagen: Dramaqueen, aber sie hat das wirklich gefühlt, verstehst du? Und solange sie den Job bei der Zeitung hatte, konnte sie ihre starken Gefühle kanalisieren. Ihre Wut und ihre Trauer in Artikel verwandeln. Darin war sie sehr gut. Nach dem Ende ihrer Zeitung hatte sie kein Medium mehr, um sich selbst zu exponieren und andere wachzurütteln. Sie musste die Geschichten für sich behalten, was, wie du ja auch feststellen konntest, nicht so gut geklappt hat. Es hat sie fast umgebracht. Nach ihrem Suizidversuch …«

»Was? Sie wollte sich umbringen?«

»Ja, genau. Danach war sie in einer Klinik. Als du sagtest, sie sei tot, dachte ich, sie hätte es nun doch getan. Aber es war dann ja wohl ein Unfall.«

Oder sonst etwas. Aber das war nun wahrlich nicht der passende Moment, um sich in wilden Spekulationen zu ergehen.

Franz schenkte ihnen beiden nach. Normalerweise trank Irmi nur selten Schnaps und schon gar nicht, wenn sie Auto fuhr. Im Gegensatz zu Coci war sie eine langweilige Abwägerin. Doch heute trank sie noch ein Stamperl. Das schwarzweiße Tier sprang auf den Tisch, legte sich mitten zwischen Irmi und Franz und begann leise zu schnurren.

»Die Tiere sind gut im Trösten. Sie sind gut in allem,

worin der Mensch schlecht ist. Sie sind da, wenn man sie braucht, und doch so wunderbar autark. Das ist übrigens Hannelore.«

»Oh, Hannelore.« Irmi lächelte.

»Wegen ihrer schwarzen Heino-Sonnenbrille«, erklärte Franz. »Das war Cordulas Idee. Sie hat Katzen immer solche Namen gegeben. Nie Mucki oder Felix.« Wieder sah er weg. »Es war schön, dass sie nach Garmisch ging. Wir hatten uns aus den Augen verloren und wiedergefunden. Er war ein Zufall, dass ich in der Nähe gelandet bin. Das Haus gehört einem Freund. Aber ich muss es bald verlassen.«

»Coci deutete was an, dass deine Katzenstation auf dem Spiel steht?«

»Das ist leider so. Magst du mit rüberkommen zur Station?«

»Gerne.«

Sie gingen wenige Schritte um das Haus herum. Auf der Nordostseite stand ein weiteres Gebäude.

»Das war mal eine Werkstatt oder ein Atelier. Die Mutter meines Freundes war Goldschmiedin und hat da gearbeitet.«

Sie traten ein, es war hell hier, ein Gang lag vor ihnen. Links befand sich eine Tür mit der Aufschrift »Quarantäne«, die Franz kurz öffnete. Dahinter standen sechs große Käfige wie in einer Tierklinik.

»Gottlob gerade leer«, sagte er.

Der nächste Raum war die Futterküche, daneben lag ein Untersuchungsraum wie bei jedem anderen Tierarzt auch. Dahinter folgte ein Katzenzimmer mit Kratzbäumen, Sesseln, Klos und Näpfen. Eine Katze miaute ihnen laut entgegen.

»Da sind sechs drin. Die eher Unvermittelbaren. Zu alt oder mit chronischen Krankheiten. Medikamente kosten, und die Menschen wollen gesunde Tiere, die zur richtigen Zeit schlafen und Ruhe geben, schmusen wollen, wenn der Mensch schmusen will, die niedlich aussehen und sich auf Insta gut machen. Schwarze und schwarz-weiße Katzen kriegst du kaum los. Als Katzenwelpe hast du gewonnen, wenn die Genlotterie dich rot gemacht hat, das erhöht deine Chancen auf Liebe.«

Er sprach ruhig, ohne Vorwurf in der Stimme, und genau das traf Irmi mitten ins Herz. Er war weder desillusioniert noch zynisch, sondern strahlte eine große Klarheit aus. Auf der anderen Seite des Ganges gab es vier Zimmer mit Fenster zum Gang, eins davon war nicht besetzt.

»Da werden bald die Kitten einquartiert. Es wird wie jedes Jahr ein Fass ohne Boden sein, und es ist nur die Spitze des Eisbergs, die bei mir oder in Tierheimen landet. Der Großteil verendet irgendwo ungesehen.«

Irmi war beklommen zumute, und sie wäre am liebsten gegangen, doch ihr Blick blieb an einem Rahmen hängen, der zwischen zwei Zimmern an der Wand hing.

Die Geschichte von Heureka und Paul

Paul und Heureka hatten nur sehr kurz einen Namen. Heureka wurde von ihrer Finderin so getauft, weil sie vermeintlich Glück gehabt hatte, gerade noch rechtzeitig gefunden worden zu sein. Ihr Bruder Paul wurde von einer zweiten Finderin Paul getauft, weil ein Kater einfach Paul heißen muss. Heureka und Paul kamen im Juli zur Welt. Ihre Mutter war scheu, abgemagert und ständig auf der Flucht vor den Menschen, in deren Scheune sie für die Geburt Zuflucht gesucht hatte. Vorher hatte sie sich mit einem Kater gepaart, der nah mit ihr verwandt war. Sechs Wochen lang hatte die Katzenmutter ihre Jungen versteckt, und als sie schließlich zum ersten Mal ins Freie tapsten, war das nicht die Freude junger Tiere. Es war immer nur eine Flucht vor fliegenden Schuhen, vor Holzscheiten, vor Schreien. Ihre Mutter hatte keine Milch mehr und war sehr schwach. Zwei Wochen später starb sie. Heureka und Paul erwischten ab und zu von Fliegen übersäte Milch und das stinkende Futter der Nachbarskatze, die so etwas selber nie mehr gefressen hätte. Wie gern hätten Paul und Heureka mit den Schmetterlingen oder den lustigen Blättern in der Luft gespielt, aber sie konnten nur dahocken, weil ihnen das Atmen ebenso schwerfiel wie das Wegrennen. Die Finderinnen nahmen, ohne voneinander zu wissen, die beiden Tiere mit. So trennten sich die Wege von Paul und Heureka. Die Kätzin kam sofort zur Tierärztin, die sie in Quarantäne gab. Es war kein klassischer Katzenschnupfen, sondern eine undefinierbare seltsame Krankheit. Paul kam ins Tierheim. Nach zehn Tagen holte die Finderin Heureka aus der Quarantäne ab. Die Kleine schnurrte zu laut, ein Todesschnurren, wie die Tierärztin es nannte. Sie hatte einen halben Tag in Sicherheit und Hoffnung, dann wurde die Atmung so schlecht, dass sie eingeschläfert werden musste. Paul hatte das Tierheim gar nicht mehr verlassen, bevor auch er eingeschläfert wurde. Nun treffen sich die Wege der beiden wieder. Heureka und Paul hatten nur sehr kurz einen Namen und haben nur sehr kurz gelebt: eine kurze Zeit voller Panik und Krankheit.

Schon wieder suchten sich die Tränen ihren Weg. Irmi konnte nichts dagegen tun.

»Ein Text von Cordula«, erklärte Franz. »Sie hatte ihn in ihrer Zeitung publiziert, um für das Kastrieren von Katzen zu werben. Er ist ganz eindrücklich. Und er lockert die Geldbeutel. Ohne Spenden sind wir aufgeschmissen. Cordula meinte immer, ich sei zu wenig emotional in meinem Auftreten.« Er lächelte. »So, und da sind Virginia und Woolf«, sagte er und deutete auf ein Fenster. »Es gibt ein Pensionszimmer für Ferienkatzen. Das bringt Geld ein, das leider überall fehlt.«

Die beiden Katzen lagen auf dem Kratzbaum, die Kätzin war eine zarte dreifarbige Schönheit, die sich nun streckte. Das andere war wohl der Kater, ein rotes Prachtexemplar. Auch er sah her und maunzte dann.

»Sie hatten Glück, beide konnten gerettet werden.«

Irmi sah gebannt durchs Fenster. Der Kater hatte nur ein Auge und die Kätzin rechts keine Pfote mehr.

»Vermäht und Katzenschnupfen«, erklärte Franz. »Virginia haben mir Wanderer gebracht, die sie neben dem Feld gefunden hatten, wo der Bauer noch am Arbeiten war. Woolf ist der Einzige aus einem Fünferwurf, der überlebt hat. Katzenschnupfen, Durchfall, Inzucht – da kommt einiges zusammen. Es ist gut, dass Cordula sie genommen hat. Behinderte Tiere haben es noch schwerer.«

Aber Cordula war tot und Franz' Station komplett überfüllt, dachte Irmi.

»Könntest du Virginia und Woolf nicht nehmen, Irmi?«, fragte er plötzlich.

»Wir haben schon einen Kater.«

»Und dein Mann ist dagegen. Ich kenne den Standardsatz.«

»Äh nein, kein Mann.« Zumindest keiner, der bei mir wohnt, dachte Irmi, sondern nur einer, der gerade, ja was eigentlich? Zickte? Zeit brauchte? »Ich wohne mit einer sehr guten und lieben Freundin zusammen. Und die muss ich fragen. Was der alte Kater dazu sagt, weiß ich wirklich nicht.«

Er sah sie interessiert an.

»Luise ist nur eine Freundin.« Warum sagte sie das?

»Frag sie. Platz habt ihr aber, oder? Wo wohnst du denn?«

»Auf einem Hof. Mit nur einem Nachbarn in Alleinlage.« Sie schämte sich fast. Franz würde bald mit einem Heer von Katzen auf der Straße stehen, und sie zweifelte, ob sie zwei weitere Katzen aufnehmen konnte?

»Du brauchst nicht zufällig eine Katzenstation?«, meinte er lächelnd. »Unsinn, ich finde schon was, aber denk bitte über diese beiden nach. Das wäre eine große Hilfe.« Er drückte Irmi ein Kärtchen in die Hand. »Da hast du meine Nummer.«

Irmi nickte. Sie sahen weiter durchs Fenster, hinter dem sich beide Katzen nun anfingen zu waschen. Fast synchron.

»Was passiert mit Cordula?«, fragte er plötzlich. »Wer organisiert denn die Beerdigung?«

»Die Polizei muss sie erst freigeben.«

»Also doch kein Unfall?«, fragte er überrascht.

»Ich bin nicht mehr dabei«, sagte Irmi.

»Schon gut. Aber jemand muss sie doch beerdigen?«

»Kennst du ihre Halbschwester?«

»Kennen wäre zu viel gesagt. Ich hab sie mal getroffen. Alexandra, oder?«

»Coci lag im Clinch mit ihr. Die wird keine Beerdigung ausrichten, glaube ich. Sie sind sich neulich auf der Skipiste begegnet. Coci war ziemlich in Fahrt, verbal gesehen. Sie hat mir ein bisschen was erzählt von der zweiten Familie ihres Vaters.«

»Helmfried war ein großartiger Mann. Ich durfte ihn mal kennenlernen. Klug, souverän, immer ein Grandseigneur.«

»Sie hat ihn sehr geliebt, oder?«

»Bestimmt.«

Irmi verabschiedete sich schließlich und versprach, sich wegen der Katzen zu melden. Die ersten Kilometer fuhr sie wie in Trance. Als sie zu Hause ankam, war da keiner. Sie setzte sich in die Küche und starrte auf Luises Öle.

Irgendwann läutete ihr Handy, es war Kathi.

»Schön, dass du dich meldest!«

»Hallo, Irmi, hier ist das Ergebnis der Rechtsmedizin: Die haben auch ein paar Katzenhaare an der Kleidung gefunden, dieselben wie Fridtjof. Der Mediziner hat irgendwas von der Farbverteilung und Allelen bei Katzen gefaselt.«

»Und sonst?«

»Cordula muss mit dem Kopf untergetaucht sein und hat Wasser eingeatmet. Im Obduktionsbericht steht was von einem Stimmritzenkrampf, lateinisch Laryngospasmus. Puh, immer dieses Medizinergeschwafel. Dabei macht der Kehlkopf offenbar zu, und man bekommt keine Luft mehr.

Bei Cordula wurde kein Wasser in der Lunge gefunden, was wohl an diesem Stimmritzenkrampf liegt. In der Folge werden die Gefäße so eng gestellt, dass die Extremitäten nicht mehr versorgt sind, das zirkulierende Blut konzentriert sich auf die lebenswichtigen Organe. Der Rechtsmediziner meinte, dass bei ihr die Körperkerntemperatur ziemlich schnell gesunken sei. Sie sei so dünn, fast untergewichtig gewesen und hatte ja nur einen dünnen Langlaufanzug an.«

Irmi fragte sich, ob sie selbst, die immer ein großes, zu schweres Mädchen gewesen war, weniger schnell auskühlen würde. Wieder sah sie die tote Coci vor sich, die ihr in die Augen zu blicken schien.

»Was ich nicht wusste«, fuhr Kathi fort, »dass Kälte für das Gehirn eine gewisse Schutzfunktion hat. Das nutzt man anscheinend auch bei Herzoperationen. Und er meinte auch, dass durch die Kälte nach einer erfolgreichen Wiederbelebung die Wahrscheinlichkeit sogar steigt, das Ganze ohne neurologische Schäden zu überstehen.«

»Aber warum haben sie Coci dann nicht wiederbeleben können?«

»Ihr Herzmuskel war angegriffen, sie hat wohl schon länger zu viel getrunken. Keine schöne Leber, hat der Rechtsmediziner gesagt. Und sie hatte null Komma fünf Promille im Blut.«

Das war sicher der Restalkohol vom Vorabend, dachte Irmi und machte sich Vorwürfe, dass sie eine weitere Flasche geöffnet hatte. »Aber wenn man sie schneller geborgen hätte, was dann?«

»Hätte, hätte, Fahrradkette. Wenn der Hund ned gschissn

hätt. Das ist doch alles spekulativ. Ja, womöglich hätte sie überlebt«, sagte Kathi.

»Und was ist mit den beiden Buben? Die hätten doch etwas unternehmen können. Oder sie haben sie wirklich weggestoßen?«

»Natürlich suchen wir diese Jungs. Ich wage aber mal die Prognose, dass die keine Frau mit einem Langlaufski weggestoßen haben. Warum sollten sie das tun? Und weil du ja eh keine Ruhe gibst: Kein Bundesland hatte an dem Tag Ferien, einheimische Kinder waren in der Schule. Stimmst du mir zu?«

»Das war auch mein Gedanke.«

»Dachte ich mir. Es gibt in Haslach ein Ferien- und Seminarhaus. Da war zur fraglichen Zeit eine Schulklasse aus Augsburg zu einer Wintersportwoche. Wir sind dran, müssen uns da aber erst mal durch die Bürokratie und den Datenschutz wühlen.«

»Das ist gut. Und wenn da nichts rauskommt, was ich auch annehmen würde, dann ist dieser Mann im Mantel doch viel interessanter. Wenn das eben doch dieser Justus war?«

»Wir überprüfen auch ihn. Mensch, Irmi, was für eine Scheiße!«

»Ach, Kathi, ich bin so froh, dass du dich darum kümmerst.«

»Danke für dein Vertrauen, ich nehme das als Kompliment. Hatte ich dir eigentlich schon erzählt, dass an Cordulas Handschuh Reste von Skiwachs waren?«

»Nein. Was heißt das?«

»Der Ski war frisch gewachst, natürlich kann da auch

Wachs am Handschuh sein. Aber der Rechtsmediziner meinte auch, dass ihre Finger merkwürdig gekrümmt waren. Eben so, als habe sie sich festgehalten. Am Rand des Eises, am Ski, wer weiß.«

Die Bilder in Irmis Kopf explodierten. »Das heißt also, du ermittelst weiter?«

»Ja, natürlich. Sie kann sich an diesen Ski geklammert haben. Was nicht bedeutet, dass jemand sie zurückgestoßen haben muss. Aber wenn da jemand vor Ort war und nicht geholfen hat, dann ist das unterlassene Hilfeleistung, also eine Straftat. Und noch was, Irmi.«

»Ja?«

»Es interessiert mich jetzt auch. Da stimmt was nicht. Oder anders: Ich könnte mir vorstellen, dass da etwas nicht stimmt. Und ich …« Sie verstummte.

»Du?«

»Ich vermisse dich hier. Ich hab das nicht, dieses Gefühl, diesen ersten Impuls«, stieß sie aus. Es war ganz spontan und aus ihrem tiefsten Inneren gekommen.

»Ach, Kathi, das lernst du noch. Hör in dich rein.«

»Ich hör da nix. Da ist Stille. Irmi, du fehlst!«

»Du mir auch.«

»Ich habe das Protokoll der Allgäuer gelesen und mit dieser Kathrin gesprochen, die, wie du ja angekündigt hast, auch einen Mann im braunen Mantel erwähnt. Und ich werde mir die Ferienwohnung in Jungholz ansehen und Cordulas Wohnung in Garmisch.«

»In Jungholz müsste noch ihr Laptop liegen. Womöglich bringt der dich weiter. Und da ist auch ihre Handtasche. Die hatte ich geöffnet und mir den Kfz-Schein angesehen.

Als ich dich angerufen hatte wegen des Autos. Ihr werdet also Fingerabdrücke von mir finden.«

»Hm«, machte Kathi.

Irmi zögerte, denn sie wollte nicht schon wieder durch einen Alleingang unangenehm auffallen. »Und noch was. Ich war gerade in Altenau. Da sind nämlich Virginia und Woolf.«

»Bitte wer?«

»Zwei Katzen.«

»Was für Katzen? Was ist in Altenau?«

»Ich war bei Franz.«

»Ja klar, Franz, da hätte ich ja draufkommen können! Irmi, tickst du noch richtig?«

»Franz ist Cordulas Katzensitter. Ein ehemaliger Tierarzt. Er hat eine Auffangstation für Katzen, bei der sich auch Coci engagiert hat. Und Franz hat mich gefragt, ob ich die beiden Katzen von Coci nehmen würde. Also Virginia und Woolf.«

Kathi schwieg, was ein ganz schlechtes Zeichen war.

»Und dieser Franz, hat der etwas Verwertbares gesagt?«, fragte sie schließlich, und Irmi hörte, wie gepresst ihre Stimme vor lauter innerer Beherrschung klang.

»Nein, ich war da nur wegen der Katzen. Aber der Mann heißt Franz Haselbauer. Er kannte Coci gut. Ich meine nur, falls du mit ihm reden willst. Und es gibt, was du ja auch dem Protokoll entnommen hast, eine Halbschwester, diese Alexandra. Die wirst du ja sicher auch aufsuchen.«

»Irmi, warum habe ich schon wieder das Gefühl, dass du mehr weißt als ich?«

»Weil ich Coci schon vor ihrem Tod gekannt habe.«

»Und diese Schwester hast du auch getroffen? Bestimmt kennst du schon ihre Lebensgeschichte und weißt, ob sie Probleme mit ihrer Darmflora hat.«

Kathi war angefressen, und Irmi verstand sie.

»Ich weiß nur, dass Cocis Vater ein zweites Mal geheiratet hat und Coci diese zweite Familie nicht gerade mochte. Die Schwester haben wir zufällig auf der Skipiste getroffen. Coci hat sie, na ja …«

»Lass mich raten! Angebrüllt? Niedergeschlagen?«

»Sie haben irgendwie Streit in einer Geldangelegenheit.«

»Perfetto! Da haben wir es schon! Geld oder Liebe oder gleich Geld und Liebe sind doch die zentralen Mordmotive überhaupt.«

»Aber da war keine Frau! Da waren die Buben und der Mann. Die musst du finden.«

»Ja, ja, das habe ich schon begriffen. Sonst noch ein unschätzbarer Input von dir?«

»Nein.«

»Ich melde mich bei dir.« Kathi legte auf.

Irmis ehemalige Kollegin stand unter Druck. Sie reagierte mit Zynismus darauf, dass sie in der Luft hing. Sie hatte den ersten Fall ohne ihre Chefin zu bestehen. Es stand noch nicht fest, wer Irmis Posten bekommen würde. Die Situation war für alle anders und ungewohnt.

Irmi atmete durch. Sie hatte Kathi alles gesagt. Oder nicht ganz. Sie hatte das Notizbuch mit den Computerausdrucken verschwiegen. Oder es einfach vergessen?

Sie ging ins Bad und blickte wie so oft in den Spiegel. Sah diese Frau von Mitte sechzig. Sie hatte das Gefühl, dass das Altern in Wellen kam. Die Fältchen rund um den Mund

und an den Wangen hatten sich in den letzten Jahren kaum verändert. An der Schläfe entstand gerade ein neuer Altersfleck, und ihr Hals war schlaffer geworden. Das ging schon in Richtung Putenhals. Altwerden war nichts für Feiglinge oder zumindest nichts für Menschen, die häufig in den Spiegel sahen, dachte Irmi. An schlechten Tagen machte sie die zunehmende Erschlaffung fast schon depressiv. Sie ging generell nicht gern an Badeseen, das war schon als Jugendliche so gewesen, und sie hatte immer ein Handtuch um die – wie sie fand – zu breiten Hüften geschlungen. Heute würde sie nicht mal unter Androhung von Gewalt im See baden. Solche Körper mutete man nicht mehr der Allgemeinheit zu, dachte sie.

Luise kam herein. »War das grad Kathi am Telefon?«

»Ja, sie war auch schon leibhaftig hier. Der Einlauf fiel gar nicht so schlimm aus.«

»Du starrst aber in den Spiegel, als säße dir der Teufel im Nacken?«

»Nicht wegen Kathi. Ach, ich weiß auch nicht. Ich habe gerade an eine Jahreszeit gedacht, in der die Hüllen fallen und es besser wäre, selbige anzubehalten.«

»Hä?«

»Ich habe in den Spiegel gesehen und übers Altern nachgedacht und darüber, dass ich mich in keinem Badeanzug mehr an einen See begeben würde.«

Luise lächelte. »Warum tust du das?«

»Masochismus?«

»Weißt du, was? Es ist mir scheißegal, was Leute an einem See denken. Wenn ich da baden will, dann bade ich, auch wenn sie die weiße Walfrau am liebsten wieder ins

Wasser zurückbringen würden. Mach dich doch nicht runter. Was ist los mit dir?«

»Cocis Tod setzt mir mehr zu, als ich dachte. Ich sehe ihre Augen, und die sagen, dass da etwas ist, was keiner sieht.«

»Das heißt, du traust Kathi nicht zu, den Fall aufzudecken? Ich meine, wenn überhaupt ein Verbrechen dahintersteckt.«

»Doch, ich traue es ihr schon zu. Es ist nur so, dass meine kurzen Begegnungen mit Coci sehr intensiv waren und zugleich so viel offengelassen haben. Sie hat mir ganz kurz den Blick in eine ganz andere Gefühlswelt eröffnet. Stell dir vor, ich habe sogar eine Frau beleidigt – eine andere Skikursteilnehmerin.«

»Wow! Heißt das jetzt, dass du auf deine alten Tage richtig zwider wirst? In memoriam Coci?«

Irmi schluckte.

»Sorry, das war blöd. Du bist eben gerade in einer Zeit des Umbruchs, Irmi, da hadert man auch mal. Du musst dich ein bisschen erholen, das nächste Level kommt dann schon.«

Luise redete von etwas, was in deren Leben in schönster Regelmäßigkeit vorgekommen war. Jobwechsel, Neuorientierung, Umzüge, Probleme mit der Tochter und der Enkelin. Ihre Konstante war der Wandel gewesen.

Irmi hingegen hatte fast ihr ganzes Leben auf demselben Hof verbracht, bis auf einige Jahre mit ihrem Ex-Mann in einem gemieteten Häuschen, doch das lag gefühlt hundert Jahre zurück. Ganz kurz hatte sie in Fridtjofs Einliegerwohnung in Kohlgrub gelebt, aber nie mit dem Herzen, nie mit einem Heimatgefühl. Und beruflich war ihr Weg so gerade gewesen wie mit dem Lineal gezogen. Luise argumentierte definitiv von einem ganz anderen Level.

»Was wolltest du eigentlich hier?«, fragte Irmi. »Bist du nicht gerade drüben im Hofladen?«

»Ach so, ich wollte Lissi eine Kopfwehtablette holen.«

»Ist sie krank?«

»Nein, sie hat gestern einen Bio-Prosecco zu viel erwischt, die sie für den Laden getestet hat.«

Irmi lachte. »Lissi verkauft Prosecco? Da macht man echt den Bock zum Gärtner. Grüß sie schön von mir. Mein Mitleid hält sich in Grenzen.«

»Das sag ich ihr aber nicht!«

»Luise, ich hätte da noch was.«

»Ja?«

»Es geht um Virginia und Woolf. Ich war vorhin bei ihnen und habe sie mir mal angeschaut.«

»Warte kurz. Ich bring Lissi nur schnell die Tablette und komm dann sofort zurück.«

Als sie zurückkam, brachte sie eine Flasche Prosecco mit. »Lissis erste Wahl«, erklärte Luise.

Sie probierten, das Gesöff war wirklich gut, und Irmi begann zu erzählen. Von Franz, von der der Station und den Katzen.

»Der ist echt der Fernsehtierarzt?«, fragte Luise ungläubig.

»Ganz genau.«

»Krass, ein Promi.« Luise grinste und schenkte nach. Sie schwieg eine Weile. Dann nahm sie noch einen Schluck und sah Irmi an. »Dann holen wir die beiden morgen.«

»Wirklich?«

»Ja, was sollen wir denn sonst tun?«

Dafür liebte Irmi Luise. Wie für ihren Mut und ihre Klarheit und dafür, dass bei ihr Probleme nie zu Bergen anwuchsen.

»Auf Virginia und Woolf«, sagte Luise und hob ihr Glas. »Das mit dem Vergesellschaften wird natürlich ein Prozess sein, aber das kriegen wir schon hin.«

»Soll ich Franz anrufen?«

»Ja, klar. Ich geh mal wieder zu Lissi rüber.«

Franz' Freude war nicht zu überhören. Und er beharrte darauf, die beiden Katzen morgen selbst zu bringen.

Als Irmi zu Bett ging, gaukelten tausendundein Gedanken durch ihren Kopf.

7

Es war 10 Uhr, als Franz vorfuhr. Irmi ging vor die Tür, um ihn zu begrüßen.

»Irmi, hallo. Schön habt ihr es hier.« Er lud zwei Transportboxen aus.

»Ich dachte mir, dass wir die beiden erst mal in die Stube lassen und eine Drahtabsperrung zur Küche hin machen. Dann kann Kater sie sehen und riechen, ohne sie anfallen zu können«, erklärte Irmi.

»Großartig, ich wusste, du bist die Richtige.«

Irmi spürte, wie sie errötete. Was war das denn?

Sie hatte schon einen mit Hasendraht bespannten Rahmen herausgesucht, der sich im Türrahmen befestigen ließ. Den hatte sie benutzt, als sie einst ihre beiden Kater aneinander gewöhnt hatte.

Irmi nahm die Boxen in Empfang, während Franz ein Katzenklo, einen Kratzbaum, einen Korb und einen zerfledderten Fleckerlteppich aus dem Auto holte. »Ihre Mitgift«, meinte er. »Aber sag, wäre es nicht besser, die beiden Neuen ins Obergeschoss zu tun oder so und nicht ausgerechnet in die Stube?«

»Ehrlich gesagt nutzen wir die kaum. Wir sitzen immer in der Küche.« Die Stube war irgendwie immer Bernhards Zimmer gewesen und ohne ihn verwaist.

Sie trugen die Boxen in die Stube und richteten sie mit den mitgebrachten Utensilien ein wenig ein. Die beiden

Katzen stiegen aus, weniger hektisch, eher nachdenklich, und gingen durch den Raum. Virginia sprang aufs Fensterbrett und sah hinaus. Woolf legte sich auf die Couch und begann sich zu putzen.

»Na dann«, sagte Franz. »Katzen sind Pragmatiker.«

»Das bin ich auch«, sagte Luise, die gerade in die Stube kam. »Hallo, ich bin Luise.«

»Hallo, schön, dich kennenzulernen. Und danke im Namen von Virginia und Woolf.«

»Zwei wunderschöne Tiere«, meinte Luise. »Kaffee?«

»Gerne. Ich hol noch schnell was aus dem Auto«, sagte Franz. Als er wiederkam, überreichte er ihnen die Medikamente, die er im Gepäck gehabt hatte. Virginia bekam ein Schilddrüsenmedikament, und Woolf brauchte Tropfen für sein verbliebenes Auge.

»Heute hab ich sie ihm noch verabreicht«, sagte Franz. »Zu zweit schafft ihr das schon, er ist nicht so ganz compliant.«

»Ich glaube, du nimmst die besser wieder mit«, bemerkte Irmi mit einem Augenzwinkern.

Raffi kam angewedelt, begrüßte Franz euphorisch und stellte sich dann ans Gitter zur Stube. Woolf kam und fauchte kurz, Raffi zog sich augenblicklich zurück.

»Er weiß, dass Katzen gewinnen«, meinte Luise.

Als nächster Besucher schlenderte Kater heran und baute sich vor dem Gitter auf. Er und Woolf standen Aug in Aug da, sie fauchten, knurrten und nahmen dann Platz. Virginia kam ebenfalls kurz vorbei, hatte aber wenig Interesse und begab sich wieder zu ihrem Ausguck.

Franz lächelte. »Das große Starren möge beginnen.«

Die beiden Kater würden sich nun so lange anstarren, bis der erste wegsah.

Die Menschen tranken derweil Kaffee, und Luise fragte Franz über seinen TV-Job aus.

»Ich hab die Sendung auch manchmal gesehen«, erzählte sie. »Du warst im Gespräch mit ganz normalen Leuten, beim Bäcker und beim Friseur. Da wurde dann heiß diskutiert, dass ihr nur Geldschneiderei betreibt und dass die Fälle eh gecastet sind.«

»Na ja, die Klinik ist ja oft die dritte oder vierte Anlaufstelle, insofern kommen nur bestimmte Fälle vor. Außerdem wird der Prozess im Fernsehen nicht in voller Länge gezeigt. Und das war eigentlich auch der Grund, weswegen ich mitgemacht habe. Wenn eine solche Sendung dazu beiträgt, den Menschen bewusst zu machen, dass sie früher zum Tierarzt gehen sollten, und die Kollegen auch mal schneller an eine Klinik überweisen, dann helfen wir vielen Tieren. Das war mein Gedanke. In der Humanmedizin akzeptiert man ja auch, dass es Spezialisten gibt. Am Ende wurde es mir aber zu viel, wie sehr die Produzenten die Fälle gefiltert haben. Es ging um Unterhaltung und nicht mehr um Bildung. Darum habe ich dann auch aufgehört, aber es war eine interessante Zeit.«

»Das glaub ich«, sagte Luise.

Sie schenkte gerade Kaffee nach, als Woolf hereingeschlendert kam, während Kater immer noch auf das Gitter zwischen Küche und Stube starrte. Irmi wollte schon aufspringen, aber Franz drückte ganz kurz ihren Arm und signalisierte ihr mit einem eindeutigen Blick, sitzen zu bleiben. Nun hatte auch Kater gemerkt, dass der Feind aus dem

Hinterhalt kam, und fuhr herum. Die beiden knurrten leise, doch Franz zauberte einen Katzenstängel aus der Tasche und warf die Bröckchen zu Boden. Beide fraßen, dann drehte Woolf ab und schmiegte sich an Franz' Wade. Kater sprang auf den Tisch und legte sich mittig darauf, während Woolf unten sitzen blieb und sich wieder putzte.

»Wo kam der bitte schön her?«, fragte Luise leise.

»Na ja, ich vergaß zu erwähnen, dass Woolf alle Türen öffnet. Er hängt sich an die Klinken.« Franz grinste.

Die Stube hatte nicht nur die Tür zur Küche, die sie mit dem Gitter verbaut hatten, sondern auch eine zum Gang, an die keiner gedacht hatte.

Inzwischen hatte auch Virginia die Freiheit entdeckt und kam in die Küche. Sie sah sich kurz um und sprang auch hier auf das Fensterbrett. Kater blieb liegen und knurrte nur wieder ganz leicht.

»Okay, das wird klappen. Kater kommuniziert sauber, er greift aber nicht an«, meinte Franz. »Virginia und Woolf waren oft mit anderen Katzen konfrontiert, die können gut damit umgehen. Ich würde sie allerdings wegsperren, wenn ihr nicht dabei seid, auch in der Nacht. Zumindest zu Beginn. Hat die Tür vom Gang in die Stube einen Schlüssel?«

Luise lächelte. »Hat sie. Dann werden wir wohl auch die Haustür zusperren müssen. Und die Katzenklappe verriegeln.«

»Am besten lasst ihr sie zwei, drei Wochen drin, bis sie heimisch sind. Dann können sie wieder Freigänger werden. Vor allem Virginia wird das lieben. Ihr werdet euch wundern, wie viele Mäuse sie fängt.«

»Mach mir keine Angst«, meinte Luise und zog eine Grimasse. »Bringt sie die etwa auch rein?«

»Sicher!«

Irmi lachte, die Anspannung wich der Freude über die neuen Mitbewohner. Franz stellte noch drei Näpfe in gebührendem Abstand auf und füllte Futter hinein. Alle drei fraßen, und es gab ein paar Seitenblicke, sonst nichts. Dann suchten sich die drei einen Platz – Virginia auf dem Fensterbrett, Woolf auf dem Stuhl und der Kater auf dem Tisch.

Franz verabschiedete sich schließlich. »Ich danke euch wirklich sehr«, sagte er. Seine Stimme klang belegt. Auch ihm schien bewusst zu werden, dass diese Katzen nur deshalb hierhergezogen waren, weil Coci tot war.

Irmi brachte ihn noch zur Tür.

Er reichte ihr die Hand. »Auf bald.«

»Jetzt schlafen die einfach«, sagte Luise verwundert, als Irmi wieder in die Küche kam.

»In der Ruhe liegt die Kraft«, meinte Irmi. »Wozu sollten sie sich auch aufregen, wenn es warm ist und es Essen gibt?«

Luise grinste. »Herr, lass uns wie die Katzen werden.«

Die kleine Katzendame zuckte mit den Ohren.

»Sie träumt«, sagte Irmi.

»Hoffentlich was Hübsches. Apropos: Dieser Franz ist ja schon eine Schnitte.«

»Ob das für einen Mann über siebzig der passende Ausdruck ist?«

»Dann eben ein guter Typ. Wenn Lissi erfährt, dass der hier war, tötet sie uns, weil wir sie nicht geholt haben. Dr. Haselbauer, der Vet, dem die Tierbesitzerinnen vertrauen, weshalb sie ihm alles von der Rennmaus bis zum Bernhardiner bringen.«

»Er wird ja mal wiederkommen«, meinte Irmi. »Wir geben Lissi vorher aber ein Beruhigungsmittel.«

»In jedem Fall.«

Sie verbrachten den restlichen Tag mit Katzensitting. Irgendwann wurde es Kater langweilig, und Luise musste ihn hinauslassen, denn nun war die Tür ja versperrt.

Als Irmi ins Bett ging, waren ihre Gefühle ambivalent. Sie freute sich wirklich über Virginia und Woolf und hätte die beiden gerne Fridtjof vorgestellt, aber der zickte noch immer. Sollte sie ihm schreiben? Sie unterließ es.

Als Irmi am nächsten Morgen nach unten kam, saß Luise schon mit Virginia und Woolf in der Stube. Den Kaffee gab es ausnahmsweise mal dort.

»Wo ist der Kater?«, fragte Irmi.

»Der hat gefressen und ist wieder raus.«

»Nicht, dass er nun auszieht!«

»Das wird er schon nicht, das spielt sich alles ein. Du, Irmi, was ich mir überlegt habe: Wenn du jetzt schon den Kurs abgebrochen hast, dann fahr halt noch ein bisschen weg.«

»Warum sollte ich?«

»Wegen Fridtjof, weil du haderst. Das spüre ich doch. Um dich ein bisschen abzulenken. Auch wegen Cordula.«

»Du kennst bestimmt den schlauen Spruch, dass Flucht nicht hilft, weil man immer sich selber mitnimmt und weil jede Flucht nur eine neue Flucht nach sich zieht.«

Luise wiegte den Kopf hin und her, blies sich eine Haarsträhne aus dem Gesicht.

»Außerdem sind die beiden Katzen gerade erst eingezogen«, fuhr Irmi fort. »Da kann ich nicht weg.«

Luise sagte darauf nichts.

Die beiden waren bei Lissi zum Mittagessen eingeladen. Sie erzählten von den beiden neuen Katzen, die Cordula gehört hatten, und als Luise dann doch offenbarte, wer sie gebracht hatte, war Lissi völlig aus dem Häuschen.

»Das glaub ich nicht. Warum habt ihr nichts gesagt? Ihr seid gemein!«

»Mei Oide spinnt«, bemerkte Alfred, der es vorzog, nach dem Essen wieder in den Forst zu gehen, um Käferbäume zu schneiden. Er kannte keine Sonntage.

Irmi und Luise tranken mit Lissi Prosecco und gingen um halb vier zurück zu ihrem Hof, wo Kater vor der Tür schon auf sie wartete.

»Siehst du, da ist er«, meinte Luise.

Katers Blick war vorwurfsvoll, vermutlich, weil die Katzenklappe nicht mehr funktionierte und die Tür nicht wenigstens angelehnt war. Er sauste in die Küche und die Damen hinterher.

Luise bekam einen Lachanfall. Das Absperrgitter lag im Raum, Woolf hatte es wohl mit seinem Gewicht von bestimmt sieben Kilo zum Einsturz gebracht. Virginia und Woolf saßen beide auf dem Tisch und schauten unschuldig. Sie hatten ein Croissant zerfleddert. Als Kater ebenfalls auf den Tisch hüpfte, bekam Irmi einen kleinen Schrecken, aber nichts passierte. Schließlich sprangen alle drei hinunter, marschieren über das Gitter in die Stube und legten sich nebeneinander auf die Couch, wo sie sich einringelten.

Die Aussage war klar: Wir haben unser Tagwerk vollbracht. Irmi machte ein Foto und schickte es an Franz. Ein Herzchen kam zurück.

Als Irmi schließlich in ihr Zimmer ging, nachdem sie sich nachtfertig gemacht hatte, fiel ihr Blick auf Cocis Notizbüchlein. Es lag auf dem Nachttisch wie eine Mahnung. Die Katzen hatten Irmi einen Aufschub gewährt, aber jetzt war die Trauer wieder da. Und Cocis Gesicht, eisig und bleich.

Irmi schlug das Notizbuch auf und blätterte darin. Auf den ersten Seiten standen Stichworte, kurze Textfragmente und Notizen, in welchen Archiven Coci offenbar noch recherchieren wollte. Dann nahm Irmi die zusammengefalteten Ausdrucke in Augenschein. Es handelte sich um einen längeren Text mit der Überschrift: *Mensch, Ilse! Ein Entree.* Neugierig fing sie an zu lesen. *In der rauchigen Höhle will ich nicht beginnen,* lauteten die ersten Zeilen. In der für sie so typischen Art schrieb Coci über die Rolle der Frau in der Geschichte, insbesondere aber in der Literatur, und Irmi staunte mal wieder über ihre provokanten Formulierungen.

Das tugendhafte Leben begann für das Fräulein und die Frau direkt nach dem Aufwachen im Schlafzimmer mit einem innigen Gebet. Dann kam die äußere Schönheit ins Spiel, mit der Wahl der angemessenen Kleidung. Im Wohnzimmer wurde der richtige Umgang mit Angestellten erwartet. In der Küche musste sie wissen, wie man kochte, sie musste die Zutaten kennen und Grundkenntnisse in der Haushaltsführung haben, um jedweder Verschwendung vorzubeugen. Doch am Ende war die Unterhaltung des Ehemannes der zentrale Punkt, der alles regierte.

Leider sind wir von 1800 bis heute nicht viel weitergekom-

men. Dabei wäre genug Zeit gewesen! Aber auf die Aufklärung folgte die Romantik. Caroline Schlegel-Schelling wird gern als Vorreiterin der Emanzipation genannt. Sie war nach dem Tod ihres ersten Mannes, des Arztes Johann Franz Wilhelm Böhmer, mit dem Schriftsteller und Literaturwissenschaftler August Wilhelm Schlegel und später mit dem Philosophen Wilhelm von Schelling verheiratet. Gemeinsam mit Schlegel brachte sie eine umfangreiche Shakespeare-Übersetzung heraus, aber ohne den Gatten ging eben nix. Sie gründete in Jena einen romantischen Zirkel, zu dem namhafte Musiker, Philosophen, Schriftsteller und Maler gehörten, aber man darf nicht vergessen: Diese Salons waren Elfenbeintürme, im übrigen Volk kam von den gelehrten Gesprächen wenig an, und das Biedermeier trieb die Frau dann wieder in die putzige Wohnstube.

Dann kam die Zeit der Industrialisierung, als Menschen unter unwürdigen Bedingungen in Fabriken schuften mussten, bis zu siebzig Stunden die Woche, gern auch am Sonntag. Frauen und Kinder wurden noch erbärmlicher bezahlt als Männer. Der Mensch und insbesondere die Frau galt als ein von seinen Trieben beherrschtes Wesen, als Produkt seines Milieus. Das Problem war nun, dass die Frauen, die aus der Heimeligkeit herauskrochen, für die Männer eine Konkurrenz am Arbeitsmarkt darstellten. Dabei wurde auch für die bürgerliche Frau eine Erwerbstätigkeit zur Existenzsicherung zunehmend notwendig. Infolgedessen drängten sie auf Bildungszugang, gerade Universitäten waren aber männlich dominierte Sphären. Frauen an Hochschulen? Nun rückte das »naturgegebene« Wesen der Frau wieder in den Fokus.

Der österreichische Philosoph Otto Weininger bezweifelte noch 1903, dass Frauen eine Seele hätten. Wow! Trotzdem wurde

Käthe Kollwitz 1919 als erste Frau zum Mitglied der Preußischen Akademie der Künste gewählt. Dass Frauen sich in Wien ab 1920 in der Kunstakademie einschreiben durften, lag vermutlich daran, dass Kunst als relativ harmlos galt. Allerdings waren Frauen immer noch von etlichen Studienfächern ausgeschlossen und durften erst ab 1930 Medizin studieren.

Der hochgelobte Pianist, Dirigent und Kapellmeister Hans von Bülow schrieb noch Ende des 19. Jahrhunderts: »Reproductives Genie kann dem schönen Geschlecht zugesprochen werden, wie productives ihm unbedingt abzuerkennen ist. Eine Componistin wird es niemals geben, nur etwa eine verdruckte Copistin. Ich glaube nicht an das Femininum des Begriffes: Schöpfer. In den Tod verhaßt ist mir ferner alles, was nach Frauenemancipation schmeckt.« Das muss man doch zweimal lesen – und das Schlimme ist: Diese Äußerungen fanden Gehör und hallten lange nach! Die großartige Pianistin und Komponistin Clara Schumann entschuldigte sich selber für ihre angebliche »Frauenzimmerarbeit«.

Schon immer haben Frauen sich entschuldigt und kleingemacht. Und das tun sie bis heute! Auch die Behauptung, dass man begabte Frauen ja durchaus fördern würde, aber dann würden sie ja heiraten und Kinder kriegen, und alles sei umsonst gewesen, stammt aus der Zeit um 1900. Solche Argumente werden auch heute noch in Einstellungsgesprächen geäußert!

Irmi schluckte. Genauso war Coci gewesen – wütend, provokant und engagiert zugleich. Sie las weiter.

Und wenn dann doch einzelne aufmüpfige Frauen etwas Unweibliches taten, dann konnte man sie zumindest getrost für verrückt erklären. Sie galten als moderne Hexen, und meistens schwang etwas mit, was auf die Männer erotisierend wirkte. Wenn es mit der Dämonisierung nicht klappte, dann stellte man Grundsatzfragen: Malen Frauen anders als Männer? Dichten sie anders? Und immer, wenn die Frage brennender wurde, kam glücklicherweise ein Krieg. Der Erste Weltkrieg, der Zweite hinterher, Männer starben an der Front, Frauen hungerten und wollten überleben. In Kriegsstädten, auf Flüchtlingstrecks. Das gesamte jüdisches Leben wurde ausgelöscht. Die Welt hatte andere Probleme als die schönen Künste. Die Kunst der Männer blieb auf der Strecke, die von Frauen erst recht.

Nach dem Krieg kamen diese traumatisierten Kriegsmänner zurück, zerstört an Körper, Geist und Seele, lauter emotionale Trümmermenschen. Als sie begannen, Nachkriegsliteratur und Nachkriegskunst zu schaffen, war das immer auch eine Aufarbeitung ihrer Traumata. Für Frauen war da mal wieder kein Platz!

Eine dieser tragischen Frauen war die vielseitige Schriftstellerin und Fotografin Ilse Schneider-Lengyel, auch sie in ihrem Werk durch Kriege und Judenhass torpediert. Verwirrt hat man sie in einem Straßengraben am Bodensee gefunden. Beinahe vier Jahre später, am 3. Dezember 1972, starb sie im Psychiatrischen Landeskrankenhaus Reichenau am Bodensee. Ilse Schneider-Lengyel wurde nur neunundsechzig Jahre alt. Mensch, Ilse, wie anders hätte dein Leben verlaufen müssen!

Von dieser Ilse hatte Coci gesprochen. Noch immer hallte ihre Stimme in Irmi nach: *Ich bin da so einigem auf der Spur! Ein wahrer Krimi!* Erneut griff Irmi zum Notizbüchlein, blätterte weiter und stieß auf eine Liste von Fragen, die eine ganze Seite füllten:

Warum ist sie an den Bodensee gereist, wo sie dann verwahrlost aufgegriffen wurde?
Wer war Ulli?
@uli? Bank?
Warum gibt es in der Psychiatrie keine Akte mehr?
Wo ist das Grab?
Welche Rolle spielte der Schriftsteller?
Wo ist der Picasso? Schweiz?
Haben die sie in Schwangau über den Tisch gezogen?
Warum wird das Haus mit der Gründungshistorie der Gruppe 47 so wenig gewürdigt?

Seltsame Fragen, die Irmi nicht verstand. Sie machte ein Handyfoto von der Notizbuchseite und sah Cocis Gesicht vor sich: Ihr inneres Feuer war noch heller aufgeflammt, als sie von dieser bemerkenswerten Ilse Schneider-Lengyel gesprochen hatte. Irmi fiel ein, was Luise vorher gesagt hatte. Sie solle eine Reise machen, jetzt, da der Kurs vorzeitig geendet hatte. Und sie beschloss, genau das zu tun.

Sie surfte ein wenig im Internet. Ilse Schneider-Lengyel hatte eine Zeit lang am Bannwaldsee gelebt. War das schon eine Reise? Ja, befand Irmi und begab sich auf die Suche nach Unterkünften. Sie fand die Hotels zu teuer und entdeckte schließlich eine kleine Ferienwohnung in Schwangau, die ab dem nächsten Wochenende frei war. Das würde ihr Zeit geben, das Einleben der beiden Katzen noch ein Stück weiter zu begleiten. Sie buchte die Wohnung für zwei Wochen und schickte dann doch ein paar Bilder von den Katzen an Fridtjof. *Hübsche Tiere – schön, dass sie eine Heimat gefunden haben*, schrieb er zurück und sandte ihr ein

Bild vom Hörnle. Sie fragte ihn, ob er etwa trotz seines lädierten Knies auf eine Skitour gegangen sei. *Pass auf dich auf*, schrieb sie. *Dito*, lautete die Antwort. Sonst nichts.

Am nächsten Morgen gab es die Reste vom Marmorkuchen, den Lissi ihnen am Vortag mitgegeben hatte.

»Ich hab übrigens deinen Rat befolgt«, sagte Irmi mit vollem Mund. »Ich fahre am nächsten Wochenende nach Schwangau.«

»Wohin?«

»Nach Schwangau, Hort der bayerischen Könige. Ich habe diese Region ja schon bei meiner Arbeit gestreift, aber da war natürlich nie Zeit und Muße, die Schönheiten der Landschaft zu erfassen.«

»Bitte? Wovon redest du eigentlich?«

»Du hast doch vorgeschlagen, dass ich wegfahre. Und das mache ich hiermit! Es geht ins Ostallgäuer Seenland mit Bannwaldsee und Forggensee. Dann zum Weißensee und Hopfensee, den Perlen der sogenannten Allgäuer Riviera, mal ganz abgesehen von den vielen kleineren Gewässern wie dem Hegratsrieder See, dem Schapfensee, dem Schwansee, dem Alpsee, dem Kühmoossee oder dem Kaltenbrunner See. Schön ist es da.«

»Spinnst du? Hast du über Nacht einen Seentick bekommen? Außerdem ist das doch gerade mal einen Landkreis weiter. Von unserem Sommer auf der Bäckenalm kenne ich die Region, die Kenzenhütte und all das. Einmal den Berg runter ist schon das Ostallgäu. Das ist doch keine Reise! Ich dachte eher an ein schönes Wellnesshotel in Südtirol mit Blick auf den Langkofel, die Geislerspitzen oder den

Schlern! Auf Madeira ist es jetzt schon warm, das wäre auch was. Aber Schwangau?«

»Ich habe mich nun mal so entschieden«, sagte Irmi und merkte selbst, dass sie etwas pampig klang.

Luise sah sie skeptisch an, mit diesem Blick, den schon Kathi letztens gehabt hatte. Glaubte Luise etwa auch, dass Irmi nicht mehr ganz zurechnungsfähig war?

»Was sagt Fridtjof dazu?«, erkundigte sich Luise.

»Keine Ahnung, ich habe nicht um Erlaubnis gefragt.«

»Immer noch Eiszeit?«

Irmi starrte sie schweigend an.

»Sorry, blöd von mir«, entschuldigte sich Luise.

»Wir haben ein paar WhatsApps ausgetauscht. Er hat mir ein Foto vom Hörnle geschickt. Und das mit seinem Knie! Meine Nachfrage, ob Skitouren schon wieder gingen, hat er ignoriert. Ich habe ihm Bilder von den neuen Katzen gesendet, darauf hat er geantwortet: Hübsche Tiere. Das war's.«

»Soll ich ihn zum Essen einladen?«, fragte Luise.

»Hast du mir nicht gesagt, man solle ihn in Ruhe lassen?«

Luise verzog nur das Gesicht.

Der Tag verging mit Banalitäten. Tiere füttern, eine Runde mit Raffi gehen, der Sonne beim Untergehen zusehen. Es waren kurze Tage, auf die kalte Nächte folgten.

Am nächsten Tag rumpelte gegen Mittag wieder der Dodge Pick-up von Franz auf den Hof. Großer Mann, großes Auto, im Gepäck hatte er allerdings nur ein kleines Fläschchen. »Ich bring dir die neuen Augentropfen für Woolf.«

»Danke, aber dafür hättest du nicht extra herkommen müssen. Ich hätte sie holen können.«

Raffi kam um die Ecke geschossen und überschlug sich fast vor lauter Begeisterung, Franz zu sehen. Er konnte aus dem Stand in Gesichtshöhe springen und Menschen einen dicken Zungenschlabberer durchs Gesicht ziehen. Das gelang ihm auch bei einem Mann, der über eins neunzig war.

Luise war Raffi auf den Hof gefolgt. »Da freut sich aber einer«, kommentierte sie, und Irmi war sich nicht ganz sicher, ob Luise damit Franz oder Raffi meinte.

»Hallo, Luise. Ich hab neue Augentropfen mitgebracht.«

»Danke. Willst du was mitessen? Ich habe ein Linsencurry gemacht, kann nur sein, dass es ein bisschen scharf geworden ist.«

»Gerne, aber nur, wenn ich euch nichts wegesse.«

»Sicher nicht«, meinte Irmi. »Luise kocht immer für eine Kompanie. Drum sehe ich auch aus, wie ich aussehe.«

»Alles am rechten Fleck«, bemerkte Franz lächelnd.

Irmi sah weg und hoffte, dass sie nicht schon wieder errötete. Warum hatte sie auch diese blöde Bemerkung über ihren eigenen Körper gemacht?

»Wollen wir die Augentropfen gleich reinmachen?«, fragte sie. »Ich würde gern die Gelegenheit ausnutzen, wenn du da bist.«

»Klar, wo ist der Patient denn?«

»Majestät pflegt gerade auf der Bank zu ruhen. Komm!«

Woolf hatte es sich auf der Eckbank gemütlich gemacht, während Kater auf einer der drei Fensterbänke in der Küche lag. Miss Virginia war nicht zu sehen.

»Woolf hat umgebaut und die Gitter eingerissen«, bemerkte Irmi grinsend.

Woolf sah zu ihnen herüber, gähnte und schien zu ahnen, was kommen würde. Gerade wollte er sich verdrücken, aber Franz erwischte ihn noch und packte ihn auf den Küchentisch. »Irmi, halt ihn am Nacken!«

Elegant warf er zur Krallenblockade ein Handtuch um den Kater, und schon waren die Augentropfen drin.

»Falls ich doch wieder anfange zu arbeiten, bräuchte ich eine Helferin«, meinte Franz.

Im selben Moment meinte Irmi Schritte im Gang zu hören.

»Das ist ein Esstisch!«, meuterte Luise noch und sah zur Tür, weil auch wohl sie die Schritte vernommen hatte.

Die Tür öffnete sich, und herein kam Fridtjof. Er stutzte kurz.

»Störe ich eine OP am offenen Herzen?«

»Fridtjof, das ist ja …« Was? Eine Überraschung? Unerwartet? Erfreulich? Irmi litt unter einer akuten Sprachlosigkeit.

Luise war da spontaner. »Du kommst gerade richtig zum Essen, Fridtjof. Das ist Franz, der uns die Katzen aufs Auge gedrückt hat.«

»Na, na, na!«, meinte Franz lächelnd. »Erfreut, Sie kennenzulernen. Dr. Franz Haselbauer mein Name.«

»Angenehm. Dr. Fridtjof Bernd Hase.«

Irmi war platt. Der Hase nannte seinen Doktortitel nie und seinen zweiten Vornamen auch nicht. Den Bernd hatte er lange als ersten Vornamen benutzt, bevor er dann doch zu Fridtjof gewechselt war.

»Fridtjof ist bei der Spurensicherung«, beeilte sich Luise zu sagen. »Irmi, schneidest du mal das Baguette auf? Liegt im Schrank.«

Luise hatte einen Schrank mit geflochtener Front. Luftig und kühl zugleich. Als Irmi den Schrank öffnete, sah sie in zwei Augen. Eine Diva mit übereinandergeschlagenen Pfoten sah sie vorwurfsvoll an. Sie sprang heraus, streckte sich elegant und machte: »Iwaau.« Dann blickte sie herablassend und schickte ein »Uuahmiahua« hinterher.

»Wie ist die denn da reingekommen? Du Untier!«, rief Luise.

»Ich hätte vielleicht erwähnen sollen, dass sie überall reinkriecht, unbemerkt, fast gespenstisch. Sonst redet sie viel, aber wenn sie sich versteckt, ist sie bestechend schweigsam«, bemerkte Franz grinsend. »Ich hab sie auch mal im Kühlschrank gefunden. Das fand sie gar nicht gut.«

»Ist ja wunderbar, wie sich alle hier schon eingerichtet haben«, kommentierte der Hase.

»Ja, es ist schön, wie schnell Lebewesen merken, wo sie angenommen werden«, konterte Franz.

Irmis Herz raste.

»Mach mal den Wein auf«, schaffte Luise dem Hasen an.

Irmi säbelte das Baguette und starrte die Scheiben an, überdachte alle Fluchtmöglichkeiten und verwarf sie wieder.

Schließlich saßen sie am Tisch. Das Curry war wirklich etwas spicy geraten.

»Das hat Wumms«, sagte Franz.

»Könnte gerne auch schärfer sein«, sagte der Hase und schenkte Wein nach.

»Was macht dein Knie?«, fragte Luise.

»Geht schon wieder. Unkraut vergeht nicht.«

»Sie waren krank?«, erkundigte sich Franz.

»Nur etwas knielahm.« Er schien zu erwägen, ob er die Begebenheit mit Coci erwähnen sollte, unterließ es aber.

»Ja, in unserem Alter heilt man nicht mehr so schnell«, sagte Franz.

Irmi bekam einen Hustenanfall. »Wirklich etwas scharf«, quetschte sie hustend heraus. Franz war gute zehn Jahre älter als der Hase.

Luise versuchte die Situation in andere Richtungen zu lenken. »Ich weiß, du bist außer Dienst, Franz, aber einer meiner Esel scheuert sich so komisch. Unsere Tierärztin ist gerade in Skiurlaub, würdest du mal draufsehen?«

»Natürlich, gleich?«

»O ja, Irmi könnte solange Schlagsahne für die Nachspeise schlagen. Ich habe eine Sachertorte gemacht, die geht ohne Schlagobers einfach nicht!«

Das Manöver war durchschaubar, aber Irmi schmetterte ein »gerne« heraus.

»Bis gleich«, rief Luise und verließ mit Franz den Raum.

Irmi erhob sich auch. Sie holte Schlagsahne und Mixstab und wollte beginnen.

»Lass mich das machen«, sagte der Hase, der neben sie getreten war.

»Traust du mir nicht zu, Schlagsahne steif zu schlagen? Weil ich ja bekanntlich keine Hausfrau bin?«

»Ich wollte nur helfen, wenn ich schon unangemeldet hier auftauche.«

»Du musst dich nicht anmelden! Seit wann meldest du dich bei mir an?«

»Nun, womöglich wäre das besser, wenn hier gerade neue Folgen eine Tierklinik-Serie gedreht werden.«

Er hatte sich also über Franz informiert? Irmi hätte schreien können. Was stimmt nicht mit dir, Fridtjof?, dachte sie. Ja, ich habe einen Fehler gemacht, soll ich dafür nun lebenslang büßen? Coci hätte gebrüllt. Irmi schwieg. Der Stabmixer ratterte, der Hase füllte die Sahne in eine Schüssel.

»Ich wollte dir eigentlich sagen, dass ich mir Urlaub genommen habe«, sagte er leise. »Ich fahre ein bisschen an den Lago.«

Er hätte ja fragen können, ob sie mitwolle, dachte Irmi. Oder wollte er das gerade tun?

»Irmi, ich fahre allein, ich muss einiges wieder ins Lot bringen.«

Was sollte das nun wieder heißen?

Irmi atme tief durch. »Ich wollte dir erzählen, dass ich an den Bannwaldsee fahre.«

»An den Bannwaldsee?«

»Coci wollte ein Buch über interessante Schriftstellerinnen schreiben. Eine davon ist Ilse Schneider-Lengyel, die maßgeblich an der Gründung der Gruppe 47 beteiligt war. Das interessiert mich auch.«

»Aha.« Normalerweise hätte er nun ein kleines Referat zu Ilse Schneider-Lengyel gehalten, weil der universal gebildete Hase doch sicher etwas zu sagen gehabt hätte. Auch das unterließ er diesmal. »Ist das alles, Irmi? Kathi befürchtet, dass du auf eigene Faust ermittelst. Sie meinte, du bringst dich womöglich in Schwierigkeiten.«

»Unsinn! Luise hat vorgeschlagen, dass ich einfach mal

wegfahre. Das mach ich nun. Bisschen Wellness und so. Da gibt es auch eine Therme.«

Der Hase wusste, dass sie nicht sonderlich gern in Thermen ging, kommentierte das aber nicht weiter. Und weil sie beide nicht aufmerksam gewesen waren, stellten sie erst jetzt fest, dass Virginia neben der Sahne hockte, die Pfote eintauchte und diese ganz genüsslich ableckte.

»Du bist echt ein Untier! Verschwinde!«, rief Irmi.

Virginia blickte sie missbilligend an und sagte klagend: »Umiah.«

»Neue Mitbewohner, neue Herausforderungen«, kommentierte der Hase. Dann sah er sie an. »Irmi, es tut mir leid. Ich wusste nicht, dass es noch so sehr schmerzt. Ich muss einen Weg für mich finden.«

Für dich? Und was ist mit uns?, fragte sich Irmi, sprach das aber nicht aus.

»Du bist gerade wirklich etwas … etwas …«, hob sie an. Gottlob kam in diesem Moment Luise zurück.

»Es sind Haarlinge. Franz bringt mir morgen was zum Drauftröpfeln.«

»Ein praktischer Mann für Tierfreundinnen«, bemerkte der Hase. »Wo steckt er denn?«

»Er musste weg. Ich soll euch grüßen. Ah, der Schlagobers!«

Sie setzten sich, tranken Kaffee und aßen von der Sachertorte. Die Tatsache, dass die Sahne von einer Pfote gerührt worden war, verschwiegen sie.

»Ich muss dann mal«, sagte der Hase nach dem Kaffee.

»Ich bring dich raus!«, meinte Irmi.

Schweigend gingen sie durch den Gang und standen

noch eine Weile draußen herum. Es war wärmer geworden.

»Wie lange bleibst du am Lago?«, fragte Irmi.

»Ich denke, zwei Wochen. Ich schreibe dir. Wir bleiben in Kontakt. Und bitte pass auf dich auf«, sagte der Hase.

»Du auch. Ich glaube, deine Skitouren sind gefährlicher als der Bannwaldsee.«

Er umarmte sie kurz, gab ihr einen Kuss auf die Stirn. »Auf bald.«

Irmi sah ihm hinterher. War er noch dünner geworden?

Sie ging zurück in die Küche, wo Luise die Spülmaschine einräumte. Irmi ließ sich auf einen Stuhl fallen. Luise setzte sich dazu.

»Wow!«, sagte sie schließlich.

»Hast du einen längeren Satz für mich?«, meinte Irmi stöhnend.

»Dieser Flashback auf seinen Sohn hat ihn offenbar härter getroffen«, meinte Luise. »Womöglich hat er gedacht, er sei schon weiter in der Verarbeitung.«

»So ähnlich hat er das auch formuliert. Dass er einen Weg für sich finden muss.«

»Ja, das muss er. Aber das ist ja nicht alles!«

»Was meinst du?«

»Irmi, er ist eifersüchtig!«

»Auf wen?«

»Auf Franz! Diese ganzen subtilen Spitzen waren ja nicht zu überhören. Franz ist deshalb gefahren. Er meinte, er hänge an seinem Restleben.«

»Aber das ist doch Unsinn!«

»Franz ist gut aussehend und schlau, er ist sympathisch

und bodenständig. Ein Mann für Tierfreundinnen. In mancherlei Hinsicht der absolute Gegenentwurf zu Fridtjof.«

Irmi starrte Luise an.

»Schätzchen, wir haben so ein Gespräch schon mal geführt«, fuhr Luise fort. »Da ging es um Jens und Fridtjof, die damals die fein geschliffenen Klingen geführt haben!«

»Aber ich will doch gar nichts von Franz!«, rief Irmi.

»Fridtjof wollte auch nichts von Coci, aber du hast gedacht, sie würde viel besser zu ihm passen.«

»Das hast du bemerkt?«

»Na sicher. Irmi, sperr die Augen auf, du bist doch die Intuitive. Wobei man dafür keine Intuition braucht. Das ist sonnenklar.« Sie lächelte Irmi an. »Ich geh mal in den Laden rüber. Bis später.«

Irmi ging ins Bad und dann in ihr Zimmer, wo Virginia es sich schon gemütlich gemacht hatte. Die Neuen begannen das ganze Haus zu okkupieren. Virginia war Irmi lieber als Luise. Die Katzenlady schnurrte nur, sie redete keinen Unsinn.

Am nächsten Tag haderte Irmi immer noch mit dem seltsamen Besuch von Fridtjof. Was war das gewesen? Sie flüchtete in den Stall und fütterte die Langohren. Als sie gerade Heu gabelte, ließ ein Geräusch sie herumfahren. Etwas fiel scheppernd zu Boden.

»Luise, bist du das?«

Keine Antwort.

Irmi beendete ihre Arbeit und durchmaß den Stall. In der ehemaligen Milchkammer lehnten ein paar Besen an der Wand. Einer lag mitten im Weg. Sie eilte hinaus, doch da war nichts und niemand. Raffi war auch nirgends zu sehen. Wahrscheinlich hatte der Kater etwas umgerissen und war erschrocken davongerannt.

Irmis Blick wanderte hinüber zu Lissis Hof. Am Hofladen parkten zwei Autos, ein silbergraues und ein blaues. Es kam vor, dass Ortsunkundige die Höfe verwechselten. Sie hätte rübergehen können, aber sie wollte sich weder Luises forschendem Blick aussetzen noch Lissis Lamento, die sicher erfahren hatte, dass Franz schon wieder da gewesen war. Also begab sie sich zurück in die Küche. Am Kühlschrank hing Luises Einkaufsliste. Sie beschloss, einkaufen zu fahren, das lenkte ab.

Auch das war neu. Sie ging vormittags in Supermärkte. Früher hatte sie nach der Arbeit immer mal schnell etwas mitgenommen. Jetzt kaufte sie nach Plan ein, denn alles gab es in Lissis Laden nicht. Auch Lappalien wie Klopapier und Katzenfutter mussten besorgt werden. Einen Aufstand der Hungrigen riskierten nur Lebensmüde.

So streifte sie durch den Rewe und lud gerade zwei Körbe in ihr Auto, als eine Bekannte namens Marlene, die mit Bernhard in der Schule gewesen war, neben ihr ausstieg.

»Irmi, hallo! Wie geht's Bernie?«

»Gut, er kann schon Ungarisch.«

»Nicht schlecht. Dabei waren Sprachen in der Schule ja nicht so seins. Und du? Wie ist das Rentnerleben?«

»Na ja, ich muss mich noch sortieren. Es ist ungewohnt.«

»Ich würde was drum geben, nicht mehr arbeiten zu müssen. Aber ich hab noch ein paar Jahre. Tauschen wir? Du gehst für mich in die Bäckerei?«

Irmi lächelte. »Ich kann doch eine Semmel nicht von einer Breze unterscheiden.«

»Könnte man lernen«, konterte Marlene grinsend. »Grüß mir den Bernie, wenn ihr mal telefoniert. Ach ja, gestern hat einer nach dir gefragt.«

»Nach mir?«

»Ja, in der Bäckerei. Wo du wohnst, wollte er wissen. Er sei ein Kollege von dir aus München. War der bei dir?«

»Nein, bisher nicht. Wie sah er aus?«

»Puh, unauffällig, würde ich sagen.«

»Älter? Jünger?«

»Fünfzig aufwärts? Ich hab nur mit halbem Auge hingesehen.«

»Was hatte er an?«

»Einen Mantel, glaub ich. Wie gesagt: Ich hab nicht so genau hingeschaut.«

»Hast du ihm gesagt, wo ich wohne?«

»Nein, ich hab gesagt: Wenn er Polizist sei, dann würde er das ja leicht rausfinden.«

»Gute Antwort.«

»Servus, Irmi, ich muss weiter.«

»Ciao, Marlene!«

Wer hatte nach ihr gefragt? Der Mann mit dem Mantel? War der etwa vorhin im Stall gewesen? Irmi schüttelte den Kopf, sie musste wirklich aufpassen, dass sie nicht allzu wunderlich wurde. Doch immer wieder tauchte Cocis Gesicht auf, und da war diese bohrende Neugier, ob Kathi inzwischen etwas herausgefunden hatte.

Irmi schaffte es, noch einen Tag durchzuhalten und sich

abzulenken, bevor sie am Freitag dann doch nach Garmisch fuhr. Man konnte ja mal die alten Kollegen ganz zwanglos besuchen, oder?

8

Irmi ging durch die Gänge, grüßte ein-, zweimal und klopfte bei Andrea, die ein »Ja« ertönen ließ.

»Hi, Andrea!«

»Irmi, hallo, wie schön, dich zu sehen.«

»Ich habe ein paarmal versucht, Kathi zu erreichen. Sie geht nicht ran.«

»Irmi, du kennst sie. Sie geht doch selten an ihr Handy, eigentlich fast nie.«

»Auch nicht an ihr Festnetztelefon?«

»Also … ähm … sie war zweimal in Weilheim. Und da ist sie schon wieder. Sie kommt heute auch nicht mehr rein. Es geht wohl um deine Nachfolge. Und sagen tun die ja nichts.«

»Kriegt Kathi den Posten?«

»Nein, das scheint relativ sicher zu sein. Aber wer es wird, das ist immer noch unklar. Stell dir vor, das wird ein Franke.«

Irmi grinste.

»Oder noch schlimmer: jemand aus dem Regierungsbezirk Schwaben«, fuhr Andrea fort. »I und it und isch. Ich mag mir gar nicht vorstellen, was Sailer dann macht. Der ist ja … ähm …«

»… so intolerant, wie man nur sein kann«, ergänzte Irmi lachend. »Schon jemand aus Tölz ist für ihn ein Ausländer. Und alles, was außerhalb von Oberbayern liegt, ist ein neues Universum. Dabei wäre einer aus dem Bayerwald doch stark, der Waidlerdialekt hat was.«

»Hör bloß auf! Bei denen rotiert irgendwas in den Nasen- und Stirnnebenhöhlen. Schaine graine Blaime. Eine Schulkollegin hat einen aus Bodenmais geheiratet. Hör mir bloß auf!«

Irmi lachte. »Gut, dann eben Oberpfalz, klingt ähnlich und doch etwas anders.«

»Die haben es alle irgendwie mit den Nebenhöhlen. Aber das ginge ja noch alles. Der Super-GAU wäre ein Münchner oder eine Münchnerin!«

»Wir wollen ja wirklich nicht das Schlimmste hoffen. Oder tu es besser. Dann freust du dich nämlich über einen Isch-Allgäuer wie ein Schnitzel.«

»Mensch, Irmi, es ist echt komisch ohne dich hier.«

»Ich bin doch grad da.«

»Was wolltest du eigentlich von Kathi?«

»Ich hatte sie gebeten, mir zu sagen, ob sie etwas zum Mann mit dem Mantel herausgefunden hat.«

»Irmi, du weißt aber schon, dass sie dir das nicht sagen darf.« Andrea stutzte, als sie Irmis Blick sah. »Und ich auch nicht!«

»Andrea, schau, ich will ja nichts Geheimes wissen. Der Tod von Cordula Kühnlein geht mir persönlich nahe. Ich mochte sie und war eine der Letzten, die sie lebend gesehen haben. Es trifft mich einfach, und wenn sie sterben musste, weil jemand weggesehen hat, dann muss diese Person bestraft werden.«

»Irmi, ehrlich, du schaust wie ein Hundebaby, das bettelt.«

»Wirkt es?«

»Kathi wird mich töten!«

»Sie muss es doch nicht erfahren, oder?«

»Irmi, du bist furchtbar.«

»Bitte!«

»Also gut. Wir konnten die Schulklasse ausfindig machen und die beiden Jungs identifizieren. War ein ziemlicher Akt. Die beiden, die vor Ort am See waren, heißen Leon und Edgar.«

»Wart ihr dort? Bei den Jungs?«

»Ja, in Begleitung der Eltern und des Schuldirektors durften wir vorsprechen.«

»Und?«

»Also … ähm … beide Jungs sind von der Marke Treibauf und Großsprecher. Leons Vater ist Unternehmer für innovative Laufschuhe und seine Mutter Influencerin, die selbige Schuhe immer und überall promotet. Beide taten auf empathisch und wollten natürlich die wichtige Polizeiarbeit unterstützen, gell, Leon? Der Junge hatte lauter Markenklamotten an. Diese Eltern kaufen ihm bestimmt alles, was er will. Bei Edgar gab's einen Machovater, die Mutter durfte wahrscheinlich nicht mit. Bestimmt ist er einer von der Sorte, die ihrem Sohn beibringen, was ganze Kerle sind. Edgars Vater ist übrigens Russlanddeutscher.«

»Und was haben die Jungs selber gesagt?«

»Unabhängig voneinander, dass sie früh wach waren, dass sie vor dem Frühstück, das eh scheiße war, an den See sind. Als sie gesehen haben, wie die Frau aufs Eis gegangen und eingebrochen ist, sind sie einfach nur gerannt. Zurück zum Seminarhaus, wo keiner ihre Abwesenheit bemerkt hatte. Was uns auch der betreuende Lehrer und die Referendarin bestätigt haben. Beide ließen durchblicken, dass so eine Schulsportwoche die Hölle ist.«

»Glaubhaft?«

»Die Jungs haben beide gesagt, dass da eine Frau mit einem riesigen Hund gewesen sei. Der hätte ihnen noch mehr Angst gemacht, weshalb sie noch schneller gerannt seien. Mal ehrlich, Irmi, warum hätten zwei Jungs eine wildfremde Frau unter Wasser drücken sollen? Das deckt sich ja auch alles mit dem, was diese Kathrin Schmid ausgesagt hat.«

Irmi war nicht ganz zufrieden, dass Andrea die beiden Jungs so gar nicht als Täter sehen wollte. Zwei Jungs, die nur so strotzten vor Selbstwertgefühl. Die keine Grenzen kannten. Heutige Zwölfjährige waren anders drauf, als sie es als zwölfjähriges bezopftes Mädel vom Bauernhof gewesen war.

»Haben die beiden noch wen gesehen? Den Mann im Mantel vielleicht?«

»Die Jungs waren auf der Flucht. Ob am See ein Mann war, wussten sie nicht.«

»Na gut, und dieser Justus Mergenthaler?«

»Also … ähm … ja.«

»Was?«

»Kathi wird mich in jedem Fall töten. Justus Mergenthaler ist der Sohn von Johannes Mergenthaler. Und der ist der Verleger der Marshall Mediengruppe.«

»Cocis ehemaliger Arbeitgeber?«

»Genau, und die Familie Mergenthaler hat ein Ferienhaus in Nesselwang, wo der Justus mit seinen Freunden gewohnt hat, die bei der Zielraum-Attacke neulich dabei waren.«

Irmi starrte Andrea ungläubig an.

»Ja, ich weiß. Seine Freunde sind noch am selben Tag

abgereist, nachdem sie von uns vernommen worden waren. Nur der Justus ist zurück zu seinem Ferienhaus.«

»Das sind nur wenige Kilometer bis zum See! Hat er ein Alibi?«

»Nein, hat er nicht. Er war allein in dem Haus. Bis Donnerstag letzter Woche.«

»Da ist Coci gestorben«, flüsterte Irmi.

»Ich weiß.«

»Hat er einen langen braunen Mantel?«

»Und wenn er einen hat, wird der uns das kaum sagen. Der Vater hat auch gleich einen Anwalt aufgeboten. Aber wir bleiben dran. Die Allgäuer suchen gerade Zeugen, die aussagen können, wann dieser Justus am Todestag das Haus verlassen hat. Er hat angegeben, er sei im Laufe des Vormittags gefahren.«

»Und wenn er früher gefahren ist? Und morgens am See war?«

»Genau das überprüfen wir ja. Wir kennen sein Auto.«

»Kathi hat erwähnt, dass er und Coci sich von früher kennen. Dass sogar eine Verfügung vorliegt.«

»Ja, Irmi, das berücksichtigen wir alles. Wenn da was ist, finden wir auch was.«

Dieses »wir« … Ein Wir, vom dem sie nun kein Teil mehr war. Irmi überlegte. Konnte sie Andrea noch mehr ausfragen? Sie versuchte es.

»Und die Halbschwester? Diese Alexandra?«

»Irmi, echt!«

»Na komm, du hast doch eh schon geplaudert. Kathi kann dich ja nur einmal umbringen«, erwiderte Irmi und lächelte aufmunternd.

»Diese Alexandra ist aktuell bei einem Yoga-Retreat am Bodensee.« Andrea nannte den Namen eines Hotels. »Sie ist da seit Mittwoch, dem 17. Januar, also dem Tag vor Cordulas Tod. Die Veranstaltung geht zehn Tage, sie wird am kommenden Sonntag zurück sein.«

»Aber sie …«

»Kathi hat Alexandra am Handy erwischt«, unterbrach Andrea. »Sie wusste noch gar nichts vom Tod ihrer Halbschwester und war sehr bestürzt.«

»Aber ist das sicher?«

»Irmi, wir haben auch im Hotel angerufen. Sie hat bisher alle Kurse besucht, für die sie sich angemeldet hat. Die führen da Anwesenheitslisten, sie braucht das irgendwie beruflich. Am Telefon hat sie sofort zugegeben, dass sie ein schwieriges Verhältnis zu ihrer Halbschwester hatte. Kathi hat intensiv nachgefragt, offenbar geht es um ein Testament. Alexandra hat versichert, dass sie schon lange nach einer gütlichen Einigung sucht.«

»Mir hat Coci erzählt, ihre Halbschwester wolle einen Teil der Wohnung in Garmisch haben, die der Vater aber ihr vermacht habe.«

»Wenn ich es richtig verstanden habe, gibt es ein zweites Testament«, sagte Andrea. »Und darin vermacht er die Wohnung beiden Töchtern.«

Das hatte Coci anders kommuniziert, und fragen konnte man sie nicht mehr. Irmi schluckte.

»Jedenfalls war diese Alexandra definitiv nicht am Tatort«, ergänzte Andrea.

»Habt ihr sonst noch was unternommen?«

»Ach, Irmi! Ich weiß, dass dir das nahegeht, aber wir sind

echt sorgfältig. Wir waren auch bei Franz Haselbauer. Der übrigens total begeistert von dir gesprochen hat. Er freut sich sehr, dass die Katzen einen so tollen Platz bekommen haben. Wie geht's denen? Ich muss die mal anschauen kommen.«

»Prima geht es denen. Die beiden benehmen sich, als wären sie immer schon da gewesen. Virginia, die Kätzin, ist eine totale Sprechblase. Ein Siam-Mischling, die reden anscheinend gern. Sie sitzt in Schränken und kann quasi osmotisch durch Wände diffundieren. Es würde mich freuen, wenn du mal vorbeikommst!«

»Mach ich, bald!«

»Aber was war jetzt mit Franz?«

»Also ... ähm ... der kennt deine Coci ziemlich gut. Er war nämlich zwei Jahre mit ihr zusammen und kennt auch die Familie. Außerdem hat er geäußert, dass Cordula etwas schnell hochkocht. Getrennt haben sie sich, weil Cordula sein Auto mit irgendwas sehr Haftfähigem, Klebrigem übergossen hat. Irgendeinem Harz. Alles aktenkundig. Er hat aber auf eine Anzeige verzichtet.«

»Aber warum hat sie das getan?«

»Hatte irgendwas mit Eifersucht zu tun. Er hat sich dann von ihr getrennt. Hat sie dir das erzählt?«

»Nein.« Und Franz hatte sich ihr gegenüber nur vage geäußert. Aber sie war ja auch als eine Wildfremde bei ihm reingeschneit. Warum hätte er seine Lebensgeschichte und seine Beziehungshistorie vor ihr ausbreiten sollen? Und das Essen mit dem Hasen war ja auch nicht gerade dazu angetan gewesen, sein Leben vor ihnen auszuplaudern.

»Siehst du, Cordula ist nicht ganz koscher«, fuhr Andrea

fort. »Nach einem Selbstmordversuch war sie eine Weile in einer Klinik. Sie scheint sich danach etwas gefangen zu haben, aber Franz Haselbauer räumte auch ein, dass ihre Freundschaft auch jetzt noch explosiv war. Ein Alibi hat der übrigens keins.«

»Franz? Warum sollte der sie denn töten?«

»Keine Ahnung, aber im Moment verfolgen wir unterschiedliche Spuren. In Cordula Kühnleins Leben lag einiges im Argen. Sie hatte einen sehr eigenen Blick auf die Realität. Auf *ihre* Realität. Was ich sagen will: Wir haben auf alles ein Auge, wirklich! Und wenn du irgendwas rauslässt bei Kathi, dann töte *ich* dich! Sie ist eh schon so geladen wegen der Nachfolgerfrage. Und weil …«

»Und weil?«

»Weil das echt komisch ist ohne dich. Wir merken grad erst, wie du alles zusammengehalten hast. Und wie schwer es ist, die Verantwortung zu haben. Wir waren bestimmt auch mal sauer, weil du uns irgendwelche unangenehmen Aufgaben angeschafft hast, aber jetzt sehen wir erst … ähm … wie vielschichtig es ist, ganz vorne an der Front zu stehen.«

Irmi schluckte. »Andrea, ich danke dir. Und ihr schafft das schon!«

»Wir durften von der Besten lernen«, sagte Andrea leise.

Irmi musste wegsehen.

Dann verabschiedete sie sich. Sie trank in Garmisch noch ein kleines Bier, sah Wintersportler an den Fenstern vorbeigehen und betrachtete diese Welt, als sei sie nur noch eine Zuschauerin.

Zu Hause packte sie mal wieder einen Koffer und stopfte

auch die Skihose hinein. Nicht, dass sie ihre rudimentären Skikenntnisse zum Einsatz bringen wollte, aber die Hose war warm. Und auch Luises orange Skijacke durfte wieder mit.

Obwohl die Welt so schnell geworden war und Urlaube kürzer und spontaner, gab es immer noch Unterkünfte, die auf den samstäglichen Bettenwechsel Wert legten. Das galt auch für Irmis Quartier. Samstag bis Samstag, Check-in nicht vor 15 Uhr, Check-out um halb zehn. »Do mach ma kui Ausnahme«, hatte die Vermieterin am Telefon gesagt.

Und weil die Anreise in der Tat keine Weltumrundung war, beschloss Irmi, die Schönfahrerroute zu nehmen. Wenn sie schon Fernreisen verweigerte, konnte sie doch zumindest im Nahraum das schätzen lernen, was am Wegesrand lag. Wie den Döttenbichl, einen Hügel in der Nähe von Oberammergau, der vom Ende des 2. Jahrhunderts vor Christus bis zur Mitte des 1. Jahrhunderts nach Christus ein keltischer Kultplatz gewesen war. Solche Kultstätten befanden sich meistens auf Bergkuppen oder Hügeln, es waren geweihte Orte, wo man mit den Gottheiten Verbindung aufnehmen konnte. Irmi hatte noch immer im Ohr, was der Hase ihr erzählt hatte, als sie dort mal wandern gewesen waren. Es schmerzte jäh. Fridtjof hatte ihr einen schönen Aufenthalt gewünscht und dabei immer noch so unverbindlich und geschäftsmäßig geklungen. Und Luises mantraartig geäußertes »Lass ihm Zeit« kam ihr wie eine nervige Gebetsmühle vor. Sie hätte ihn am liebsten angebrüllt: »Jetz sag was, Fridtjof!« Doch genau das hatte sie nicht getan, ein bisschen Coci täte ihr vermutlich ganz gut.

Ihre nächste Station war das Schloss Linderhof. Der viele Schnee und die zapfige Kälte waren schon etwas gewichen, und die Tagestemperaturen waren moderater geworden. Dieses Schloss hatte seinerzeit ganz bescheiden angefangen. Seine Keimzelle war das Gindhart-Häusl, das König Maximilian II. bei der Jagd im Ammerwald als Unterkunft gedient hatte. Sein Sohn ließ es vergrößern und umbauen. Linderhof gilt als das Lieblingsschloss des Märchenkönigs. Wieder erinnerte sich Irmi an eine Geschichte des Hasen. Ludwig II. hatte allen Ernstes eine zahme Gämse im großen Südzimmer herumlaufen lassen. Sie hatte sich im Spiegel gesehen und wohl gedacht, es wäre eine ganze Gämsenherde unterwegs, weshalb sie mitten in den Spiegel gesprungen war. Was aus der Gämse wurde, hatte auch der Hase nicht gewusst.

Irmi kam an dem Parkplatz vorbei, wo sie und Luise seinerzeit ihr Sabbatical auf der Bäckenalm begonnen hatten, bei dem sie über Tote gestolpert und Menschen begegnet waren, die schwer an ihren Rucksäcken zu tragen gehabt hatten. Vor allem aber war Luise in Irmis Leben getreten, das sie mit so viel Wärme bereichert hatte.

Wenig später tauchte der österreichische Plansee vor ihr auf, unbestritten einer der schönsten Alpenseen, vor allem deshalb, weil es an seinen Ufern keinerlei Siedlungen gab. Bloß zwei Hotels und zwei Campingplätze. Doch seit Cocis Tod konnte Irmi winterliche Seen nicht mehr einfach als vereiste Schönheiten betrachten. Sie blieb auf der kleinen Straße und folgte dem Lech, der hier noch ein Fluss mit Kiesbänken und hohem Geschiebeanteil war. Die imposante Pfarrkirche von Pinswang war ganz schön groß für so einen kleinen Ort. Irmi stoppte auch hier und betrat den Innenraum mit einem Deckenfresko, das die Schlacht auf dem Lechfeld im Jahre 955 darstellte. Gehörte so etwas wirklich in eine Kirche, oder war das nur folgerichtig, weil der katholische Glaube seine Vormachtstellung von jeher durch blutige Kreuzzüge, die Verbrennung Andersgläubiger, durch Geld und Intrigen zu zementieren versucht hatte?

An der Ulrichsbrücke bog sie rechts ab, wo ein Supermarkt und eine Tankstelle bewiesen, dass die Götzen längst andere waren. Plötzlich war sie wieder in Deutschland und wenig später auch in Schwangau. Ihre Wohnung befand sich im alten Ortszentrum. Die Vermieterin hatte darum gebeten, sie anzurufen, sobald sie eingetroffen sei. Irmi zückte das Handy und wählte die angegebene Nummer.

»I komm glei«, hieß es. Irmi hob gerade den Koffer aus dem Auto und sah auch schon in die Augen einer Frau in ihrem Alter, die sie kritisch beäugte.

»Sie sind dia Frau?«

»Ja, Irmi Mangold. Wir hatten telefoniert.«

»Da nauf«, sagte die Vermieterin und stapfte eine Treppe voran, öffnete eine Tür und signalisierte Irmi mit einer Handbewegung, doch einzutreten. Die Wohnung war mit zweckmäßigen hellen Holzmöbeln ausgestattet. Fast eine Art Zwilling der Behausung in Jungholz.

»Wenn's goht, die Heizung it auf Fünf stella, wenn's Fenster offen isch. Und Lüften moint, dass ma kurz lüftet, it auf Kipp stellt«, erkläre die Vermieterin streng.

Irmi grinste in sich hinein. Das war wohl der Allgäuer Charme. Ihr Blick fiel auf ein schönes Bild einer Allgäuer Kuh.

»Eine Brown Swiss mit Hörnern. Das ist schön«, bemerkte sie.

Die Vermieterin hatte so was wie Interesse im Blick.

»Ich komm vom Bauernhof. Unsere Kühe hatten immer Hörner«, fuhr Irmi fort. »Wegen der Würde der Kuh.«

Die Vermieterin lächelte. »Wenn Sie eppas brauchen, i wohn nebenan.«

»Danke!«, sagte Irmi voller Inbrunst und wagte erst zu lachen, als sie unten die Tür klappen hörte.

Als sie ihren Koffer ausgepackt hatte, war es dunkel geworden. Sie hatte keine rechte Lust, allein essen zu gehen. Trotzdem machte sie eine kleine Runde durch Schwangau, wo sich noch viele schöne alte Bauernhäuser duckten. Bevor der große Reibach mit dem Schlössertourismus eingesetzt hatte, musste dies eine bitterarme Gegend gewesen sein – mit Menschen, deren Horizont schnell an den Bergen angestoßen war. Schließlich fand sie eine Gastwirtschaft, in der sie sich für einen kleinen Brotzeitteller entschied.

Zurück in der Ferienwohnung zappte sie ein bisschen lustlos im Fernseher herum. Es lief gerade eine Sportsendung, und sie verfolgte die Interviews einer Sportmoderatorin. Eine junge Biathletin gab Auskunft, sprach reflektiert, gönnte sich Emotionen. Als Nächstes unterhielt sich die Moderatorin mit zwei Skispringern, die beide stereotyp antworteten und einfach ihre Sachen machen wollten und bei sich bleiben. Junge Frauen gaben eindeutig andere Interviews als ihre männlichen Kollegen.

Am nächsten Morgen fühlte Irmi sich ausgeschlafen und machte sich ohne Frühstück auf den Weg zum Bannwaldsee. Sie parkte draußen vor der Schranke und sah sich um. Das war also der Campingplatz. Nicht gerade klein, befand Irmi und wollte sich gar nicht ausmalen, wie das hier wohl im Sommer aussah. *Camping ist der Zustand, wo man die eigene Verwahrlosung als Erholung empfindet*, kam ihr in den Sinn. Dieses Schild hatte Irmi mal irgendwo hängen sehen.

Was fanden Menschen daran, in einer Kiste zu hausen, die neben anderen Kisten stand, und um den Preis für das hässlichste Vorzelt zu wetteifern? Wo Kinder grölend über die Parzellen rannten und die Hunde der Camper ganz kirre machten, die bellten, als hätte ihnen jemand den Schwanz in einen Schraubstock geklemmt. So ein Wohnwagen oder Wohnmobil mochte in den einsamen Weiten Skandinaviens, wo man dank Jedermannsrecht auch an bezaubernden Plätzen allein stehen bleiben konnte, Freiheit versprechen, aber doch nicht im überfüllten Mitteleuropa? Diese Camper waren eine moderne Seuche.

Das Coronavirus hatte der Welt viel Leid zugefügt. Ein besonders ärgerlicher Nebeneffekt war der explosionsartige Anstieg von Wohnmobilcampern. 2020 waren binnen eines Jahres mehr als hunderttausend Freizeitfahrzeuge zugelassen worden, hatte Irmi in der Zeitung gelesen. Pandemie, wir danken dir. Und der Trend hielt an. Irmi fiel ein, was Coci über das Ende der gedruckten Zeitung gesagt hatte. Immer wieder spukte sie durch Irmis Gedanken.

Das Verrückte daran war, dass diese Freizeitmobile den Großteil des Jahres die eh schon parkplatzlosen Städte zuparkten. In fast allen Wohnvierteln der Besserverdienenden, meist Akademikerfamilien, die natürlich grün wählten, sah es inzwischen aus wie auf einer Verkaufsausstellung für Camper. Bis diese dämlichen Schrebergartenhäuschen auf Rädern im Sommer losgelassen wurden und über Passstraßen schlichen, Zufahrten der Landwirte blockierten oder in schmalen Gassen kleiner Städte feststeckten. Manche waren verdunkelt wegen der angeblichen Intimität, andere hießen »Freedom« oder »Vision«, »Magic Edition«, »Marco Polo« und »Ultimate« und waren die ultimative Seuche. Vor allem die alten mit Hippieflair waren die reinsten Dreckschleudern. SUVs mit ähnlich schlechten Werten hingegen galten den Wohnmobilbesitzern als böse und dekadent. Ihnen durfte man die Reifen aufstechen als Statement. Diese Welt war nicht mehr zu retten, weil die Schönfärber einfach zu viele Farbkübel hatten.

Campingplätze waren definitiv nicht Irmis Lieblingsorte. Sie sah sich um, ging ein paar Weglein entlang und stand schließlich vor dem Haus. Es machte sich klein aus, bescheiden und völlig unpassend zum Drumherum. Es hatte rote Läden, und nebenan stand ein Wohnwagen, vor dem junge Leute Bierflaschen aneinanderklirren ließen. Sie hatten eine schwedische Fahne gehisst, und auch die Sprache klang in Irmis Ohren Schwedisch. Als eine Flasche in den Garten des Hauses flog, stand ein junger Mann auf, um sie zu holen, und sagte irgendwas zu Irmi. Er trug eine Fleecejacke statt Schiesser-Feinripp – ein Punkt, der Irmi für Wintercamping einnahm. Man sah weniger kurze Röcke und Shorts, keine Achsel-T-Shirts und wackelnden Oberarmflügerl. Keine Männer, deren Wampe zwischen Hosenbund und Shirt waberte.

Sie starrte auf das Schild, das kaum lesbar war. Ein Hund zog sein Herrchen zum Zaun ebendieses Hauses und hob das Bein, was den Mann zum Anhalten zwang. Er nickte Irmi zu.

»Wissen Sie, was das für ein Haus ist?«, fragte Irmi. »Und wem das Haus gehört hat?«

Er schaute verständnislos.

»Es steht auf dem Schild. Die große 47 verweist auf das Gründungsdatum der Gruppe 47.«

»Was für eine Gruppe?« Der Mann lachte und ließ sich dann von seinem Hund weiterziehen.

Mensch, Coci, Mensch, Ilse, was würdet ihr jetzt antworten?, dachte Irmi und ging langsam zum See hinunter. Wolkenberge in allen Schattierungen wetteiferten mit dem Anthrazit der Berge um das eleganteste Grau. Der Bannwaldsee war nur teilweise zugefroren, er kräuselte sich, sogar ein paar kleine Schaumkronen probten den Aufstand. Wie musste das einst hier gewesen sein, als nur dieses Häusl hier gestanden hatte? Als dieser See noch im Besitz der Familie Schneider gewesen war?

Der Mann mit dem Hund kam ihr erneut entgegen. »Ich habe mal gegoogelt, was die Gruppe 47 war. Das sind lauter Schreiberlinge, die kein Mensch mehr kennt.« Dann gingen sie davon, der Hund tänzelnd, der Mann leicht schlurfend, dabei trat er mit der Ferse auf seine ausgeleierte Jogginghose.

Irmi sah sich unschlüssig um und ging dann zurück zum Häuschen mitten auf dem Campingplatz. Dort stand nun ein junger Mann mit ebenfalls etwas eigenem Outfit. Zu einer kurzen Hose trag er ein wattiertes Karohemd, das nicht einmal ganz geschlossen war, was angesichts der steifen Brise fast schon tollkühn wirkte.

»Sind Sie literaturinteressiert?«, fragte er mit einem charmanten Akzent, der auf ein englischsprachiges Herkunftsland hindeutete.

Er war ein dunkler Typ mit überraschend blauen Augen, der keinen Hipsterbart trug, was Irmi gleich für ihn einnahm.

»Ähm, ja. Sie offenbar auch? Gerade hatte ich eine Begegnung mit zweien, auf die das weniger zutraf. Der eine unwissend, der andere hat an den Zaun gepisst.«

Der junge Mann sah sie fragend an, und Irmi erzählte von dem Mann mit dem Hund und seinem verheerenden Urteil über die Gruppe 47.

»Da sehen Sie, was übrig bleibt«, meinte der leicht bekleidete Mann lächelnd. »Es hat keinen Sinn, die eigene Existenz überzubewerten.«

»Weise Worte für einen jungen Menschen.«

»Ich bin Schotte. Wir trinken zu viel und werden früh weise. Malcolm.«

»Irmi. Und wetterhart sind Sie auch?«

»Kälte ist eine Frage der Einstellung. Ich trage selten lange Hosen. Wenn man in Shorts nass wird, kleben einem wenigstens keine nassen Hosenbeine am Körper.«

Der junge Mann war zweifelsohne ein Philosoph. »Und Sie interessieren sich für die Gruppe 47?«

»Ja, ich studiere Germanistik in Glasgow und war zu einem Auslandssemester an der Uni in Jena. Da kommt meine Großmutter väterlicherseits her, mit ihr habe ich als kleiner Junge schon deutsch sprechen müssen. In Jena an der Uni hat mich Peter Braun angefixt, der ein Buch über Ilse Schneider-Lengyel verfasst hat, sehr interessant. Ich schreibe gerade an einer Arbeit über die Gruppe 47, auch über die Frauen dieser Gruppierung. Und ich wollte mir unbedingt den Gründungsort ansehen.«

»Aha«, sagte Irmi.

»Es ist beschämend, wie die Gruppe 47 mit ihren Außenseitern umgegangen ist. Im Prinzip war das ein reines Männernetzwerk.«

»Eine Freundin von mir hat ein Buch mit Frauenbiografien der Kunst- und Literaturwelt geplant. Aus weiblicher Sicht. Eine der porträtierten Frauen sollte Ilse Schneider-Lengyel sein.«

»Oh, wie interessant! Können Sie vielleicht einen Kontakt zu ihr herstellen?«

Irmi schluckte. »Sie ist verunglückt. Das Buch wird es nicht geben.«

»Das tut mir leid«, sagte Malcolm. »Ich bin seit ein paar Tagen hier, aber kaum jemand interessiert sich für Ilse Schneider-Lengyel. Am Campingplatz bin ich mit meinen Fragen abgeplatzt.«

»Abgeblitzt«, korrigierte Irmi lächelnd.

»Schwere Sprache.« Er lachte. »Alles, was ich erfahren habe, ist, dass man sich in Schwangau eher zurückhält. Ich meine, die haben diese Königsschlösser, das reicht ihnen wahrscheinlich als Markenzeichen. Aber man könnte auch mit einer Frau wie Ilse Schneider-Lengyel Werbung machen, oder nicht? Offenbar gab es am Radweg mal eine Hinweistafel auf die Gruppe 47, aber die ist verschwunden, habe ich erfahren. Weil man nicht zu viele Kulturinteressierte am

Campingplatz haben will? Ob das wirklich so viele geworden wären?«

»Ich bin in der Thematik nicht drin«, gab Irmi zu. »Es ist mehr ein vages Interesse, wegen meiner Freundin.«

Er nickte. »Zwei Frankfurter Historiker haben 2017 zum 70. Jubiläum der Gruppe 47 eine Ausstellung über die Ilse Schneider-Lengyel konzipiert, immerhin im Auftrag der Gemeinde Schwangau. Ich könnte Ihnen den Katalog dazu und das Buch von Herrn Braun über Ilse Schneider-Lengyel leihen. Wollen Sie da mal reinschauen?«

»Das wäre schön.«

»Wo wohnen Sie denn?«

»Momentan in Schwangau in einer Ferienwohnung.«

»Wollen wir uns in einer Dreiviertelstunde im Café Buchenberg treffen, und ich bringe Ihnen die Bücher mit? Das ist an der Talstation des Sessellifts in Buching. Ich wohne ganz in der Nähe bei einem Freund.«

»Eine schöne Idee! Ja, das machen wir.«

9

Irmi ging noch einmal an den See hinunter, der ganz bezaubernd war. Ein Steg ragte hinein, jetzt verwaist und still. Irmi setzte sich auf ein Kinderspielgerät, das auf einer Feder wippte. Keiner sah sie, diese merkwürdige Alte, die sich auf dem Spielplatz herumtrieb. Sie lächelte in sich hinein und musste zugeben, dass dies – mochte man Camping – schon ein überaus schöner Platz war, der sich da an den See schmiegte. Sie ging noch ein Stück, betrachtete die märchenhafte Landschaft und fuhr dann die kurze Strecke nach Buching, wo sie schon einmal im Winter gewesen war. Damals hatten sie eine sogenannte Teambuilding-Maßnahme gemacht, waren oben auf der Alm untergebracht gewesen und in einen beklemmenden Todesfall hineingezogen worden.

Gegen schlechte Gedanken half Schokolade, und im Café in der Vitrine gab es jede Menge köstlicher Kuchen und Torten. Irmi konnte der Sachertorte nicht widerstehen.

Wenig später traf Malcolm ein, immer noch kurzbehost, unter dem Arm eine Baumwolltasche, aus der er einen Katalog und ein etwas gewichtigeres Buch zog.

»Darf ich eigentlich Du sagen?«, fragte Irmi.

»Unbedingt. Hier sind die beiden Bände für Sie«, sagte er und reichte ihr die Bücher.

»Danke schön. Das mit dem Du gilt umgekehrt natürlich auch«, erklärte Irmi und blätterte kurz im Buch und im

Katalog. An ein paar Bildern blieb sie hängen. »Ilse Schneider-Lengyel war wirklich eine sehr schöne Frau«, bemerkte sie. »Womöglich nicht schön im landläufigen Sinne, aber sehr apart. Irgendwie exotisch.«

»Das haben die letzten Zeitzeugen auch so formuliert. Die Leute, die sie noch kannten, sind inzwischen offenbar verstorben. Ich habe ein wenig nachgeforscht, aber ich komme da nicht weiter. Hat deine Freundin irgendetwas erfahren?«

»Ich glaube nicht. Sie hat eher Fragen aufgeworfen. Warte.« Irmi nahm ihr Handy und zeigte Malcolm den Fragenkatalog.

Warum ist sie an den Bodensee gereist, wo sie dann verwahrlost aufgegriffen wurde?
Wer war Ulli?
@uli? Bank?
Warum gibt es in der Psychiatrie keine Akte mehr?
Wo ist das Grab?
Welche Rolle spielte der Schriftsteller?
Wo ist der Picasso? Schweiz?
Haben die sie in Schwangau über den Tisch gezogen?
Warum wird das Haus mit der Gründungshistorie der Gruppe 47 so wenig gewürdigt?

»Sie scheint sich weniger für das schriftstellerische Werk als für ihre Lebensumstände interessiert zu haben«, stellte Malcolm fest.

»Ja, sie hat gesagt, das Leben dieser Ilse wäre ein Krimi gewesen.«

»Das ist gut formuliert. Sie hat ihr Grundstück am See aus Geldnot verpachtet, daraus wurde dann der Zeltplatz. Am Anfang hat sie ihn noch selber verwaltet. Später musste sie den See und allen Grund komplett verkaufen, sie hat sich aber noch ein Wohnrecht im ersten Stock einräumen lassen. Es gefiel ihr gar nicht, von Campern umzingelt zu sein. 1958, als ihr die Camper immer näher rückten, schrieb sie: *Immer weiter entfernt sich alles Geistige … Menschen, die nichts mit irgendetwas Künstlerischem zu tun haben.* Verstehst du?«

Das konnte Irmi nur zu gut nachvollziehen, auch wenn das Camperleben der Fünfzigerjahre mit Zelten und ersten Miniwohnwagen vermutlich noch harmloser gewesen war als heute. »Und dann?«, fragte sie.

»Ilse Schneider-Lengyel hat wohl Ende 1968 angekündigt, dass sie ihr Seegut Bannwaldsee zu Beginn des Jahres 1969 verlassen und nach München ziehen werde. Sie wurde aber Anfang 1969 am Bodensee aufgegriffen und verwirrt in die Psychiatrie eingewiesen. Am 3. Dezember 1972 starb sie dort.«

»Aber warum am Bodensee? Wie kam sie dorthin?«

»Das weiß ich nicht. Angeblich hat ein junger Freund sie da einfach aus dem Auto geworfen. Sie soll generell viel Kontakt zu jungen Männern gehabt haben, aber ob das stimmt?«

Fragen, immer nur Berge von Fragen. »Und in der Psychiatrie, da konnte man ihr nicht helfen?«

»Da hat man zunächst gar nicht gewusst, wer sie ist. Aber ein junger Freund hat sie wohl dort besucht, und der hatte auch Kontakt zur Psychiaterin.«

»Er hat sie aus dem Auto gestoßen? Und später dann besucht?«, hakte Irmi nach.

»Das wäre eine steile These. Sagt man so?«

»Ja, durchaus.«

»Also, es gab mehrere junge Freunde«, erklärte Malcolm.

»Aha?«

»Der Freund, der sie am Bodensee besucht hat, kannte sie seit Mitte der Sechzigerjahre. Der andere junge Freund war anscheinend derjenige, der sie aus dem Auto geworfen haben soll. Aber der Mann, der sie dann in der Psychiatrie wiederentdeckt hat, das war der erste.«

»Bisschen kompliziert«, sagte Irmi mit gerunzelter Stirn.

»Ja, und der erste, der hat das alles verarbeitet.«

»Wie verarbeitet?«

»Er hat ein Buch über sie geschrieben.«

»Von welchem Buch redest du?«

Malcolm kramte in der Tasche und legte noch ein Buch auf den Tisch. »Als der Autor Ilse Schneider-Lengyel kennenlernte, war er noch Schüler. Sie scheint ihn sehr beeindruckt zu haben. Er hat sie aus den Augen verloren und später irgendwie in der Psychiatrie aufgespürt. Das kann man zumindest aus dem Roman herauslesen. Es ist sein erstes Buch und nicht ganz leicht zu verstehen. Für mich als Ausländer erst recht. Sprachlich, aber auch, weil es in verwirrender Weise Reales und Fiktives vermischt. Manches wird mit dem Klarnamen benannt und anderes mit ziemlich komischen Namen verschleiert. Alles sehr merkwürdig.«

Irmi lächelte. »Ich bin keine Intellektuelle. Ob ich das lesen kann? Ich werde es auf jeden Fall versuchen. Aber wenn ich mir die Liste mit den Fragen meiner Freundin ansehe, interessiert mich schon, warum es in der Psychiatrie keine Akte mehr gibt.«

»Das ist auch sehr komisch. Peter Braun war bei seinen Recherchen am Bodensee, und man war dort sehr überrascht, dass die Akte fehlte. Die Annahme war, dass die Psychiaterin sie mitgenommen hat. Die ist inzwischen aber verstorben, und auch in ihrem Nachlass hat man nichts gefunden, soweit ich weiß.«

Das klang immer mehr nach einem Krimi. Und Irmi hatte das Jagdfieber gepackt. Es ging um Coci – und es ging plötzlich auch um diese Ilse. »Ich werde mich mal in die Bücher vertiefen und mich auf den aktuellen Stand bringen. Treffen wir uns morgen wieder?«

»Gerne. Ich bin gespannt, was du dazu sagst. Du wirkst so … na ja … du fragst so genau nach.«

Er schien etwas Ähnliches zu spüren wie Kathrin Schmid neulich. »Ich war mal Kommissarin«, erklärte Irmi. »Das Nachbohren liegt mir im Blut.«

»Oh, aber wieso war? Du bist doch zu jung für die Rente.«

»Danke, tell me lies, sweet little lies.«

Er lächelte. »Morgen Abend zum Essen? Ich gehe tagsüber auf eine Skitour und habe dann bestimmt Hunger.«

»Prima, wo treffen wir uns?«

»Beim Asiaten in Schwangau? Ich bin Veganer, das ist in Bayern immer etwas schwierig mit Haxn und Hendl.«

»Sehr gern, um halb sechs? Alte Leute essen gerne früher.«

»Abgemacht.«

Sie zahlten, und Irmi zog mit ihrer Bücherbeute davon.

In ihrer Ferienwohnung machte sie sich einen Tee, lüftete ganz kurz und musste grinsen. Als sie am Tisch saß, klingelte ihr Handy. Es war Luise – nicht der Hase, wie sie insgeheim gehofft hatte.

»Bella, ich höre gar nichts von dir!«, rief Luise aufgeräumt. »Was machst du da unter den Schlössern?«

»Ich bin doch noch gar nicht lange weg«, meinte Irmi.

»Lange genug, dass ich mir Sorgen mache.«

»Ach, Luise, ich bin nicht in Pakistan oder auf einer Menschenfresser-Insel.«

»Gibt's die noch? Immerhin bist du im Allgäu!«

Irmi lachte. »Alles gut, ich wandle auf den literarischen Spuren einer Künstlerin, die maßgeblich an der Gründung der Gruppe 47 beteiligt war. Ich war an ihrem Haus und werde etwas über sie lesen. Malcolm hat mir ein paar Bücher gegeben.«

»Wer ist Malcolm?«

»Ein schottischer Germanistikstudent. Wetterhart und sehr nett.«

»Du bist einen Tag weg und hast schon einen Toyboy?«

»Luise, wir parlieren über Literatur. Ich könnte seine Oma sein.« Sie wurde ernst. »Hast du was von Fridtjof gehört? Ich hab ihm eine WhatsApp geschrieben, dass ich gut angekommen bin. Zurück kam nur ein lapidares *Ich bin auch gut angekommen. Viel Spaß dir*.«

»Hier hat er sich nicht gemeldet. Wozu auch? Lass ihn. Der Lago Maggiore wird ihm guttun. Das ist sein Seelenort. Männer sind Meister im Wegdrücken. Das gilt auch für Fridtjof. Liegt wohl am Chromosomensatz.«

Irmi lächelte. »Ach, Luise, bist du schlau! Aber er könnte mit mir reden. Ich fühle mich immer noch schuldig.«

»Reden ist gut, Zerreden nicht. Akzeptier sein Timing. Kümmere dich um Malcolm.«

»Luise, echt!«

»Und bevor du fragst: Den Katzen geht es blendend. Kater frisst mit Woolf zusammen aus einem Napf. Virginia faucht Kater ab und zu an, sie redet in einer Tour und ist eifersüchtig, dass ihr Kumpel jetzt einen Männerfreund hat. Aber Franz hat wieder gemeint, dass sich das einspielt.«

»War Franz noch mal da?«

»Ja, wegen des Esels. Alles läuft bestens. Nur Raffi macht einen großen Bogen um die Katzendame, aber das ist auch besser für seine Nase und sein Augenlicht. Und ich habe Lissi heimlich geschrieben, dass Franz da ist. Sie ist wie ein Groupie hergekommen, hatte sogar Lipgloss drauf.«

»Lissi hat Lipgloss?«

»Augenscheinlich. Wir haben eine Flasche Wein zusammen getrunken. Der Franz ist wirklich ein cooler Typ.«

»Nicht doch Interesse deinerseits?«, fragte Irmi.

»Irmi, einen Mann binde ich mir nicht mehr ans Bein. Meine Erfahrungen dahin gehend waren alle sehr durchwachsen. Mir geht es prächtig. Ich habe dich und Lissi, den Laden, die Tiere. Und wenn, dann ist Franz eher an dir interessiert. Er hat von dir geredet, als seist du eine Lichtgestalt.«

Irmi musste lächeln. »Bin ich etwa keine? Aber im Ernst: Er kennt mich kaum. Wir haben um Coci getrauert, da waren wir uns nahe. Echt, Luise, so ein Quatsch!«

»Na ja, du bist ja nun auch jünger unterwegs. Grüß mir den scharfen Malcolm.«

»Dumme Nuss.« Irmi legte auf und öffnete das Fenster. Drei Kinder, die unter ihren Mützen kaum raussehen konnten, rollerten auf der Straße mit zwei Tretrollern dahin. Dabei fuhren sie fast eine ältere Fußgängerin über den Haufen, die laut schimpfte. Sie klang nicht einheimisch. Wie war das wohl, wenn man in so einer hochtouristischen Gegend aufwuchs? Musste man sich nicht zwangsläufig Nebenwelten schaffen? Und wie war es umgekehrt, wenn man hierherzog? Wie war das bei Ilse gewesen, hatte sie sich als Schwangauerin gefühlt? Und fühlte man sich als Weltbürgerin überhaupt irgendwo richtig zu Hause? Brauchte man das überhaupt?

Irmi wollte das Fenster gerade wieder schließen, als sie an der nächsten Straßenkreuzung einen Mann registrierte. Etwas an seinem Gang kam ihr bekannt vor. Und er trug einen braunen Mantel. Irmi warf das Fenster zu und die Jacke über und rannte nach unten, doch als sie draußen auf der Straße stand, war der Mann weg. Ihr Herz klopfte. Wurde sie langsam irre?

Sie kaufte sich im Käseladen einen Chilikäse und ein Bauernbrot und ging zurück.

Nach dem Essen nahm sie sich das Buch von Peter Braun vor. Als sie es ausgelesen hatte, war es tief in der Nacht.

Am nächsten Morgen machte Irmi sich Kaffee, holte sich zwei Croissants aus der Bäckerei und las weiter. Es hatte sie gepackt. Sie schaffte auch noch den Ausstellungskatalog und hatte am Ende ein Bild von Ilse Schneider-Lengyel, das sie noch verwirrter zurückließ.

Erst 1940 hatte die Autorin nachträglich über ihre Kindheit geschrieben. Mit fünf hatte sie sich durchs Konversationslexikon gelesen und sah den Krieg kommen: *Mein Vater ging dorthin, und es war keine Rede, dass ich ihn davon abhalten konnte. Man sprach von Vaterland, König und Kaiser, aber es war nichts Greifbares darin.* Ilse kam ins Internat in Augsburg, allerdings war nirgends dokumentiert, um welches es sich handelte.

Irmi merkte schon bald, dass das, was man über diese Ilse Schneider wusste, Fragmenten im Nachlass zu verdanken war und der detektivischen Arbeit von einigen wenigen Interessierten, darunter auch die Historiker, die den Katalog geschaffen hatten. Es waren Bruchstücke, manchmal auch Strahlen, die kurz durch die Wolken blitzten.

Irmi war fasziniert von der Vita dieser Frau. In deren Jugend hatte es ein ganzes Spektrum an Interessen gegeben: Ilse Schneider hatte Kunstgeschichte und Ethnologie in München studiert und in Paris eine Kunstakademie besucht, die Académie de la Grande Chaumière. Es war wohl wie ein Luftschnappen zwischen Wirtschaftskrisen und zwei Weltkriegen gewesen. Das Malen gab sie später auf. *Der eigene Mann malt, da sollte man nicht*, schrieb sie dazu.

Über diesen Satz stolperte Irmi als Erstes. Er klang so tragisch: Ilse Schneider hatte das klassische Frauenbild aufgebrochen und wollte eine Beziehung auf Augenhöhe. Etwas, woran Frauen auch heute noch scheiterten, dachte Irmi. Ihr fiel ein Satz ein, den Coci zu ihr gesagt hatte: *Mach dich doch nicht so klein!* Ach, Coci und Ilse, dachte sie, wart ihr euch nicht eigentlich sehr ähnlich?

Auf Paris folgte Berlin, eine vibrierende Stadt, wo Ilse Schneider Ethnologie studierte. Doch dieses Fach kam ihr zu statisch vor: *Jahrzehnte gähnte dieses Museum verlegen umher, unordentlich verschlafene Abstellkammer, verstorbene Kulturen sanken in verwirrte Schränke.* Irmi war fasziniert von solchen Sätzen. So hätte sie nie zu denken vermocht, geschweige denn zu schreiben. Ilse Schneider hatte in der Photographischen Lehranstalt des Lette-Vereins gelernt. Der Lette-Verein stand anfangs nur Frauen offen, das Fotografieren sollte zu Berufen wie Röntgen- oder Laborassistentin führen.

Ilse hatte das Handwerkliche voller Interesse aufgesogen, aber sie wollte auf keinen Fall im Labor landen! Das Fotografieren schien Frauen durchaus erlaubt gewesen zu sein, die Reproduktionsfotografie war etwas fürs weibliche Gemüt, es war schließlich eine dienende Form – so hatten die Männer das wohl damals gesehen, überlegte Irmi. In Berlin lernte Ilse ihren späteren Mann kennen, den ungarischen Architekten und Maler László Lengyel, der sieben Jahre älter war und aus einer großbürgerlichen jüdischen Familie in Szeged stammte. Ein markanter Typ, dachte Irmi, als sie ein Foto von ihm betrachtete, aber etwas in seinen Augen störte sie.

1933 eröffnete Ilse Schneider in München ein Studio für Gebrauchsgrafik, noch bevor sie den Ungarn heiratete. Sie lernte beim Münchner Altertumsverein 1934 den Kronprinzen kennen, beide waren voneinander fasziniert, Ilse womöglich, weil er das »Bayerische« ihrer Kindheit verkörperte. Anfang 1934 erschien beim Münchner Piper Verlag *Die Welt der Maske*, ein Buch mit Ilses Fotografien von Masken aus unterschiedlichen Kulturen und Zeiten, sogar mehrsprachig angelegt. Was hatte der junge Verleger Reinhard Piper in der 31-jährigen Debütantin gesehen? Die Nationalsozialisten waren schon am Ruder, es hatte schon 1933 eine Durchsuchung der Verlagsräume gegeben. Zu diesem Zeitpunkt ein Buch über Masken von Naturvölkern zu publizieren, war kühn – vom jungen Verleger und von Ilse Schneider. Dieses Buch war dann in der langen dunklen NS-Zeit auch das letzte seiner Art.

Irmi sah sich die Fotos an und begriff: Das war Kunst über Kunst. Das war neu und einzigartig. Die Fotos waren oft stark beschnitten, standen mal schräg, die Masken sahen einen an und drangen ins Innerste. Irmi erfuhr, dass Ilse Schneiders Band vom *Völkischen Beobachter* stark verrissen worden war. Das musste man aushalten können, mehr noch, wenn die eigenen Ideale zerschmettert waren.

Die Lengyels emigrierten noch 1934 nach Ungarn, dann weiter nach Frankreich zusammen mit Lászlós Bruder Kalman. Irmi fand, dass das irgendwie zu lapidar formuliert war. Sie waren Verfolgte, sie mussten in Todesangst gewesen sein. Sie waren Künstler und Juden, die der braunen Gesinnung als vernichtenswert galten.

Aber Paris war offen und rege – Ilse Schneider-Lengyel bekam Buchaufträge, fotografierte die Gesichter von Statuen der gotischen Kathedralen –, wieder ein Meilenstein ihrer fotografischen Kunst. Materiell war es wohl Ilse, die den Gatten mitfinanzierte. Sie war auf Fotoreisen, oft auch in Italien, und ihre Fotos setzten häufig eine gewisse zirzensische Artistik voraus, denn sie musste sich dafür ins Seil hängen und auf höchsten Leitern schwanken. Das war wie Hochleistungssport, dabei war sie eine zarte Frau gewesen. Irmis Bewunderung wuchs.

Nach Italien war auch der Kronprinz emigriert, der Ilse die Museen zu Füßen legte. *Wir führten unsere Kassen getrennt. Ich war immer in Todesangst mit den schrecklich teuren Hotels; manchmal quartierte ich mich anderswo in ein ganz billiges Ding. Entging auf diese Weise falschen Persern, furchtbar geschnörkelten Möbeln aus dem 19. Jahrhundert und pfiffigen Hotelboys.* Auch über diese Seelenverwandtschaft schien man wenig zu wissen. Ilse war mit ihm auf dem Monte Verità in Ascona gewesen, auf der vorläufigen privaten Eröffnungsfeier der Villa Favorita am Luganersee. Sie wandelte inmitten der weltberühmten Privatsammlung von Thyssen-Bornemisza, und Irmi hatte das Gefühl, dass Ilse Schneider-Lengyel Teil dessen gewesen war, was sie selbst nur vage aus Geschichtsbüchern kannte.

Dann marschierten die deutschen Truppen 1940 in Paris ein. Wieder ein Ende. Und schon wieder ruinierten die Nationalsozialisten Ilses Karriere. Große Teile der Verwandtschaft in Ungarn waren in Konzentrationslager deportiert worden. Ilse schien in diesen Kriegsjahren trotz allem zwischen Paris und dem Bannwaldsee hin- und hergependelt zu sein. Ihre Eltern waren über siebzig Jahre alt und kränklich. Sie starben 1946 und 1948. Dass Ilse Fotos in der Frontzeitung »Luftflotte West« platziert hatte, das irritierte Irmi. Hatte sie damit den jüdischen Mann schützen wollen? War das ihre Art, den Nationalsozialisten ein Zuckerl hinzuwerfen?

In der ganzen Zeit der Widersprüche und Pervertierung ihrer freigeistigen Ideale begann sie, Lyrik zu schreiben, zu Beginn unter dem männlichen Pseudonym Johannes Markus Heiden: *Für uns erscheint die Welt müsst sich aus ihrer Achse heben, mit lautem Knall die grauenvollen Täter jetzt zermalmen.*

Als Paris im Sommer 1944 durch den Einmarsch der Alliierten befreit wurde, war Ilse wohl gerade am Bannwaldsee. Auch wenn die offizielle Scheidung von ihrem Mann erst 1953 vollzogen wurde, schien sich die Trennung schon früher abzuzeichnen. Ilse Schneider-Lengyel musste sich wieder einmal neu erfinden, begann 1947, für die *Süddeutsche Zeitung* zu schreiben, für die Kunstzeitschrift *Prisma* und für *Der Ruf*, ein Projekt von Alfred Andersch und Hans Werner Richter. Richter bat ihr eine längerfristige Mitarbeit an: *Im Rufkreis fehlen noch ein paar gut schreibende Frauen, die keine sein wollen.* Irmi zuckte regelrecht zusammen. Was war das für ein Satz?

Und wieder erwischte die Weltpolitik Ilses Karriere eiskalt: Der amerikanischen Kontrollbehörde waren die Artikel im *Ruf* zu nihilistisch. Aber Richter plante schon etwas Neues, nämlich den *Skorpion*. Ilse Schneider-Lengyel schlug vor, sich zum Gedankenaustausch am Bannwaldsee zu treffen. Der 6. und 7. September 1947 sollte später zum legendären Zeitpunkt der Gründung der Gruppe 47 werden.

Irmi sah den See vor sich, den heutigen See der Camper, und es fiel ihr gar nicht so leicht, sich die beschwerliche Anreise für die Autoren und Publizisten vorzustellen, die teils auf Ochsenkarren herangeschaukelt waren. Ilse Schneider-Lengyel hatte für die Gäste im See gefischt und versucht, im Mangel noch eine gute Gastgeberin zu sein und eine Schmalhans-Tafel ins Festliche zu verkehren. In den Berichten wurde sie nicht als Dichterin, sondern nur als Gastgeberin erwähnt. Irmi war wieder tief erschüttert.

Als Irmi beim Asiaten eintraf, war sie müde, ihr linkes Auge zuckte leicht. So viel las sie sonst selten. Malcolm war schon da und winkte ihr entgegen.

»Und?«, fragte er.

»Inzwischen habe ich das Buch von Braun und den Katalog gelesen. Ich bewundere die Arbeit dieser Forscher, da steckt so viel drin, sie haben so intensiv recherchiert. Und doch weiß man nichts vom grauenvollen Ende dieser Frau. Warum musste es so weit kommen? Und warum hat ihr niemand geholfen?«

Malcolm nickte. »Es lag vor allem daran, dass sie 1958 ebendiesen ungeliebten Campingplatz eröffnen musste. Sie hat 1958 noch mal das Bayerische Entschädigungsamt angefleht, eine Entschädigung hätte ihr wie so vielen anderen zugestanden. Sie bekam sie aber nicht. Schließlich musste sie verkaufen. Verschämt vermuteten die letzten Zeitzeugen, dass ihre Notlage ausgenutzt wurde. Leider bin ich da auch nicht weit gekommen. Vieles bleibt hinter vorgehobener Hand.« Er stutzte und sah Irmi fragend an.

Irmi lächelte. »Hinter vorgehaltener Hand.«

»Puh, ist diese Sprache schwer! Egal, ich komme auch nicht an die letzten noch lebenden Zeitzeugen heran. Was man höchstens hört, sind Geschichten, dass Ilse angeblich geklaut hat. Eine gewisse Cilly Kahle, Jahrgang 1928, war in den Jahren 1947 bis 1952 Helferin in einer Zahnarztpraxis in Füssen. Sie hat erzählt, dass Ilse ›die Hex vom Bannwaldsee‹ genannt wurde. Frau Kahle hat sie bewundert, weil sie so ungewöhnlich war, ihre Aufmachung habe manchmal mal fast indianisch gewirkt. Von ihr stammt aber auch die Geschichte, dass Ilse im Wartezimmer die Glühbirnen rausgedreht und mitgenommen habe, weil sie so verarmt war.«

»Kann man diese Frau Kahle …?«

»Leider kann man sie nicht mehr fragen. Sie ist im Sommer 2023 verstorben. Antonia Götzendörfer, eine ehemalige Lehrerin an der Schwangauer Grundschule, hat sie wohl auch verehrt. Sie schrieb: *Als ›die Bannwaldseehexe‹ warst du in Schwangau und darüber hinaus bekannt – belächelt mehr als verspottet, von uns allen aber verkannt. Es wurde still am Bannwaldsee, sein guter Geist fiel in die Nacht.* Soweit ich das beurteilen kann, waren von Ilse Schneider-Lengyels Verschwinden nur einige wenige betroffen. Die Frauen schienen sie eher bewundert zu haben, weil sie frei war, Geschlechtergrenzen durchbrochen hatte. Frau Götzendörfer ist leider auch schon tot.«

»Ja, meine Freundin meinte auch, dass es inzwischen leider an Zeitzeugen mangelt. Und sie meinte, ein Problem sei, dass der offizielle Blick auf künstlerische Frauen oft aus männlicher Perspektive erfolgte. Siehst du das auch so?«

»Im Prinzip ja. Erst viel später haben einige Mitglieder der Gruppe 47 das im Nachhinein kritisch gesehen. Reinhard Baumgart hat Ende der Neunzigerjahre geschrieben, dass die Frauen damals mitessen und lachen und tanzen und womöglich etwas vorlesen sollten, aber nie am kritischen Diskurs teilnehmen durften. Es war ein richtiger Männerclub! Vor Kurzem ist sogar ein Buch über die Frauen der Gruppe 47 erschienen, auch da kommt Ilse Schneider-Lengyel vor, es geht aber mehr um Ilse Aichinger und Ingeborg Bachmann. Die Autorin konzentriert sich auf deren schriftstellerische Arbeit, dabei war Ilse Schneider-Lengyel ja viel mehr als nur eine Dichterin.«

»Den Eindruck hatte ich auch«, sagte Irmi. »Allein wie sie fotografiert hat, in Italien, im Bamberger Dom, in exotischen Ländern. Außerdem habe ich gelesen, dass sie versucht hat, Gesänge aus Südostasien ins Deutsche zu übertragen. Ihre vielfältigen Begabungen und Aktivitäten scheint niemand so richtig anerkannt zu haben. Liegt das daran, dass Männer damals dazu neigten, Frauen ausschließlich vom Äußeren her zu beurteilen? Was manche leider auch heute noch tun.«

»Bestimmt ist das so. Das ist nicht nur unfair, sondern auch kurzsichtig. Allein die Reisen von Ilse Schneider-Lengyel und die daraus entstandenen Werke wären Stoff für eine ganze Abhandlung. Darüber sollte man schreiben.«

»Der Ansatz meiner Freundin war genau das – den ganzen Menschen zu sehen«, sagte Irmi, und ihr wurde schwer ums Herz.

»Wie schade, dass das nun nicht mehr möglich ist. Woran ist sie gestorben?«

»Ein Unfall«, sagte Irmi nur. Sie wollte nicht an Coci denken und tat es doch unentwegt. »Hast du bisher gar nichts sonst in Erfahrung bringen können?«

»Alles, was ich hier in der Region erfahren konnte, ist, dass Ilse Motorrad gefahren ist. Und sie hat angeblich auch

Männer verführt, vor allem junge Männer. Das hatten wir ja schon.«

»Aber sind das nicht einfach Männerfantasien? Gelten solche Frauen nicht immer gleich als Femme fatale oder Ophelia?«, fragte Irmi.

»Da hast du recht. Hast du den Roman auch schon gelesen?«

»Nein, der steht als Nächstes auf meiner Agenda. Ganz so schnell lese ich dann doch nicht.«

»Ich bin gespannt, was du sagst. Der Autor wäre einer der wenigen, der sie gekannt hat.«

»Hast du ihn nicht kontaktiert?«, fragte Irmi überrascht.

»Natürlich! Privat und über seinen Verlag. Privat hat er mich ignoriert. Also habe ich an den Verlag geschrieben. Warte, ich habe meine E-Mail an den Verlag auf meinem Handy.« Er suchte in seinem Handy und reichte es ihr.

Guten Tag, ich hatte Ihren Autor per Brief kontaktiert, das Schreiben kam aber zurück, und per E-Mail hat er leider nicht reagiert. Darf ich Sie nochmals bitten, meine Anfrage weiterzuleiten? Ihr Autor ist einer der Letzten, der Frau Schneider-Lengyel kannte. Seine persönliche Bekanntschaft wird für meine Forschungsarbeit immer bedeutender, da die Zeitzeugen allmählich wegsterben … Herzlichen Dank, Malcolm MacGraw

Sie gab Malcolm das Handy zurück.

»Vom Verlag kam nur eine kurze Antwort per Mail«, fuhr er fort. »Ich lese sie dir mal vor: *Lieber Herr MacGraw, danke für Ihre Anfrage. Unser Autor erteilt Unbekannten keine Auskunft über Dritte und ersucht höflichst, von weiteren Versuchen der Kontaktaufnahme Abstand zu nehmen.* Ist das nicht komisch?«

»Auf jeden Fall. Man könnte ja annehmen, dass es auch im Interesse des Autors läge, dass diese Frau gewürdigt wird. Noch dazu von einem jungen Menschen wie dir. Das ist doch klasse.«

»Dachte ich auch. Vor allem, weil er ja einer der wenigen ist, die wissen, wie sie sprach.«

Irmi sah ihn interessiert an. »Wie meinst du das?«

»Na ja, die gesprochene Sprache kennzeichnet einen Menschen ja auch! Hat sie Hochdeutsch gesprochen? Wahrscheinlich, und das machte sie doch auch zu einer Außenseiterin in Schwangau. Ihre Wortwahl, ihre Stimme, das wäre alles interessant.«

»Es gibt also gar kein Tondokument?«, fragte Irmi überrascht.

»Nur eines, das den Namen nicht verdient. Die Historiker haben mir ein Dokument aus den Archiven des ZDF gezeigt. Ungeheuerlich! Das war eine der ersten Ausgaben von *Aspekte*, das ist so eine Kultursendung bei euch, oder?«

Irmi nickte.

»Es ging um den Anfang der Gruppe 47. Man filmte an einem Steg am Bannwaldsee. Hans Werner Richter fabuliert herum und verweist ganz gönnerhaft darauf, dass Ilse für alle Fische gefangen habe. Sie kommt ins Bild und darf nur sagen, welche Fische sie gefangen hat. Krebse und Zander. Danach verstummt sie regelrecht. Ihre weitere Aussage wurde, so hab ich das empfunden, einfach herausgeschnitten. Ich glaube, sie hätte mehr sagen wollen.«

Extrem geringschätzig und beklemmend, dachte Irmi. Hatte sie den Männern vielleicht einfach Angst gemacht? Bestimmt!

»Ich werde den Roman lesen«, versprach sie. »Dann reden wir weiter.«

Sie verabschiedeten sich, und sobald Irmi wieder in der Ferienwohnung war, machte sie sich an den Roman. Sie hatte beim Lesen ihre liebe Not, von manchen Sätzen fühlte sie sich wie überrollt. Manche empfand sie als belehrend-intellektuell. Und vor dem Hintergrund dessen, was sie nun über Ilse wusste, kam ihr der Text keineswegs wie Fiktion vor, sondern wie ein durchschaubares Verwirrspiel. Es war 3 Uhr nachts, als sie endete. Müde und auf eine unbestimmte Art wütend. Noch mehr Gräben hatten sich aufgetan.

Sie war übernächtigt, als Malcolm am nächsten Morgen um 10 Uhr bei ihr anrief.

»Und?«

»Puh, Malcolm! Treffen wir uns im Café. Ich brauche viel Koffein.«

Eine halbe Stunde und zwei Cappuccini später ging es einigermaßen. »Ich habe nie viel gelesen und so etwas noch gar nicht«, gestand sie. »Ist es Literatur, wenn man so schreibt, dass es keiner versteht? Ziemlich verquast fand ich es. Ich kam mir vor wie bei Loriot. Melusine, sage ich nur!«

»Was?«

Irmi lächelte. »Loriot war ein begnadeter Cartoonist, Schauspieler, Humorist, eigentlich der einzige Deutsche mit intelligentem Humor. Und er karikiert eben einen Schriftsteller und dessen natürlich fiktives Gedicht Melusine. Ich muss mal schauen, ob ich es zusammenbringe.« Irmi rezitierte aus dem Gedächtnis: »Krawehl, Krawehl! Taubtrüber

Ginst am Musenhain! Trübtauber Hain am Musenginst! Krawehl, Krawehl!«

»Und so kommt dir das Buch vor?«

»Manchmal schon, vor allem aber habe ich mich dauernd vom Autor belehrt gefühlt. Dass Eisenhower stirbt, dass Spasski Schachweltmeister wird, dass Thor Heyerdahls Papyrusfloß scheiterte – was soll ich damit? Und all diese Literaturzitate … Ich hatte den Eindruck, der Autor wollte mir zeigen, wie schlau er ist und wie minderbemittelt ich bin, nichts als ein unwürdiger Lesewurm.«

Malcolm lachte laut heraus. »Guter Ausdruck. Das merke ich mir. Ich als Nichtmuttersprachler tue mich beim Lesen auch sehr schwer damit. Aber was war dein zweiter Eindruck?«

Irmi sah ihn ernst an. »Ich war irritiert. Er vermummt die Personen, macht sie scheinbar unkenntlich, und sie sind doch dermaßen erkennbar. Die Hauptfigur ist Ilse, oder? Seine Hauptfigur spricht teilweise extrem exaltiert. Hat Ilse wirklich so gesprochen? Oder dichtet er ihr das nur an? Da sind wir wieder beim Problem, dass wir niemanden kennen, der Ilse sprechen hörte. Und dann die Orte mit den merkwürdigen Namen. Sie sind so durchschaubar, und wenn er doch verschleiern möchte – warum nennt er den Bannwaldsee mit Klarnamen? Ich finde das Buch eigentlich wenig fiktiv. Mir kam es vor wie eine Biografie von Ilse und eine Autobiografie von ihm. Er hat sie in der Psychiatrie gesehen, hat mit der Psychiaterin gesprochen. Er sagt, dass sie in den Fastnachtstagen am Bodensee war und eine Weile wie eine Pennerin gelebt hat, dann aber aufgegriffen wurde. Die Psychiaterin wundert sich über die Wortwahl und Weltgewandtheit der Patientin, und dann entdeckt der Erzähler die Frau, die er lange gesucht hat, in ebenjener Psychiatrie. Gemeinsam erfahren sie, dass sie bei der Polizei an ihrem Heimatort aktenkundig war, dass ihr Haus am See eine Art Sündenpfuhl darstellte, während sie selbst aber weitgehend harmlos gewesen war. Ihr Auto hat sie als gestohlen gemeldet, und die Polizei nahm an, sie hätte es wiedergefunden, weil sie nichts mehr von ihr gehört hatte. Das ist doch verdammt real!«

»Du denkst wie eine Kommissarin«, sagte Malcolm leise.

»Na klar, ich bin keine Literaturwissenschaftlerin, und ich sehe in dem Buch in erster Linie eine tiefe Verstörung. War der Autor in sie verliebt? Ist das eine Art Harald-and-Maude-Story? War sie seine Mrs Robinson?«

»Das habe ich mich auch gefragt.«

»Er schreibt, dass ihr Pfleger von einem jungen Schweizer einen Wechsel bekommen habe, über achttausend Franken. Die Ermittlungen wegen des Autos verlaufen im Sande, und der Erzähler meint, es seien Gegenstände aus dem Haus verschwunden. Ein so verquastes Buch und dann so klare, realistische Passagen? Ich bin versucht, diese Teile als reale Ereignisse zu deuten. Teilweise charakterisiert er sie auch, als wäre er ein verschmähter Liebhaber.«

»Ich habe mir überlegt, ob der Schweizer womöglich mit dem Autor identisch ist. Das hast du ja neulich schon mal vermutet. Dann hätte er sie aber am Bodensee ausgesetzt und im Stich gelassen. Und ist dann wegen seines schlechten Gewissens zurückgekommen. Und weil er damit nicht fertigwird, muss er dieses Buch schreiben als eine Art Seelenreinigung.« Malcolm sprach auf einmal sehr leise, als wolle er nicht riskieren, dass jemand mithörte.

»Es ist eine These, und da sage ich dir als Kommissarin: Das werden wir nie beweisen können. Das bleibt im Reich der Spekulation. Niemand wird das beweisen können. Was mir aufgefallen ist: Im Buch schreibt die Figur Gedichte. Ich bin keine Lyrikerin, aber sie sprechen mich an. Was, wenn das echte Gedichte von Ilse sind? Die irgendwie, irgendwann an den Autor gelangt sind? Dann wäre das geistiger Diebstahl.«

»Das wäre auch krass!«, rief Malcolm. »Will er deshalb mit niemandem sprechen?«

»Malcolm, Achtung – das ist Spekulation. Am Ende zählen nur belastbare Beweise.« Und wieder huschte Coci durch Irmis Gedanken. Hatte sie etwa solche Beweise gefunden? War sie gestorben, weil sie kurz vor einer Enthüllung gestanden hatte? Und war der Mann mit dem braunen Mantel hinter ihr her gewesen? Vermummt wie alle Personen in diesem Mummenschanz?

»Mir ist noch etwas aufgefallen, was ich auch so komisch finde«, sagte Malcolm. »Die Erstausgabe erschien 1984. Es gab 2002 eine Neuausgabe in einem anderen Verlag mit einem Foto auf dem Cover, das grauenhaft ist. Warte, ich zeig es dir.« Wieder hielt er Irmi sein Handy hin.

»Das ist wirklich grauenvoll«, stellte Irmi fest. »Denunziatorisch. Wie kann man so etwas machen?«

»Es kommt mir vor wie Muttermord«, sagte Malcolm leise.

»Und es stammt aus der Psychiatrie? Für mich sieht das irgendwie so aus«, mutmaßte Irmi.

»Das war auch mein Gedanke. Ich habe den damaligen Verlagsleiter angeschrieben, der hat mir sogar geantwortet. Er erinnert sich nur noch vage und meinte auch, dass mit der Druckerei etwas schiefgelaufen sei. Und er meinte sich zu erinnern, dass der Autor das Foto gewollt hatte.«

»Das Bild sieht so aus, als käme es aus einer Krankenakte. Was zu weiteren Spekulationen führt. Woher hatte der Autor das Foto? Wenn ich mich richtig erinnere, vermutet Braun in seinem Buch, dass diese Psychiaterin die Akte nach Hause mitgenommen hat. Es wäre schon seltsam, wenn der Autor die Akte eingesehen und abfotografiert hätte. Völlig unakzeptabel aber wäre es, wenn die Akte in seinen Händen wäre. Das wäre ein handfester Skandal. Und auch ein Grund, sich sehr bedeckt zu halten«, meinte Irmi. »Ilse Schneider-Lengyel scheint den Autor in jedem Fall sehr beschäftigt zu haben, was per se ja nicht verwerflich ist. Aber mir kommt es so vor, als würde er sein Wissen eifersüchtig hüten, dabei gibt es keine Exklusivität auf die Entdeckung einer Person. Lange hat sich anscheinend niemand für Ilse interessiert, erst mit dem Jubiläum 1997 wieder etwas mehr. Dann hat Peter Braun sich ausführlicher mit ihr befasst und jetzt meine Freundin und du. Dass der Autor so verschlossen ist, könnte auch daran liegen, dass er generell keine Menschen mag, neugierige schon gar nicht. Wer so schreibt, so melusinenhaft, mag womöglich das unintellektuelle Gewürm einfach nicht.«

Malcolm lachte und wurde dann wieder ernst. »Man merkt dir an, dass du als Kommissarin gearbeitet hast. Du willst dich nicht zu schnell festlegen. Aber ich will jetzt mehr wissen! Und deine Freundin wollte das auch. Warum gerade jetzt?«

Irmi zögerte. »Meine Freundin hat sich vor allem für Ilses Vita interessiert, wir sollten da aber nicht allzu viel reininterpretieren. Es gibt eben Zeiten, die spülen ein bestimmtes Thema hoch. Die ganze Me-too-Bewegung hat den Blick dafür geschärft, wie wenige Frauen wertgeschätzt wurden und immer noch werden. Die Reduktion auf das Optische ist fatal. Ich hätte in den Kulturzirkeln, in denen sich Ilse bewegt hat, mehr Emanzipation erwartet und mehr Wertschätzung weiblicher Kunst. Aber meine Freundin hat das massiv in Abrede gestellt, im Gegenteil: Sie meinte, in kulturellen Kreisen war es eher noch schlimmer, weil Frauen dort in Männerdomänen eindrangen und den Raum forderten, den die Männer schon besetzt hatten.«

»Da hat sie recht, fürchte ich. Wir bräuchten Zeitzeugen, um mehr über Ilse zu erfahren«, sagte Malcolm. »Aber die gibt es offenbar nicht mehr. Von den beiden Frauen habe ich dir ja schon erzählt. Der Kulturamtsleiter in Füssen war wohl sehr engagiert in Sachen Ilse Schneider-Lengyel. Er war der Erste, der sich mit ihrem familiären Hintergrund beschäftigt hat, und auch derjenige, der in München als Erster Ilses Nachlass in der Staatsbibliothek gesichtet hat. Aber auch er kannte sie nicht mehr persönlich. Ich wollte ihn anrufen, habe mich aber nicht so recht getraut. Alles, was ich bisher in Erfahrung gebracht habe, sind Geschichten vom Sagenhören.«

Irmi musste lachen und erntete einen fragenden Blick. »Sagenhören ist super, es heißt Hörensagen, aber andersrum hat es mehr Gehalt, vor allem in diesem Fall. Zu viel Sagen, zu wenig Beweise. Nichts Greifbares.«

»Irmi, it sucks! Und deine Freundin, hat sie wirklich gar

nichts recherchiert, was uns helfen könnte?« Jetzt klang er wie ein kleiner enttäuschter Junge.

»Sie ist zu früh gestorben. Leider hatte sie nur diese Fragen notiert.«

Irmi wusste natürlich nicht, was in Cocis Laptop stand, und bedauerte es nun doch, diesen nicht auch – wie das Notizbuch – einfach einkassiert zu haben. Sie spürte immer deutlicher, dass Coci einer gefährlichen Sache auf der Spur gewesen war. Und da war noch etwas ganz anderes, was in ihren Eingeweiden wühlte: Irmi hatte nun schon einige Tage lang dem Impuls widerstanden, Kathi oder Andrea zu fragen, was sie bislang zu Justus Mergenthaler und womöglich auch über Franz herausgefunden hatten.

»Und was machen wir jetzt?«, fragte Malcolm.

Irmi musste lachen. »Wir?«

»Klar, du hast mich kriminalistisch infiltriert. Und außerdem muss ich meine Arbeit schreiben. Jeder weitere Input macht sie besser.«

»Ich muss erst mal nachdenken. Ich ruf dich an, ja?«

10

Irmi fuhr zurück in ihre Wohnung, dachte kurz nach und beschloss spontan, die Bibliothek in Füssen aufzusuchen und dort nachzufragen. Man gab ihr das Jahrbuch des Historischen Vereins »Alt-Füssen« aus dem Jahr 1997. Darin befand sich ein Artikel des damaligen Kulturamtsleiters der Stadt Füssen, von dem Malcolm gesprochen hatte. Der Text behandelte Ilse Schneider-Lengyel, warf aber auch ein Streiflicht auf die Familie, die maßgeblich am touristischen Aufstieg des Orts beteiligt gewesen war. Würde Füssen heute nicht mit seinen Seen wuchern können, wäre es längst nicht so attraktiv. Füssen schien aber auch die Familie Schneider vergessen zu haben. Der Artikel endete mit einem Zitat von Nicolaus Sombart. *Sie war eine Frau ohne festen Wohnsitz und ohne feste Identität, flüchtig, heimatlos, unfaßbar, undinenhaft. Es schien mir immer eine seltsame Fügung, daß der erste Keim eines literarischen Lebens in dem verwüsteten Nachkriegsdeutschland von dieser geheimnisvollen Frau ›aus dem Anderswo‹ gepflanzt wurde*, schrieb er. *Wie Unica Zürn, wie Sylvia Plath – und wir kennen von den unzähligen Opfern nur diese – ist sie, denke ich (aber was wissen wir Männer schon davon!), an den Schwierigkeiten zerbrochen, die damit verbunden sind, ein weiblicher Mensch zu sein.*

Ein weiblicher Mensch? Irmi legte das Heft weg und fühlte sich in diesem Moment Coci sehr nahe – und auch Ilse. Sie verließ die Bücherei und rief Andrea an.

»Kannst du mir einen Gefallen tun?«

»Hallo, gleich mit der Tür ins Haus?«, fragte Andrea.

»Sorry, es geht mir gut, nein, ich frage nicht, wie weit ihr seid.«

»Wir sind immer noch an diesem Justus dran, da stimmt vieles nicht, aber du weißt ja, ähm ...«

»Ja, ja. Schon klar. Mir geht es um etwas anderes. Kannst du herausfinden, wer Mitte bis Ende der Sechzigerjahre Rechtspfleger in Füssen am Amtsgericht war?«

»Hä?«

»Machst du das bitte?«

»Klar, sonst noch was?«

»Nö, danke.«

Andrea war schnell. Wenig später rief sie zurück, hatte einen Namen und eine Telefonnummer. »Der Mann muss weit über achtzig sein«, meinte sie.

»Es ist einen Versuch wert.«

»Irmi, machst du was Illegales?«

»Ich doch nicht! Danke, Andrea!«

»Ich trau dir nicht.«

Irmi lachte nur und verabschiedete sich. Dann wählte sie die Rufnummer. Die Stimme des Mannes, der sich am anderen Ende meldete, war leise und doch fest. Er sprach eher langsam und überlegt. Irmi stellte sich vor, erläuterte ihr Anliegen und erwähnte auch, dass sie sich ihrer verstorbene Freundin gegenüber verpflichtet fühle.

»Sehen Sie, man erfährt eher Fragmentarisches über Ilse Schneider-Lengyel, aber kaum etwas über ihr unrühmliches Ende. Nichts darüber, was der Fahrt an den Bodensee vorausgegangen ist.«

Der pensionierte Rechtspfleger räusperte sich und begann zu erzählen. Er war ein Flüchtlingsbub gewesen und hatte sich in der Volksschule in Waltenhofen direkt am See unter den einheimischen Bauernburschen durchsetzen müssen, aber der Vater war als Uhrmacher und Optikermeister von Anfang an willkommen gewesen. Und er hatte Freunde gefunden, das Gymnasium absolviert, Jura studiert und etwa 1966 seine erste Stelle in Füssen angetreten. Dort war er als Betreuer von Ilse Schneider-Lengyel eingesetzt worden. Jemand musste sich also ans Gericht gewandt und sie als unzurechnungsfähig gemeldet haben, dachte Irmi.

Natürlich habe er gewusst, um wen es sich gehandelt hatte, sagte er, nämlich um die »Hex vom Bannwaldsee«, die Motorrad gefahren sei, was Frauen zu dieser Zeit wahrlich nicht getan hätten. Als Betreuer war er selbstverständlich in ihrer Wohnung gewesen, die nach seiner Aussage weder besonders prunkvoll noch besonders verwahrlost gewirkt hatte. Als Ilse Schneider-Lengyel dann verschwunden war, hatte er den Auftrag gehabt, den Nachlass zu sichten und zu schätzen, ob darunter etwas von Wert sei. Dabei hatte er den Eindruck gehabt, dass in ihrer Wohnung einiges gefehlt habe. Ein rein subjektiver Eindruck, fügte er hinzu.

Irmi fiel plötzlich ein, dass der ehemalige Betreuer einer der letzten lebenden Zeitzeugen sein dürfte, der Ilse Schneider-Lengyel hatte sprechen hören, und sie erkundigte sich bei ihm danach. Seine Betreute habe keinen Dialekt gehabt und keineswegs exaltiert gewirkt, erwiderte er, sondern eigentlich ganz normal. Nachdenklich meinte er, dass man Menschen wie sie damals wohl sehr nach ihrem Äußeren beurteilt habe und weniger nach ihrem Wesen und ihrem Können.

Irmi bedankte sich und legte auf. Ilse Schneider-Lengyel war also nicht einfach so verschwunden und wundersam an den Bodensee gelangt, sondern hatte vorher bereits unter Betreuung gestanden.

Als Nächstes suchte sie im digitalen Telefonbuch die Nummer des ehemaligen Kulturamtsleiters heraus und rief bei ihm an. Als er sich meldete, trug sie ihm ihr Anliegen vor. Der Mann zögerte kurz und schlug dann vor, sich in einer Stunde mit Irmi in der Füssener Innenstadt zu treffen.

Tatsächlich war er pünktlich zur ausgemachten Zeit am verabredeten Ort. Er war mit dem Rad gekommen, was angesichts der Jahreszeit sportlich war. Wetterhart wie Malcolm, dachte Irmi. Wenig später saßen sie in einem Café. Er reichte ihr eine Mappe, die er unterwegs aus dem Stadtarchiv geholt hatte. Darin befanden sich die alten Unterlagen, die er für das Jubiläum der Gruppe 47 zusammengestellt hatte.

Am Ende bot sich Irmi ein verstörendes Bild. In der Mappe lag eine Liste der Nachlassgüter, darunter einundzwanzig Gemälde und Zeichnungen. Sie waren für wertlos befunden worden, und man hatte sie vernichtet.

»Was, wenn das Werke von László Schneider-Lengyel und seinen Weggefährten waren? Abstrakte Motive? Heute unschätzbare Werte? Die man damals aus der Zeit heraus beurteilt hat?«, fragte Irmi erschüttert.

»Bestimmt hat man den Wert dieser Werke zu jener Zeit nicht erkannt, vor allem aber basierte das damalige Urteil über Ilse Schneider-Lengyel auf ihrem ungewöhnlichen

Verhalten. Sie war nicht nur anders, sondern auch in einem psychisch fragilen Zustand. Man hat sie als Irre wahrgenommen, dementsprechend beurteilt und wohl auch das, was in ihrem Haus war. Eben als wertlos!«

»Offiziell war sie anscheinend als Pflegefall geführt«, sagte Irmi und blätterte weiter. »Hier steht, dass es eine Alleinerbin gab, die das Erbe abgelehnt hat. Und noch drei weitere erbberechtigte Personen, die ebenfalls abgelehnt haben. Eine Person hat sich ein paar Erinnerungsstücke mitgenommen. Es gab einen Pelzmantel, steht hier. Der Rest wurde wirklich vernichtet, ich fass es nicht. Weniges landete in beschrifteten Kisten und ging an die Staatsbibliothek. Irgendjemand war immerhin so vorausschauend, das zu tun. Und Sie haben ja dann letztlich eine erste Sichtung unternommen.«

Es ist so wenig, was vom Leben übrig bleibt, vor allem, wenn man als wertlos und irre gegolten hat, dachte Irmi beklommen.

Er nickte. »Ich war damals mit einer ehemaligen Lehrerin aus Buching in der Stabi. Wir wussten ja auch nicht, was wir vorfinden würden, und wir hatten nur wenig Zeit. Unser Fokus war das fünfzigjährige Jubiläum der Gruppe 47. Hier sind auch noch andere alte Notizen von mir, sehe ich gerade.« Er lächelte, blätterte und stutzte. »Es ist wie eine Zeitreise, und es wundert mich, dass diese handschriftlichen Zettel tatsächlich noch in den Akten liegen. Ich habe das ein wenig verdrängt, aber ich habe damals Leute befragt, die Frau Schneider-Lengyel noch gekannt hatten.« Er blätterte weiter. »Wer der Herr Wölfle aus Ingolstadt ist, weiß ich gar nicht mehr. Er hat aber berichtet, dass sie einen jungen Schweizer Freund hatte, der offenbar Geld genommen hat. Außerdem sprach er davon, dass es sehr viele Kunstschätze gegeben habe, viele ethnologische Kostbarkeiten und einen Picasso, der signiert war.«

Irmi erinnerte sich an Cocis Fragenliste: *Wo ist der Picasso? Schweiz?* Immer mehr deutete darauf hin, dass ein junger Schweizer Ilse Schneider-Lengyel bestohlen, ausgenutzt und am Ende quasi entsorgt hatte. Es war so bitter.

»Interessant sind womöglich auch meine Notizen zu Gottfried Hermann«, fuhr der ehemalige Kulturamtsleiter fort. »Er war Kunsterzieher an der Städtischen Oberrealschule Füssen, ich glaube, bis etwa 1970. Ursprünglich war er Künstler und hatte sich dem kritischen Realismus verschrieben. Ein sehr strenger und autoritärer Mann, der jede Art von Kopistentum hasste. Eigenes Können und Authentizität waren seine Forderungen.«

»Und die Schüler sind an ihm zerbrochen? Nur wenige konnten in seine Welt eintauchen? Und diejenigen, die gut genug waren, die hat er gefördert?«, erwiderte Irmi.

»Kannten Sie ihn?«, fragte er überrascht.

»Nein, ich hatte aber in einem meiner Fälle mit einem Kunsterzieher zu tun, der ein Narzisst war. Dessen subtile psychologische Manöver sensiblen Kindern damals sehr zugesetzt haben.«

Er nickte. »Solche Persönlichkeiten gibt es, aber lesen Sie selbst.« Er reichte ihr ein Blatt, das klein, aber sehr leserlich beschrieben war. Gottfried Hermann war über einen Mann aus der Führungsriege der Hanfwerke mit Ilse Schneider-Lengyel bekannt gemacht worden und hatte in ihr eine künstlerische Frau kennengelernt, die sehr attraktiv war und sogar mit dem französischen Kultusminister in Kontakt stand. Daraus ließ sich in jedem Fall ablesen, dass Ilse Schneider-Lengyel Zugang zu Kreisen gehabt hatte, die anderen in Schwangau sicher verschlossen gewesen waren.

Der Kunsterzieher hatte auch dem späteren Autor des Romans über Ilse Schneider-Lengyel den Kontakt zu ihr vermittelt. Bestimmt war der einer dieser interessierten Schüler gewesen, die Hermann als förderwürdig betrachtet hatte. Das war natürlich spannend, insbesondere, weil ein späteres Urteil von Hermann über seinen ehemaligen Schüler eher kritisch ausfiel. Über den Roman meinte er, »man müsse müde lächeln«, und Ilse sei »mit allen Wassern gewaschen gewesen«, das habe sein Schüler doch gar nicht erkannt. In den Notizen stand auch, dass Gottfried Hermann sich beschwert habe, dass sie oft high gewesen sei, und sich am Ende tief verletzt von Ilse Schneider-Lengyel abgewandt habe.

Irmi sah auf. »Eine tiefe Verletzung? Das klingt doch irgendwie beleidigt. Hat Ilse ihm nicht das gewährt, was er wollte? War er gar eifersüchtig auf seinen viel jüngeren Schüler?«

Der frühere Kulturamtsleiter wiegte nur den Kopf hin und her.

Weiter besagten seine Notizen, dass Ilse mit einem jungen Schweizer zusammen gewesen war, der sie auch überredet hatte, sich ein Auto zu kaufen. Und so gut sie Motorrad fuhr, so schlecht fuhr sie wohl Auto. Der Schweizer sei mit ihr zum Bodensee gefahren und habe sie bei Lindau hinausgeworfen.

»Schon wieder der Schweizer? Dann gab es ihn wohl wirklich«, meinte Irmi.

»Oral history hat mich immer schon beschäftigt. Das Gedächtnis ist fragil.«

Irmi nickte. »Und selektiv. Aber viel spricht doch dafür, dass es diesen Schweizer gab. Stand er in Konkurrenz zum Autor? Wenn Männer Frauen beurteilen, ist ihr Blick häufig sexuell oder zumindest erotisch geprägt. Und unter Männern gibt es oft einen Wettkampf. Geht es darum, wessen Imponiergehabe sich durchsetzt?«

Er lächelte.

»Meine Freundin, die ebendieses Buch geplant hatte, hat mal gesagt, man hätte in Ilse Schneider-Lengyel die männermordende Spinnenkönigin gesehen«, fuhr Irmi fort. »Aber sie habe einfach nur den ganzen Menschen sehen wollen.«

»Das kann ich mir gut vorstellen. Man sollte auch einmal die weiblichen Bewertungen hören. Mir ist da noch etwas eingefallen. Anlässlich des Jubiläums 1997 haben zwei Gymnasiastinnen eine Facharbeit geschrieben, es war der Abiturjahrgang 1998. Die habe ich Ihnen in Auszügen kopiert, da kommt Margret Höß zu Wort, die etwa sechzehn gewesen sein muss, als sie sich mit Ilse ein wenig anfreundete.« Er reichte Irmi ein paar Blätter.

»Vielen Dank!«

»Werden Sie das Buch weiterschreiben?«, fragte er plötzlich.

»Nein, das könnte ich gar nicht.«

Wieder wiegte er nur ganz leicht den Kopf. »Jemand sollte es tun.«

»Es war immer mein Interesse, den Tod aufzuklären. Ihm ein Gesicht zu geben. Kein Tod geschieht ohne das Leben davor. Im Fall von Ilse Schneider-Lengyel war das Leben davor reich, wild, unkonventionell, voller Verluste und zertretener Hoffnungen – dazu gibt es Quellen. Aber über ihren Tod gibt es so wenig. Das muss ich ändern«, sagte Irmi und lauschte dem letzten Satz hinterher. Musste sie das?

»Viel Glück bei dieser Aufgabe. Sie sind sicher sehr gut in dem, was Sie tun.«

Irmi sah ganz kurz weg. Dieses Tun lag in der Vergangenheit. Eigentlich. »Ich danke Ihnen von ganzem Herzen«, sagte sie.

Er verabschiedete sich, wünschte ihr Glück, war schon draußen und kam dann doch noch mal zurück. In Hohenschwangau gebe es noch einen Mann, der sie gekannt habe, sagte er, und auch der sei eine schillernde Persönlichkeit. Er nannte ihr eine Adresse.

»Vielen Dank!«

Was sollte sie tun? Überraschung war oft der beste Angriff, und so parkte sie wenig später in Hohenschwangau in einer schmalen Straße unter dem Schloss. Das Haus war ein wenig zurückgesetzt von der Straße und komplett eingewachsen. Wenn es Dornröschen noch gab, dann war dies sein Zuhause. Auch Tarzan und Jane hätten ihre Freude an den Lianen gehabt.

Irmi betrat einen Dschungel. Jetzt war Winter, eine blätterlose Zeit. Aber selbst jetzt gab es immergrünes Gewächs und verholzte Ranken … Das Haus bestand wohl eigentlich aus vielen Fensterflächen, ein Innen, das mit einem Außen zu verschmelzen schien. Ein Mann in Outdoorkleidung kam von irgendwoher, klein, schmal, zäh. Es war nicht ganz einfach, ihn zu überzeugen, aber dann durfte sich Irmi doch auf ein kleines Podest setzen, das ein klein wenig Platz einnahm mitten im Urwald. Es war kühl, feucht, aber das nahm Irmi in Kauf – und er war bereit, sich zu erinnern. Die Familie des Mannes stammte aus dem Sudetenland. Der Opa war ein geschätzter Bildhauer gewesen, dessen monumentale Werke im heutigen Tschechien standen. Er selbst war auf dem neuen Gymnasium Hohenschwangau gewesen, einer Modellschule, die in eine neue, freie Zeit blicken wollte. Die meisten waren Internatsschüler gewesen, es hatte nur wenige Externe gegeben – und er war einer davon gewesen. Als Junge war er auf Kunst ganz selbstverständlich zugegangen. Er hatte keine Erklärungen zu einem Kunstwerk haben wollen, sondern hatte genau in sich hineingehorcht, wie er selbst auf die Kunst reagierte, was sie in ihm auslöste. Ein guter Ansatz, wie Irmi fand, eigentlich auch ihrer, wenn sie denn überhaupt einen hatte …

Er war mit dem Sohn des Direktors der Hanfwerke befreundet gewesen. Über ihn hatte er Zugang zu Ilse Schneider-Lengyel bekommen. Und trotz seines Alters – er musste schon Ende achtzig sein – war in seiner Erzählung noch immer die tiefe Ehrfurcht für diese Frau spürbar. Er hatte sie als Mentorin wahrgenommen, sie hatte ihm und seinem Freund Ezra Pound vorgelesen und ihnen ein Buch gezeigt, das Sartre signiert hatte. Und überall hätten Bilder und Zeichnungen gehangen, erzählte er, die signiert gewesen seien. In seiner eigenen Familie hatten Bücher – wie es sich gehört – in Regalen gestanden, bei Ilse gab es sie überall, in Stapeln wuchsen sie deckenwärts.

Sie und die beiden Jungen hatten nicht politisiert, sondern eher über das Leben philosophiert, aber Ilse Schneider-Lengyel hatte ihre jungen Gäste ernst genommen, sie bewirtet wie in einem französischen Salon. Die Begegnungen hatten immer erst am späten Nachmittag begonnen, was sie umso geheimnisvoller für die Jungs gemacht hatte. Das Ambiente war einfach gewesen, aber natürlich dekoriert mit Pfeilen, Waffen, Schrumpfköpfen. Zu jedem Stück wusste Ilse etwas zu erzählen, es war wie eine Inszenierung gewesen. Es waren Erzählungen aus Gegenden, die inzwischen längst abgeholzt waren, wo die Magie und das Naturwissen längst von der materiellen Moderne niedergepflügt worden waren.

Ilse hatte gekocht, auch Exotisches, aus Ländern, die die beiden Jungen nur aus Büchern kannten. Sie entführte die beiden in die Ferne, in eine Zeit, als die wenigsten Menschen je verreist waren. Was er aufs Schärfste dementierte, war, dass Ilse unmäßig getrunken hätte. Sie sei immer hell und klar gewesen, nur ab und an habe sie einen Calvados kredenzt wie in einem Salon üblich. Die Jungs hatten Sie zu ihr gesagt, sie hatte die beiden geduzt. Sie durften immer an den freien Tagen kommen, Tage, an denen keine anderen Gäste da waren. Um Sex war es nie gegangen, alle Erzählungen dahin gehend verwies der alte Herr ins Reich der Mythen. Er hatte 1956 Abitur gemacht und war seinen Weg gegangen, eine Basis fürs Künstlerische hatte auch sie gelegt, sie hatte ein Fenster weit geöffnet für ihn. Er hatte dann seine Heimat verlassen und nichts mehr von ihrem Ende gehört.

Als Irmi schließlich ging, kam es ihr so vor, als trete sie

aus dem Urwald hinaus in die kalte Welt. Als verlasse sie ein Biotop, das auch von Worten lebte. Worte, deren Metaebene man auch verstehen musste. Sie tat sich schwer, in die Jetztzeit zurückzukehren. Es war dunkel geworden, und sie rief Malcolm an.

»Treffen wir uns wieder beim Asiaten?«, schlug sie vor. »Ich hätte da was.«

Sie war etwas früher im Lokal und überflog ein paar der Kopien, die ihr der frühere Kulturamtsleiter gegeben hatte. Wenig später traf Malcolm in einer Skitourenhose ein, die mehrfach geflickt war. Er strahlte. »Ich war am Füssener Jöchle, schön war's.«

Es versetzte Irmi einen Stich. Sie musste an den Hasen denken, der ja auch so ein Tourenfreak war. Er fehlte ihr, vor allem jetzt als ein kluger Zuhörer, der ab und zu die richtigen Fragen stellte.

»Was hast du mitgebracht?«, fragte Malcolm.

Irmi berichtete vom Gespräch mit dem Kulturamtsleiter und zeigte ihm die Kopien. »Das stammt aus einer Facharbeit von 1997, auch zum Jubiläum der Gruppe 47. Zwei junge Frauen haben die Interviews geführt, die du nicht mehr führen kannst. Unter anderem haben sie mit Margret Höß gesprochen, die auf dem Campingplatz gearbeitet hat.«

»Wow!« Malcolm begann zu lesen. »Was drinsteht, deckt sich in etwa mit dem, was auch Braun schreibt«, sagte er nach einer Weile. »Alle hatten wohl dieselben Quellen. Margret Höß, deren Vater den Grund von Ilse gepachtet hatte, hat 1956 mit etwa sechzehn Jahren Ilse kennengelernt. Sie beschreibt sie als eine absolut ehrliche Frau und als jemanden, der sich zu zwei Menschentypen besonders hingezogen fühlte: zu intellektuellen Menschen, die sich über künstlerische Themen austauschen wollten, aber auch zu einfachen naturverbundenen und tierlieben Menschen.«

Irmi musste schlucken. Diese Beschreibung traf auch auf Coci zu. Es war offensichtlich, wie sehr sich Coci mit Ilse identifiziert haben musste. Sie schien in ihr eine verwandte Seele gefunden zu haben.

»Sie besaß trockenen Humor, steht hier, und sie mochte den englischen besonders«, fuhr Malcolm fort. »Weil sie aus einer begüterten Familie stammte, sei sie nicht sonderlich geschäftstüchtig gewesen.«

»Davon dürften letztlich alle profitiert haben, die dann mit dem Campingwesen Geld verdienten.« Und sie hatten einen magischen Platz mit Zelten entweiht, ergänzte Irmi innerlich.

»Diese Margret Höß hat im Interview aber auch viel über Ilses Aussehen gesagt«, berichtete Malcolm, während er weiter die Kopien überflog. »Sie hatte angeblich kein Geld, aber immer Parfüm und Zigaretten. Sie roch nach Gauloises und Valentino und nach Leder, sie trug gerne enge Lederhosen und dazu einen weiten Poncho und Indianerschmuck – typisch für die Bannwaldseehex. Und diese Bezeichnung war laut dieser Margret gar nicht so verächtlich gemeint. Glaubst du das?«

»Eine Hex war eine Frau, die anders war. Die anders gelebt und anders ausgesehen hat. Wie negativ das gemeint ist, das hängt wohl vom jeweiligen Sprecher ab. Darf ich mal?« Ilse griff nach den Kopien, die Malcolm ihr reichte, und blätterte darin. »Hier steht irgendwo, dass Ilse kein laufendes Wasser im Haus hatte und nur ungern Hausfrau war, aber wenn sie jemanden bewirten musste, das absolut perfekt tat. Stilvoll und mit französischem Wein. Sie hat dieser Margret ein Futonbett mitgebracht und einen Stoff aus China, aus dem diese sich ein Kleid nähen ließ. Und Ilse hat eine blaue Hyazinthe ins Fenster gestellt, wenn sie nicht gestört werden wollte. Manchmal auch eine auberginenfarbige, wobei die Bedeutung dieser Farbe nie ganz klar war. Die beiden jungen Frauen haben übrigens auch den Autor interviewt.« Irmi überflog die entsprechende Textpassage. »Vermutlich hat er mit ihnen geredet, weil sie Mädels waren. Er hat ihnen erzählt, dass er als achtzehnjähriger Gymnasiast so recht niemanden gefunden habe, der sich mit ihm austauschen wollte. Als er von der künstlerischen Frau am Bannwaldsee erfahren habe, da habe er sie angeschrieben und sich 1966 zum ersten Mal mit ihr getroffen.« Sie stutzte. »Komisch. Der frühere Kulturamtsleiter hat mir vorhin erzählt, der spätere Autor sei über seinen Kunsterzieher an den Kontakt zu Ilse gelangt.«

»Wirklich seltsam«, sagte Malcolm. »Darf ich noch mal?«

Irmi gab ihm die Kopien, und der junge Forscher las weiter darin.

»Schau mal hier«, sagte er nach einer Weile. »Der Autor erzählt in dem Interview, dass er beim ersten Treffen in Ilses Haus einsteigen musste, weil sie den Schlüssel dringelassen hätte und ihr Hund Mao drin gewesen wäre. Er vermutet Absicht, eine Art Mutprobe für ihn. Ist das Selbstüberschätzung gewesen?«

»Schwer zu sagen. Er war aufgeregt, fasziniert. Es geht immer und immer wieder um die subjektive Wahrnehmung.«

»Der Autor zitiert in dem Interview aus seinem Roman, in dem er ja ihr Haus geschildert hat. Also ist das wirklich keine Fiktion, sondern eine reale Beschreibung. Und überall hingen Masken, die der Betreuer offenbar nicht mehr vorgefunden hat. Krass!«

»Ja, es muss etliches aus dem Haus verschwunden sein. Das können wir als gesichert annehmen«, sagte Irmi.

»Auch er beschreibt ihre ungewöhnliche Kleidung, mal die Gauchohosen, dann Männerjacketts mit hochgekrempelten Ärmeln, was damals in der ländlichen Umgebung wohl nicht üblich gewesen war. Da hat man eher Dirndl getragen, oder?«, bemerkte Malcolm grinsend.

Cocis Sakko! Es war beinahe gespenstisch, dachte Irmi. Es gab so viele Parallelen im Leben und im Charakter dieser beiden Frauen.

»Er beschreibt sie als phasenweise introvertiert und auch als ironisch, was oft in Sarkasmus überging«, fuhr Malcolm fort. »Ilse Schneider-Lengyel war bewusst, wie viel braune Gesinnung es in Deutschland noch gab. Sie kritisierte zum Beispiel die Moral der katholischen Kirche offen, den Machtmissbrauch und die Rolle, die die Kirche der Frau zugewiesen hatte.«

»Da war sie ihrer Zeit voraus«, sagte Irmi leise.

Malcolm nickte. »Der Autor sagt, sie habe sich alles in allem unzeitgemäß gefühlt und kaum Kontakt zur einheimischen Bevölkerung gehabt.«

»Ob das so stimmt? Sie hatte doch durchaus Kontakte in ihrer Umgebung. Vielleicht hat er da etwas Eigenes auf sie projiziert. Er hat sich in seiner Heimat ja unverstanden gefühlt. Aber sie war natürlich eine Weltenbummlerin und

Kosmopolitin mitten auf dem Land, wo der Wert eines Menschen mit den Hektaren verknüpft ist, die er hat.«

»Schön gesagt«, meinte Malcolm und vertiefte sich wieder in die Kopien. »Der Autor sieht die Ablehnung von Ilse Schneider-Lengyel übrigens anders als Margret«, bemerkte er nach einer Weile. »Er spricht von Gehässigkeit und einer enormen Isolation. Einmal war er mit ihr in Füssen in einem Restaurant, da bekamen sie den Tisch am Klo, obwohl es jede Menge bessere Tische gegeben hätte. Sie wurde beim Einkaufen als Letzte bedient und fand kaum jemanden, der ihr Auto reparieren wollte.«

»Ach ja, ich habe noch gar nicht erzählt, wen ich noch getroffen habe«, sagte Irmi und berichtete von dem Dschungelkönig.

Malcolm lauschte andächtig. »Aber dann hatte Ilse immer schon Freude daran, jungen Menschen ihre Welt zu Füßen zu legen, wenn die Interesse zeigten, oder?«

»Ja, und zumindest da hatte sie offenbar viele Kontakte. Der Dschungelkönig und sein Freund haben sie ungefähr zehn Jahre vor dem Autor kennengelernt. Womöglich war ihre Welt zu diesem Zeitpunkt noch heller. Vielleicht hat sie auch noch optimistischer daran geglaubt, dass man die Umgebung sanft würde bilden können. Was sich leider als Irrglaube erwiesen hat«, meinte Irmi und spürte eine plötzliche Trauer. »Er hat erzählt, dass sie in einer Art Nebenwelt gelebt hat, dass nicht mal sein Deutschlehrer wusste, welche Frau da in der Nachbarschaft gewohnt hat. Und was die Akzeptanz von Ilse Schneider-Lengyel betrifft, scheint es über die Jahre nicht besser geworden zu sein.«

»Nein, wie auch? Um sie herum kehrten die alten Nazis

auf ihre Posten zurück, und die Welt hatte nur noch Interesse am materiellen Aufschwung. Und eine Frau wie sie, die Denker und Künstler wie Sartre und Picasso kannte, die mit Worten zaubern und neue Welten erstehen lassen konnte, saß in ihrem Haus am See und musste auf einen banalen Campingplatz schauen!«

Malcolm war sehr gut darin, Dinge prägnant zusammenzufassen und zu analysieren, dachte Irmi. »Es ist eine Tragödie«, sagte sie. »Und ich glaube, man wird irgendwann müde. Du willst etwas verändern, hast die Kunst als Ausdrucksmittel und bist umgeben von Menschen, die dich im günstigsten Fall müde belächeln. Wie kann man das aushalten? Wie lange?«

»Nicht allzu lange«, entgegnete Malcolm. »So ein Zusammengehörigkeitsgefühl, wollen wir das nicht alle? Irgendwo dazugehören?«

Irmi überlegte. Sie hatte die Zugehörigkeit immer gehabt: den Hof mit Bernhard und den Nachbarn. Sie hatte ihr Team gehabt. Und noch immer fühlte sie sich dem Hof verbunden, erst recht, seit Luise auch dort wohnte. Irmi hatte sich nie so getrieben gefühlt wie Coci oder Ilse.

»Auch 1949 und 1950 hat Ilse Schneider-Lengyel Gedichte bei Treffen der Gruppe 47 vorgetragen, doch die Schriftstellerkollegen blieben weiterhin ablehnend«, sagte Irmi. »Ein Satz von ihr hat mich besonders berührt: *Wir flehen, gepeitscht, um ein wenig Liebe.*«

Malcolm nickte. »Das ist wirklich traurig. Zu ihrem rätselhaften Ende äußert sich in den Interviews zur Facharbeit offenbar auch keiner. Der Autor sagt nur ganz lapidar, dass er zum Studieren nach München gegangen sei und den

Kontakt zu ihr verloren habe. Er erwähnt nur, dass sie ihm die Augen für Weltliteratur geöffnet habe und dass er ihretwegen Germanistik studiert habe. Nichts weiter!«

»Alle verschweigen Ilses Ende, blenden es aus. Weil sie irgendwie schlechtes Gewissen haben?«, fragte Irmi. »Da gibt es einige, die früher hätten da sein müssen, früher nach ihr sehen. Der Vorwurf geht an die Mitglieder der Gruppe 47, aber auch an ihre Nachbarn. Das Seegrundstück ist heute von unschätzbarem Wert. Damals, wenn man pfiffig war und im Geist des Wirtschaftswunders dachte, konnte man eine goldene Zukunft schon erahnen. Es gab erste Autos, man kaufte sich einen Käfer, man begann zu reisen, und wer es nicht bis ins südliche Arkadien schaffte, verweilte am Alpenrand. Ein Zeltplatz war eine Goldgrube.«

Malcolm nickte. »Wie groß das Areal heute ist, wissen wir ja. Es gibt eine Chronik über die Geschichte des Campingplatzes, und darin steht auch, dass der Landkreis und die Gemeinde Schwangau 1973 den Bannwaldsee von einem gewissen Alban Wölfle kauften.«

»Von einem Herrn Wölfle sprach auch der Kulturamtsleiter«, sagte Irmi. »Offenbar hat er den See gekauft und wiederverkauft.«

»In der gesamten Chronik des Campingplatzes ist niemals die Rede von Ilse Schneider-Lengyel! Da steht nur der lapidare Satz: *Auch die für die deutsche Nachkriegsliteratur so wichtige Gruppe 47 traf sich am Bannwaldsee.* Ihr Haus ist im Plan als ›Wohnhaus‹ verzeichnet. Sonst nichts!«

»Vergessen oder bewusst weggelassen«, bemerkte Irmi leise. »Stell dir vor: Eine wunderliche, zunehmend verwirrte Alte geistert auf deinem Campingplatz rum, nervt die Gäste.

Sie hat klare Momente, stellt womöglich noch Forderungen. Die stört doch nur und schreckt die Touristen ab.«

Malcolm schwieg lange. »Noch eine Spur? Hat sie jemand von den Platzbetreibern weggebracht?«

»Das glaube ich eher nicht. Sie war höchstens lästig, eine Exotin, ein Paradiesvogel. Malcolm, die Ahnen sind tot, die Familienlegenden leben. Und in denen kommt sicher kein Betrug vor. Menschen haben in der Rückschau vieles richtig gemacht, und wenn sie Fehler entdecken, dann gab es dafür eine Erklärung – aus der Zeit heraus. So wie die Kunstwerke, die für wertlos befunden wurden.«

»Schade, dass diese Margret nicht mehr lebt«, meinte Malcolm.

»Womöglich gibt es noch jemanden aus der Familie. Ich versuche noch mal was in die Richtung. Weißt du was? Ich ärgere mich wirklich, dass ich nicht früher auf Ilses Fährte gekommen bin. 1997 war ich neununddreißig, da hätte ich noch viel tun können.«

Malcolm schien zu rechnen.

Irmi grinste. »Schau nicht so, ich bin wirklich so alt.«

Sie saßen noch eine Weile da. Malcolm schwelgte in seiner Begeisterung für die Alpen und den Schnee. »Wir haben auch Berge, sogar Skigebiete, aber selten viel Schnee. Warst du je auf Skye?«

»Leider nein«, sagte Irmi. Sie war generell nicht weit herumgekommen.

»Bei den Kelten hieß meine von Fjorden geprägte Insel Eilean a'Cheò, die Nebelinsel. Wenn die Nebelschwaden schwer auf den Felder liegen und jedes Relief verschlucken, sieht man nichts mehr von der hügeligen Landschaft. Aber wenn es klar ist, haben wir einen wunderschönen Sternenhimmel. Dazu gibt es übrigens eine hübsche Legende. Im 16. Jahrhundert wurde der Chef des MacLeod-Clans in Edinburgh zu einem opulenten Bankett mit gewaltigen Lüstern geladen. Die Städter spotteten, dass der Mann von der Insel ein solches Licht wohl noch nie gesehen habe. MacLeod sprach eine Gegeneinladung aus und ließ in einer sternklaren Nacht auf einem imposanten Tafelberg auftischen. Er zeigte auf die Sterne und fragte, ob es wohl etwas Prächtigeres gäbe – und die Städter schwiegen betroffen und entschuldigten sich! Der Tafelberg im Nordwesten der Insel heißt deshalb auch heute noch MacLeod's Table.«

»Das ist eine schöne Geschichte. Willst du nach dem Studium eigentlich auf deine Insel zurück?«, fragte Irmi.

»Ich weiß noch nicht. Die Welt ist groß, es gibt viele schöne Plätze.«

Sie verabschiedeten sich. Ja, die Welt war groß. Ilse Schneider-Lengyel hatte sie schon zu einer Zeit beruflich bereist, in der das für »weibliche Menschen« ungewöhnlich gewesen war. Und sie, Irmi Mangold, war mehrheitlich eine Stubenhockerin gewesen. Musste sie das ändern?

11

Am nächsten Morgen führte Irmi ein paar Telefonate und landete schließlich bei der Schwester von Margret Höß. Die alte Dame ging schon auf die neunzig zu, war aber bemerkenswert rege. Allerdings hatte sie Ilse Schneider-Lengyel mehr als Randerscheinung mitbekommen, anders als ihre Schwester Margret, die mit ihr oft auch auf dem Hausbankerl zusammengesessen habe. In der Erinnerung der alten Dame war Ilse in einem Pflegeheim am Bodensee gelandet. Sie meinte zu wissen, dass Ilse am Ende wie ein Kind mit Puppen gespielt hatte. Woher sie das wusste, konnte auch sie nicht sagen. Sie meinte aber auch, dass sie das Leben dieser Frau nicht wirklich interessiert habe. Nur seien da diese vielen Männer um sie herum gewesen, und etwas Mysteriöses habe sie immer umgeben.

In ihrer eigenen Familie hätte eine Ilse als Nachbarin auch nur am Rande interessiert, dachte Irmi. Eine Gspinnerte halt – und dann wäre es ums Pflanzen, Ernten, Melken gegangen.

Ein zweites Telefonat führte sie in die Familie jener Frau, die damals Ilses Haushälterin gewesen war. Auch sie war längst verstorben, und man hatte nur noch vage Erinnerungen an Ilse. Dafür war Mao Tse-tung noch überraschend präsent. Er war ein Hovawart gewesen und eine Seele von einem Hund, der immer bei der Familie in Pflege war, wenn Ilse reiste. Und viel und oft und weit sei sie gereist. Eines

Tages sei sie in die Schweiz gefahren mit einem jungen Mann und nicht mehr zurückgekommen. Dass etwas passiert sein musste, sei klar gewesen. Nie hätte Ilse Mao im Stich gelassen, niemals! Später habe man etwas von einem Schlaganfall gehört und den Hund behalten. Das fand Irmi irgendwie tröstlich.

Sie wollte und konnte niemandem einen Vorwurf machen. Die Menschen auf dem Land beäugten Exoten bis heute verstohlen. Redeten hinter vorgehaltener Hand – und vergaßen auch wieder. Irmi sah den großen Hund vor sich, wie er am See herumtollte, als die ersten Zelte dort gestanden hatten. Es war so lange her …

Dann rief sie in ihrem ehemaligen Büro an. Bewusst wählte sie wieder Andreas Durchwahl. Ihre ehemalige Mitarbeiterin gab sich erfreut und klang doch irgendwie leicht panisch.

»Andrea, ich hätte noch eine Bitte. Meinst du, du könntest mir den Laptop von Cordula Kühnlein zur Verfügung stellen?«

»Hä?«

»Ich befinde mich, wie du weißt, in Schwangau und habe hier einen jungen Literaturstudenten getroffen, der in gewisser Weise gerne Cocis Werk weiterführen würde.« Das war gelogen, aber in dem Moment, in dem sie sie aussprach, kam ihr die Idee verwegen und auch gut vor.

»Irmi … ähm …das kann ich nicht!«

»Du könntest mir einfach nur den Ordner ›Mensch Ilse‹ mailen. Es geht um Biografien von Künstlerinnen, es hätte sogar einen guten Zweck.« Irmi merkte selber, wie dämlich das klang.

Andrea schwieg.

»Könntest du wenigstens mal nachsehen, ob es so einen Ordner überhaupt gibt?«

Man hörte es rascheln, dann das Klackern der Tastatur. »Es gibt so einen Ordner«, sagte Andrea schließlich. »Wir haben den PC ja schon intensiv untersucht. Da sind jede Menge Unterverzeichnisse, auch was mit Ilse. Bei den Biografien gibt es einige fertige Kapitel, glaube ich. Andere sind nur Fragment. Die einzige Frau, die mir was gesagt hat, war die Münter. Ach so, ja, und Johanna Spyri. Wegen Heidi und dem Geißenpeter. Das Kapitel war sehr schön geschrieben.« Irmi merkte, dass Andrea irgendwie berührt war.

»Magst du mir einfach nur die Datei über Ilse mailen? Das stört doch keinen«, behauptete Irmi. Höchstens Kathi, ergänzte sie innerlich. Und weil Andrea nichts sagte, versuchte sie es mit Ablenkung. »Und sonst? Wie geht es dir? Was machen deine Pferde?«

»Irmi, du bist furchtbar! Du kannst mich nicht ablenken und einlullen! Ich muss … ähm … Kathi fragen, die bringt mich sonst um, wenn sie das erfährt. Du weißt, wie sie ist.«

Das wusste Irmi. Andrea konnte gar nicht anders, sie würde nämlich die nächsten Jahre mit Kathi zusammenarbeiten müssen.

»Mach das, trotzdem danke«, sagte sie. War das Wort »trotzdem« hier angebracht?

Irmi beschloss, sich ein wenig die Füße zu vertreten und sich endlich einmal im Kurpark von Schwangau zu ergehen. Die Luft war angenehm, der Winter schien sich jetzt schon in die hohen Berge zurückgezogen zu haben. Irmi atmete tief durch und lief durch das Mitteldorf. Wieder einmal realisierte sie, dass es allüberall diese Schilder mit »hausgemachtem Kuchen« gab. Sie grinste in sich hinein: War das immer ein Qualitätsmerkmal? Backte Mutti immer so gut? Wie sah es mit den hygienischen Verhältnissen aus? Ob da nicht der Kuchen von Coppenrath bisweilen sicherer wäre?

Sie schlenderte weiter. Von vorn kam eine Frau auf sie zu, von hinten hörte Irmi das Geräusch eines Autos. Es näherte sich und wurde lauter. Irmi drehte sich um. Die Sonne stand ungünstig, und sie musste zwinkern. Im nächsten Moment machte sie einen jähen Satz zur Seite, prallte regelrecht gegen eine Hauswand, während das Auto in einer irrwitzigen Geschwindigkeit weiterraste und bei St. Georg um die Kurve schoss. Dann war es verschwunden, aber sein Röhren war noch eine ganze Weile zu hören.

Die Frau war herangeeilt. »Ist Ihnen was passiert? Wie kann man so durch ein Dorf rasen!«

»Danke, alles gut.«

Aus der Eingangstür jenes Hauses, gegen das Irmi getrudelt war, trat ein älterer Mann.

»Der hatte doch locker über hundert Stundenkilometer drauf. So was gehört angezeigt!«

»Haben Sie die Nummer erkannt?«, fragte Irmi.

»Wie denn bei der Geschwindigkeit! Obendrein war das Auto silbergrau.«

Silbergrau wie fast alle Autos, langweilig und leicht wiederverkäuflich.

»Man hätte ja grad meinen können, der hätte Sie absichtlich überfahren wollen«, bemerkte die Frau. »Wie im Krimi.«

Irmi lachte künstlich. »Haben Sie womöglich das Kennzeichen gesehen?«

Die Frau schüttelte den Kopf.

Von vorne kam noch eine Passantin und blieb stehen. »Elli, griaß di. Da kam grad einer um die Ecke geschleudert wie irr, und daheim fahren sie dann akkurat.«

Irmi horchte auf. »Daheim?«

»War ein Schweizer. Da gelten hundertzwanzig auf der Autobahn und innerorts meistens fünfzig. Wenn du drüber bist, zahlst du gleich ein paar Hundert Franken. Und hier die Sau rauslassen!«

»Der hat die Dame hier fast überfahren«, sagte die andere Frau.

»Ist ja nichts passiert«, meinte Irmi. »Haben Sie das Kennzeichen gesehen?«

»Es war ein Schweizer Kennzeichen, aber mehr auch nicht. Ihnen geht es auch wirklich gut?«

»Ja, vielen Dank.«

Die kleine Gruppe zerstreute sich, und Irmi merkte erst jetzt, als das Adrenalin sie verließ, dass ihre Beine nachgaben. Sie fühlte sich, als sei sie nach langer Krankheit wieder aufgestanden.

Man hätte ja grad meinen können, der hätte Sie absichtlich überfahren wollen, hallte es in ihr nach. Ja, das kam ihr auch so vor. Zumindest war das eine Warnung gewesen. Um sie wovon abzuhalten?

Irmi spürte, dass sie gehen musste, einfach nur gehen. Statt zum Kurpark lief sie in Richtung Brauhaus. Vor und über ihr klebte Schloss Neuschwanstein in den Felsen, das Schloss der ganzen Welt. In Büchern, in Filmen, in Freizeitparks sahen Schlösser aus wie dieses. Die Welt kam auch zu Besuch. Ein Bus aus Litauen rangierte rückwärts, der Piepston war penetrant. Irmi kam am weit bescheideneren Schloss Bullachberg vorbei und fand sich im Schwanseepark wieder. Der Schnee war hauptsächlich gewichen und hielt sich nur noch in Schattenlagen. Die Äste von Bäumen und Büschen waren kahle Skelette. Aber auch im winterlichen Schlichtkleid war die Kunstform der Gartenarchitekten erkennbar.

Irmi setzte sich auf eine Bank und schnaufte tief durch. In diesem Moment klingelte ihr Handy. Ein Blick aufs Display verriet, dass es mit der Ruhe gleich vorbei sein würde.

»Hallo, Kathi«, sagte Irmi betont fröhlich.

»Irmi, was soll das mit der Datei?«

»Das habe ich Andrea schon erklärt. Ich habe einen jungen schottischen Literaturstudenten kennengelernt, der ähnliche Interessen hat wie Coci. Und für ihn wäre es hilfreich, ihre Unterlagen zu haben. Coci hätte es sicher gutgeheißen, wenn jemand ihr Vermächtnis bewahrt.«

»Das weißt du?«

»Ja.«

»Irmi, ich kenne dich! Da geht es doch um was ganz anderes! Was treibst du da in Schwangau?«

»Ich mache Urlaub und bilde mich literarisch fort!«

»Quatsch, du willst irgendwas rausfinden!«

»Ich will wissen, wer Cocis Tod verschuldet hat. Und ich habe dir schon mehrfach von dem Mann mit dem langen braunen Mantel erzählt. Wie interessant du das fandest, weiß ich nicht. Ich habe den, glaube ich, auch in Schwangau gesehen. Und ich will wissen, wer das ist.«

Die lange Pause deutete darauf hin, dass Kathi überlegte.

»Justus Mergenthaler war es auf jeden Fall nicht«, sagte sie schließlich. »Den haben wir festgenommen.«

»Was?«

»Wir haben weitere Nachbarn befragt, Kameras ausgewertet, und uns kam etwas Glück zugute. Ein Mann, der in der Frühe mit dem Rad zur Arbeit fuhr, wurde von einem Auto geschnitten. Er hat Anzeige erstattet. Der Halter war Justus.«

»Wo war das?«, fragte Irmi überrascht.

»Auf der B 310 kurz vor Haslach, und Justus Mergenthaler ist nach Haslach hinein abgebogen. Das sagt der Zeuge. Damit war Mergenthaler ganz in der Nähe der Fundstelle von Cordula Kühnlein. Genau zur fraglichen Zeit am frühen Morgen! Justus Mergenthaler hat uns gegenüber behauptet, er würde immer so rum auf die Autobahn fahren und nie die Auffahrt Nesselwang nehmen.«

»Was nicht erklärt, warum er nach Haslach reinfuhr!«

»Er hat behauptet, seine Scheibe sei zunehmend von innen vereist. Er hat einen alten Jeep, dessen Heizung spinnt, sagt er. Drum sei er abgefahren.«

»So unlogisch klingt das ja nicht«, meinte Irmi gedehnt.

»Ja, aber da ist noch mehr.« Kathi stockte.

»Kathi?«

»Ach, Scheiße! Also von mir aus: Der gute Justus hegt schon sehr viel länger einen leidenschaftlichen Hass gegen Cordula Kühnlein. Er hat ein Volontariat bei der Zeitung gemacht, und sie war seine Vorgesetzte. Man hat ihr öfter Volontäre zugeteilt, sie konnte gut mit jungen Leuten. Vor allem mit jungen Männern, sie hatte einen guten Draht zu ihnen. Nur nicht zu Justus. Die beiden sind oft aneinandergeraten. Im Gegensatz zu anderen Redakteurinnen war es Cordula Kühnlein nämlich völlig egal, dass er der Spross des Verlegers ist. Sie hat ihn rundgemacht wegen seiner ständigen Unpünktlichkeit, hat seine Artikel in der Luft zerrissen und ihn auf Redaktionskonferenzen vorgeführt.«

Ja, das klang nach Coci. Das Schwert nach vorne gerichtet, das Visier offen und keine Armee im Rücken.

»Im Gegenzug hat Justus sie bei Daddy angeschwärzt«, fuhr Kathi fort. »Er meinte, sie hätte sexuelles Interesse an ihm gezeigt und seine Ablehnung nicht akzeptiert.«

»Me-too, nur andersherum?«, fragte Irmi überrascht. »Dichtung oder Wahrheit?« Wieder fühlte sie sich an Ilse erinnert. Auch bei ihr hatte man etwas von jungen Männern geraunt.

»Schwer zu sagen. Cordula Kühnlein hat das weit von sich gewiesen. Aber der Redaktionsleiter war auf Justus' Seite, hat das Verlegersöhnchen wohl protegiert. Nach oben katzbuckeln und nach unten in Richtung Cordula treten. Deine Cordula hat den Betriebsrat in Bewegung gesetzt, zur Glättung der Wogen ist das Verlegersöhnchen dann ins Onlineressort gegangen. Aber Justus hat seinerseits nicht aufgegeben, er wollte Cordula fertigmachen. Er ist nun mal so ein Richkid mit Studium in Marburg und einer Sozialisation im Verbindungshaus.«

»Okay«, sagte Irmi, der Tausende von Bildern durch den Kopf rasten wie bei einem viel zu schnell geschnittenen Film mit einer Hintergrundmusik, die förmlich wehtat.

»Justus hat Cordula also weiter schlecht dastehen lassen

und bei den Kollegen Stimmung gegen sie gemacht. Er hat nicht nur behauptet, dass sie ihn angebaggert hätte, sondern er hat auch gestreut, dass sie Alkoholikerin ist. Eine Kollegin, die auch was werden wollte, hat bei Coci einen versperrten Schrank geöffnet, der voll war mit Alkflaschen. Bevor du fragst: Das weiß ich, weil es aktenkundig ist. Cordula hat Anzeige erstattet. Sie hat damals gesagt, die Flaschen seien Geschenke. Da keine davon offen war, klang das nachvollziehbar. Die andere Frau bekam eine Verwarnung, blieb aber im Job.«

Was musste das bei Coci ausgelöst haben? Und wie sehr hatten diese Vorfälle wohl auch die Redaktion gespalten? Vermutlich hatte sich keiner offen auf Cocis Seite geschlagen.

»Und weil das alles noch nicht reicht, weil wir von einer klassischen Eskalationsspirale reden, kam es auf einer Redaktionsfeier zum Eklat«, fuhr Kathi fort. »Es war eine Feier zur Beendigung von Justus' Volontariat. Papi und der Chefredakteur hielten schwülstige Reden auf den aufstrebenden jungen Mann. Am Ende entriss Coci dem Chefredakteur das Mikro und brüllte rein, dass der kritische Journalismus mit Typen wie Justus untergehen werde. Es kam zu einem Handgemenge, Justus warf Coci eine Proseccoflasche an den Kopf. Ein Notarzt musste kommen, wieder gab es ein juristisches Nachspiel. Es wurde nicht auf gefährliche Körperverletzung befunden, Justus' Daddy bezahlte Schmerzensgeld, Justus bekam Sozialstunden und ein Anti-Aggressionstraining aufgedrückt. Was seinem Leben tatsächlich eine Wendung gab. Er lernte dort eine politisch engagierte Schönheit kennen, wandte sich nun gegen die Kapitalistensäue wie Papi und ging zur Letzten Generation. Wo er leider wieder auf Coci traf.«

Irmi hatte gebannt zugehört. »Und das alles weiß man so genau?«

»Ja, weil eine Servicekraft mitgefilmt hat. In dem Fall waren das Handy und die Sensationslust sehr nützlich.«

»Und dann?«, fragte Irmi. »Geht das noch weiter?«

»Bei einer Blockadeaktion der Kleber auf einer Straße gab es einen Auffahrunfall. Ein Kleintransporter ist in einen Müllwagen vor ihm gerutscht. Die Fahrerin des Transporters war Coci, und hinten im Wagen befanden sich fünf Katzenboxen mit eingefangenen Streunerkatzen. Eine davon ist aufgesprungen, eine Katze flüchtete und wurde auf der Gegenfahrbahn überfahren.«

»O nein!«, entfuhr es Irmi.

»Nun entfachte Coci ein wahres Feuerwerk. Die Tierschutz-Community mobilisierte die sozialen Medien. Du weißt ja: Du darfst alles machen, aber wenn ein Tier zu Schaden kommt, wütet die Volksseele. Die haben sogar die Villa von Justus' Vater belagert. Dieser Prozess läuft immer noch durch die Instanzen. Dass Coci einen Auflösungsvertrag unterschrieben hat, weißt du ja wahrscheinlich?«

»Ja.« Dann hatte also weit mehr dahintergesteckt, als Coci ihr erzählt hatte.

»Er hasste sie, sie hasste ihn. Er hat ihr immer mal wieder fiese Mails geschrieben. Sie hat mit genauso fiesen Mails gekontert. Wer weiß, was alles in ihm hochgekocht ist, als er sie in Garmisch getroffen hat?« Kathi zögerte. »Und er ist echt ein Arschloch! Ein Narzisst. Ohne Empathie wie alle Narzissten.«

»Aber solange du ihm nicht beweisen kannst, dass er vor Ort war …« Irmi brach ab.

»Er hat am Tag vor ihrem Tod bei ihr angerufen. Sie haben genau zweieinhalb Minuten miteinander geredet.«

»Was?«

»Ja, und ich glaube, die haben sich da am See verabredet. Warum auch immer. Er hat sie entweder reingestoßen, oder sie ist eingebrochen, und er hat sie mit dem Ski weggedrückt. Ich krieg ihn!«

Irmi schwieg.

»Wir haben eine Gegenüberstellung mit Kathrin Schmid gemacht. Sie meinte, die Statur würde passen, sie kann ihn aber nicht hundertprozentig identifizieren. Er besitzt übrigens einen langen braunen Mantel. Ich hab schon überlegt, ob du auch zu einer Gegenüberstellung kommen solltest, aber du warst ja noch weiter weg als diese Kathrin. Dein ominöser Mann mit dem Mantel muss jemand anders sein. Aber Irmi, es ist Winter, viele Männer haben lange braune Mäntel.« Kathi atmete tief durch. »Und noch eins: Ich mail dir Cocis Biografien.«

»Danke!«

»Für diesen aufstrebenden Literatur-Malcolm. Ist der hübsch?«

»Der ist selbst für dich zu jung!«

»Wenn wir so weit sind, erzähl ich dir auch, wie die Sache mit Justus Mergenthaler weitergegangen ist. Irmi, ich weiß, dass du diese Cordula mochtest. Ich finde raus, was da los war.«

»Danke«, sagte Irmi. »Gruß an alle.«

»Sag ich. Und eventuell schickst du mir doch mal ein Bild von Malcolm? Alt werden die ja von selber!«

Mit einem »Ach, Kathi!« legte Irmi auf. Dabei fühlte sie sich an früher erinnert.

Irmi blieb noch eine Weile auf der Bank sitzen. Ab und zu kam ein Spaziergänger vorbei. Dann näherte sich ein Hund, der mit seiner langen Rute kreiseln konnte wie ein Propeller.

»Entschuldigung!«, rief das Frauchen. »Er muss jeden begrüßen.«

»Kein Problem, ich hab auch einen.« Als die Frau sich suchend umsah, schickte sie hinterher: »Zu Hause!« Die Frau nickte und eilte ihrem Hund nach. Irmis Handy gab ein Signal von sich. Die Mail von Kathi war da.

Hier sind die Dateien für dich. LG Kathi, hatte sie geschrieben. Angehängt waren mehrere Kapitel aus Cocis geplantem Buch, die Titel wie *Mensch, Gabriele! Mensch, Lotte! Mensch, Johanna! Mensch, Ilse!* trugen. Die Kapitel über Lotte Laserstein, Gabriele Münter und Johanna Spyri schienen weitgehend fertig zu sein. Das über Ilse Schneider-Lengyel bestand aus Fragmenten. Da waren Eckpunkte ihres Lebens notiert, die Irmi bereits aus den Büchern kannte. Inzwischen war sie wahrscheinlich sogar weiter in ihren Erkenntnissen als Coci, denn Irmi hatte noch mit einigen der letzten Zeitzeugen sprechen können. Coci wohl nicht, doch sie schien einige Gedanken und Rechercheergebnisse notiert zu haben.

Als eine Art Redaktionssitzung lud Richter Autoren aus dem Umfeld der geplanten Zeitung am 6. und 7. September 1947 zu einem Treffen am Bannwaldsee bei Füssen ins Haus Ilse Schneider-Lengyels ein. Auch der Wikipedia-Eintrag verfälscht Ilses Rolle!!!, stand da. Bei Coci waren Satzzeichen Rudeltiere, sie goss sie großzügig über ihre Texte. Irmi las weiter: *Ilses Erzählung von 1947 aus dem* Ruf *mit dem Titel »Der Mondjournalist«. Sie entwirft eine Utopie einer besseren Welt auf dem Mond, wo Frauen frei sind.* Coci zitierte aus dem genannten Text der Autorin: *»Die Gesetze sind andere. Gestraft wird Dummheit, lautes Schreien, Hupen, unmusikalisches Lachen, Propheten, bleiche vorwurfsvolle Mienen, Falschheit und Zwist. Frauen erhalten die Mondkultur, tanzen und werfen ihre Schuhe nach jedem Tanz weg. Sie sind sehr reich, sehr frei und sehr klug. Darum fehlen ihnen Armeen und solche, die gierig nach Kriegen lechzen. Sie ehren ihre Ahnen erst nach dem Tode, um nicht Orden und Titel austeilen zu müssen.«*

Irmi schluckte schwer. O ja, wenn man Dummheit bestrafen könnte … Und ihr war wieder, als höre sie Coci reden. Es folgte eine längere Passage:

Und nun ich in der Stabi: Ich schreite die breite Treppe hinauf, man muss von Schreiten reden in solcher Architektur. Die Gänge werden enger, da ist ein älterer Herr hinter einer Glasscheibe, der den weiteren Weg weist in den »Lesesaal Handschriften und alte Drucke«. Ich zeige einem bezopften jüngeren Herrn – das sind alles Herren hier, keine Männer – meinen Ausweis und erhalte eine Karte zur Bibliothek. Trete ehrfürchtig an einen langen braunen Tresen, wo man mir ein paar Mappen aushändigt. Da sind ihre Briefe drin. Ich bin in einen Turm aus Elfenbein getreten, außer mir ist nur noch eine andere Person im Saal.

Die Schritte sind laut, ein summendes Geräusch hat vom Raum Besitz ergriffen. Wenn der Herr am Tresen etwas in einem hölzernen Karteikästchen bewegt, ist das krachend laut. Ich kann beginnen.

Offenbar hatte Coci sich den Nachlass von Ilse Schneider-Lengyel vorgenommen. Sie hatte die vielen Briefe gelesen und die Inhalte in einem wahren Feuerwerk von Namen und Daten zusammengefasst.

Der Piper Verlag hat dir am 23. Januar 1936 eine Abrechnung zu deinem Buch »Die Welt der Maske« geschickt. 123 Exemplare, ein Erlös von 944,01 Reichsmark. Deine Tantiemen 94,40 Reichsmark.

Eine Postkarte vom 14. November 1938 an deine Mutter. Eine Fotografie auf einem Schiff. Vorne du mit einer Kapuze, du beschreibst dich als »Auswandererchinesin«. Dann erzählst du von Laci, so nennst du deinen Mann, und davon, dass ihr auf Antworten von Verlegern wartet. Mensch, Ilse, ihr wart immer so abhängig von der Gunst der Verleger!

Du schreibst im November 1954 an Bela Horovitz: »Und nun, sehr verehrter Herr Doktor, lassen Sie sich sagen, dass ich sehr geknickt bin, Sie nicht zufriedengestellt zu haben.« Mensch, Ilse, warum so devot? Weil deine Aufnahmen in Rom nicht wiederholbar waren? Weil du eine Nervenentzündung in der Hand hattest? Weil diese Alinaris ein Fotomonopol in Rom hatten und dir bei deiner Arbeit im Petersdom regelrecht das Gerüst unter den Füßen weggezogen haben? Weil die deine Preise gedrückt haben und deine Kamera mit den Objektiven 2000 Mark gekostet hat? Du sprichst von einem »unerträglichen Minus«. Und dennoch schreibst du unter den Brief: »Mit den besten Empfehlungen Ihre ergebene«????

An Valentin hast du auch geschrieben. Das muss 1958 gewesen sein, als deine finanzielle Last absolut bedrohlich wurde. Valentin Heins war Anwalt aus München und vermutlich mit dem Verkauf des Sees betraut, es ging auch um Fischrechte. Herr Wörle, ein Sportfischer, hat gekauft. Denn am 1. Juli 1958 drohte die Zwangsversteigerung. Natürlich war das umso belastender, als deine Schwester per Gerichtsbeschluss Unterhaltszahlungen durchgesetzt hatte als jährlichen finanziellen Ausgleich. Diese Bitch! Und dann dein Vater, den du sicher geliebt hast, der dich aber auch nur als Vorerbin eingesetzt hatte. Nach deinem Tod sollte der See an deine Schwester gehen, damit er nicht an die jüdischen Lengyels falle ... Mensch, Ilse, du hast dir zumindest das Wohnrecht im ersten Stock deines Hauses ausgehandelt.

Am 21. Oktober 1966 schreibst du an einen gewissen Ulli: »Ein bitterkalter Sommer ließ uns an Weltverwandlung nach unten denken, Regen plus Regen. Randgestalten von Menschen am Campingplatz – plärrende Affenkinder, der Pöbel in Persona. Schreiben und denken konnte man nur zwischen Mitternacht bis 6 Uhr morgens – die Tage lausig. Tretboote krachten, Tollwut im Landkreis, die armen Hunde. Aber ich schone MAO.«

Mensch, Ilse, in demselben Brief redest du davon, dass Ulli dich nach Irland eingeladen hat. Ist er gar der rätselhafte Schweizer? Du wechselst schnell die Themen: »Die Literatur stagniert, die Malerei ebenfalls«, schreibst du. »Uralte Schmöker werden von Verlegern gedruckt und angepriesen, das Volk kauft sie für den Bücherschrank. Sie stehen dort ungelesen.« Mensch, Ilse, gar nicht so anders als bei den heutigen Bestsellern! Was sich gut ver-

kauft, muss deshalb nicht gelesen werden. Dass du nach München gehen willst, davon ist da aber nicht die Rede!«

1967 schreibst du schon wieder an einen Verlag, diesmal an Bruckmann, und willst zwei Manuskripte von László unterbringen. Der ist im August 1967 in Paris verstorben, ist das eine Art Trauerarbeit? Er hat über die Kelten gearbeitet.

Dann ist da noch ein Briefentwurf an ein Juristenehepaar in München, in dem du ankündigst, das Seegut zum Jahresbeginn 1969 in Richtung München zu verlassen. Wo du aber nie ankamst. Stattdessen wurdest du zur Faschingszeit am Bodensee verwirrt aufgegriffen. Genau genommen wissen wir das aber nur aus dem Roman über dich …

Irmi ließ ihren Blick über den Schlosspark schweifen. Inzwischen hatte sie ein etwas genaueres Bild von Ilse gewonnen. Eine Frau aus einer wohlhabenden Familie, deren wacher Geist schon in ihrer Kindheit eine Herausforderung gewesen war. Für die Familie und für sie selbst. Eine Frau, die reisen und studieren konnte und die intellektuellen Größen der Zeit kennenlernen durfte. Die einerseits die schönen Künste aufsaugte, andererseits aber ihrer zweiten Heimat am Bannwaldsee und dem einfachen Leben verbunden war. So eine Lebenseinstellung war damals ein Spagat gewesen und war es heute auch noch. Ilse hatte leibhaftig die Weisheit von Naturvölkern erlebt – damit dürfte die Naziideologie von Untermenschen und Wilden sie weit mehr getroffen haben als andere, die nie ihren Dorfkreis verlassen hatten. Wer weit gereist war, konnte weiter denken.

Sie war eine Frau gewesen, die durch ihre Erziehung und ihr Geschlecht in Geschäftsdingen zwar devot wirkte, aber in ihrem intellektuellen Biotop aus Wahlverwandtschaften an Gleichheit und Offenheit geglaubt hatte. Damals wie heute ein Irrglaube, weil die wenigsten eine solche Größe besaßen und frei von Neid und Missgunst waren. Sie war eine Frau, deren Freiheitsbegriff die Freiheit in der Wahl der Kleidung und des Lebensstils mit einschloss, die Freiheit, sich die Gesellschaft zu wählen, die man als bereichernd empfand. Und wenn es junge Männer waren, hatte sie die Rolle einer Mentorin eingenommen. Inwieweit dabei eine sexuelle Motivation mitschwang? Irmi hatte in ihren bisherigen Gesprächen und Recherchen das Gefühl bekommen, als hätte diese eher aufseiten der Männer als bei Ilse gelegen. Hormongeschwängerte Buben, die nicht nur mit dem Hirn dachten, dürften gewisse Situationen anders bewertet haben als eine reife Frau. Ilse hingegen schien es vielmehr um dieses Momentum des künstlerischen Salons gegangen zu sein, den sie an den See hatte verlegen wollen, eine Art Monte Verità am Bannwaldsee.

Ganz sicher hatte sie nie gelernt, mit Geld umzugehen. Ihr Fühlen und Denken war immer um Höheres gekreist. Deshalb konnte sie das Ziel der Nachkriegswelt nicht verstehen, möglichst viel Materielles anzuhäufen. Wenn man ihr etwas vorwerfen konnte, dann vielleicht diese totale Verweigerung gegenüber der materialistischen Neuzeit. Natürlich war sie zunehmend frustriert in dieser Welt, deren Werte nicht mehr die ihren waren. Hinzu kam eine wie auch immer geartete Verwirrtheit oder Demenz, bei der sie erst recht Menschen gebraucht hätte, die sie stützten, auf die sie hätte vertrauen können. Wahrscheinlich hatte sie am Ende den ganz und gar Falschen vertraut …

Wie bestürzt musste Coci angesichts der zahlreichen Parallelen in ihrer beider Leben gewesen sein! Beide waren unangepasst gewesen, beide hatten in weitaus größeren Zusammenhängen gedacht als die meisten anderen Menschen in ihrer Umgebung. Auch Coci hatte Ärger mit der Schwester gehabt, dabei war es in beiden Fällen um finanzielle Ansprüche gegangen. Coci schien in gewisser Weise mit Ilse verschmolzen zu sein. Vielleicht klang ihr Text deshalb auch so persönlich, als wäre Ilse anwesend.

Irmi warf einen Blick auf die Handyuhr und beschloss, noch ein bisschen auf der Parkbank sitzen zu bleiben. In Cocis Textfragmenten folgten nun Notizen über Briefe im Nachlass, die an Ilse gerichtet waren.

Deine Schwiegermutter Vilma hat dir aus Szeged nach Paris geschrieben. Sie mag dich sehr, das ist nicht zu übersehen. Es geht um Unterlagen für die Entschädigungskasse, die aus Ungarn beigebracht werden müssen, und es geht wohl auch um die Entfremdung von Laci, der seiner Mutter auch nie schreibt. »Ihr könnt weder miteinander noch ohneeinander«, schreibt die kluge und empathische Vilma. Sie nennt eure Beziehung eine »Strindberg-Angelegenheit« und ist betroffen von so wenig »Lebensbejahung« auf deiner Seite.

In Cocis Text häuften sich wieder die Satzzeichen. Sie hatte aus dem Nachlass Briefe des Autors an Ilse abgeschrieben, die er 1966 und 1967 an sie gerichtet hatte. Darin nannte er sie Ilonka, warum auch immer. Die Briefe ließen Irmi beklommen zurück, weil darin ein damals noch ganz junger Mann so wüst gegen seine Heimat wetterte, gegen die

Dumpfheit des Allgäus, gegen das verlogene Weihnachten und die ganze Republik. Sie empfand seine französischen Einsprengsel als albern, und dass er Ilse seine kruden Gedichte aufdrängte, kam ihr übergriffig vor. Außerdem fand sie es absolut unangemessen, wie er als Schüler mit vernichtenden Worten gegen einen zeitgenössischen Autor polemisierte. So hatte es auch Coci gesehen. *Du dummer, pubertierender Schulbub!*, hatte sie geschrieben.

Irmi hatte beim Lesen gar nicht gemerkt, wie kalt es mittlerweile auf der Parkbank geworden war. Sie stand auf und machte sich auf den Rückweg zur Ferienwohnung. Ihre Schritte waren schnell, ihre Gedanken auch. Mensch, Ilse, was machst du mit uns?, dachte sie. Über Cocis Fragmente hatte sie zwar mehr über diese interessante Frau erfahren, aber sie sagten wieder nichts über ihr rätselhaftes Ende aus.

Ihr Kopf drohte zu explodieren. Sie wollte sich davor hüten, in Ilse nur eine tragische Person zu sehen. Ihr Leben musste ungeheuer reich gewesen sein. Die vielen Reisen, die Gespräche mit interessanten Menschen. Sie war so vielschichtig gewesen, keine klassische Lyrikerin, keine klassische Schriftstellerin. Eine weitsichtige Denkerin war sie gewesen und eine Zauberin hinter der Kamera. Natürlich hatte sie unter der Naziideologie zu leiden gehabt, Missachtung war ihr täglich Brot gewesen. Aber sie hatte doch auch ein rebellisches Leben voller Energie und Passion geführt, mit dem Blick einer Frau, die Bilder erschaffen konnte.

Irmi sah immer wieder vor sich, wie Coci ihr gegenübergesessen und so bitter von ihren Erfahrungen als freie Journalistin erzählt hatte. Auch Ilse hatte sich immer wieder anbiedern und darauf hoffen müssen, verlegt zu werden. Natürlich hatte Coci in Ilse eine Seelenverwandte gesehen. Auch wenn ein paar Jahrzehnte zwischen ihnen lagen, hatte sich doch bedrückend wenig verändert. In der Literatur, die sich mit Ilse beschäftigte, überwog am Ende ihre Lebenstragik. Hätte Coci an dieser Sicht etwas ändern können?

Irmi schämte sich ein wenig, wie wenig sie bisher über den Tellerrand ihres eigenen Berufs hinausgesehen hatte. Ihr Betätigungsfeld war klar vorgegeben gewesen, ihr Gehalt war zuverlässig gekommen. Diese Abhängigkeiten, Verletzungen und Demütigungen bei Kreativen und Selbstständigen waren ihr nie bewusst gewesen. Mit viel Herzblut, unter Schweiß und Tränen schuf man ein Kunstwerk, in das man Tage und Wochen an Arbeit gesteckt hatte, und dann war man ausgeliefert: Nur wenn Verlage und Verleger, nur wenn Galerien und Kunstverkäufer sich dafür ins Zeug legten, nur dann konnte das Werk reüssieren. Als Kreativer konnte man nur warten und bangen – oder zerbrechen.

Irmi empfand diese wattige Melancholie, die sie die letzten Tage immer wieder ergriffen hatte, heute besonders stark. In der Ferienwohnung öffnete sie Kathis Mail noch einmal auf dem Laptop und speicherte die Anhänge auf der Festplatte ab. Das Lesen auf dem Smartphone ermüdete sie trotz Lesebrille. Ihre Augen waren auch nicht mehr die jüngsten. Eigentlich sollte sie wohl besser für heute Schluss machen, aber sie war zu neugierig. War Andrea nicht von dem Text über Johanna Spyri so angerührt gewesen? *Mensch, Johanna!*, lautete der Titel des Kapitels, in das Irmi sich nun vertiefte.

Der Eilige rollt zügig auf der Autobahn gen Süden. Die Weindörfer, die da unter dem markanten Falknis kauern, sind wenig mehr als flüchtige Zerrbilder. Dabei würde es sich durchaus lohnen anzuhalten. »Vom freundlichen Dorfe Maienfeld führt ein Fußweg durch grüne, baumreiche Fluren bis zum Fuße der Höhen, die von dieser Seite groß und ernst auf das Tal herniederschauen«, so beginnt das erste Buch über Heidi, und so sieht es auch heute noch dort aus. Im zweiten Buch wird die Gegend ausführlicher beschrieben: »Es zogen rosige Wölkchen nach oben hin, mehr und mehr blaute der Himmel. Wie lauter Gold floss es über die Höhen, denn eben kam droben die Sonne über die hohen Felsen heraufgestiegen. Rote Felsenspitzen an der Falknis und das feurige Schneefeld an der Schesaplana.«

Für unsere Ohren kitschig, oder? Und wer würde schon »blaute« sagen? Vor hundertzwanzig Jahren hat man aber so geredet, damals, als die Sprache noch Gewicht hatte. Man hat auch so geschrieben. Keine selbstverliebten Spielereien des Autors, sondern Worte, die einfach waren und wahr.

Keine konnte so schreiben wie Johanna. Sie schrieb schon als sechsjähriges Mädchen für den Onkel, der damals »Sängerkriege« veranstaltete, bei denen die Kinder Gedichte und Aufsätze vortragen sollten. Am begabtesten sei die kleine Hanni gewesen, eine richtige kleine Dichterin, meinte der Onkel. Das Lob war Johanna damals eher peinlich, und auch später empfand sie sich nicht als Literatin. Johanna Spyri schrieb gegen die eigenen Ängste an. Denn glücklich war sie – wie auch ihre Buchfigur Heidi – längst nicht zu jeder Zeit ihres bewegten Lebens.

Johanna Luise Heusser wurde am 12. Juni 1827 in Hirzel oberhalb des Zürisees geboren als Tochter des Arztes Johann Jacob Heusser und der pietistischen Dichterin Meta Heusser-

Schweizer. Sie mochte die Volksschule nicht: viel zu viele Kinder in der winzigen Stube und viele, die langsamer dachten als sie. Die Eltern erkannten den Wissensdurst der Tochter und schickten sie 1844 zu einem Sprachaufenthalt ins französischsprachige Yverdon. Als sie ein Jahr später zurückkehrte, war es ihr zu eng geworden in Hirzel, und die zweifellos wohlmeinende Mutter war in ihrer strengen Gläubigkeit für Johanna eher Einschränkung als Vorbild. Bis zum fünfundzwanzigsten Lebensjahr lebte sie wieder zu Hause, unterrichtete ihre jüngeren Geschwister, half der Mutter im Haushalt – und las und las. Um der Enge des Elternhauses zu entfliehen, heiratete sie schließlich den sechs Jahre älteren Juristen und Stadtschreiber Johann Bernhard Spyri. Seine Frau sollte sich gemäß ihrer gesellschaftlichen Stellung verhalten – denken oder gar Droste-Hülshoff lesen aber nicht! Es war wohl keine sehr glückliche Ehe. Bernhard Spyri war das, was man heute als Workaholic bezeichnen würde, und obendrein ein glühender Wagner-Fan. Beides war Johanna suspekt. In Zürich fühlte sich Johanna wie ein Vogel mit gestutzten Schwingen, ähnlich wie das Heidi, das im Hause Sesemann auf ein »Meer von Dächern, Türmen und Schornsteinen« blickt. Während ihrer Schwangerschaft wurde Johanna Spyri depressiv, was damals als Versagen galt und auf wenig Verständnis stieß. Die Bestimmung und das Glück der Frau war doch schließlich die Mutterschaft. Ein wenig Trost brachte ihr die enge Freundschaft mit Betsy Meyer, der Schwester Conrad Ferdinand Meyers. Johanna schickte Betsy fast leidenschaftliche Briefe, und das war Betsy wohl irgendwann unheimlich und zu eng …

Johanna begann 1871 zu schreiben – unter Pseudonym. Für eine Stadtschreibersgattin hätte es sich wohl auch nicht geschickt, unter vollem Namen zu publizieren. Ein mit ihrer Mutter be-

freundeter Pfarrer hatte sie zum Schreiben ermuntert. Ihre Erzählung »Ein Blatt auf Vronys Grab« wurde ein großer Erfolg. Für unsere Begriffe ist es eine unerträgliche Geschichte über eine Frau, die von ihrem trunksüchtigen Mann misshandelt wird, durch Beten aber ihr Schicksal annimmt. Ganz im damaligen Zeitgeist: Frauen hatten das anzunehmen, was das Leben für sie vorsah.

1884 starb nicht nur ihr Mann, sondern auch ihr Sohn Bernhard mit nicht einmal dreißig Jahren. Zeitlebens war er tuberkulosekrank und deshalb oft in Graubünden zur Kur gewesen. Johanna hatte ihn begleitet und jedes Mal dieses tiefe Durchatmen erlebt, dieses Innehalten, das Gefühl, am Mittelpunkt des Seins angelangt zu sein.

Schon 1880 war Johanna Spyris erstes Buch über »das Heidi« erschienen, das zweite folgte ein Jahr später. Sie wurde zu einer Erzählerin, die nicht wertete, sie verlieh ihren Figuren nur eine skizzenhafte Optik, aber genau deshalb wurden sie zu bunten Gestalten im Reich der Fantasie. Es ist Johanna Spyris Geheimnis geblieben, wie sie einer so bescheidenen Figur wie dem Heidi ein solches Charisma verleihen konnte. Während ihrer letzten Lebensjahre schrieb sie weiterhin Geschichten für Kinder, reiste und stand in freundschaftlichem Austausch mit Conrad Ferdinand Meyer. Sie verfolgte, wie Emilie Kempin-Spyri, eine Nichte ihres Mannes, die erste Schweizer Juristin wurde. Johanna war skeptisch, anscheinend war sie doch zu sehr in ihrer Frauenrolle gefangen. Aber als sie 1901 an Krebs erkrankte, vertraute sie ihre Gesundheit Marie Heim-Vögtlin an, der ersten Schweizer Ärztin. Doch ein feines Frauennetzwerk? Johanna starb noch im selben Jahr und hinterließ der Welt ihren unverbrüchlichen Optimismus. In ihrem Leben und auch in dem von

Heidi wurden viele Sehnsüchte und Wünsche oft nur schwer oder erst viel später erfüllt. Aber Heidi setzte auf die Kraft der Entwaffnung. Heidi wurde zum Synonym für die heilende Wirkung einer der anmutigsten Landschaften in Mitteleuropa – und für die heilende Wirkung der Heimat. So eine Frau war Johanna Spyri auch: Die Heimat im Herzen machte sie mutig, aber nie übermütig!

Irmi hatte plötzlich Tränen in den Augen. Sie konnte sich gut mit dem Heidi identifizieren, auch sie hatte immer die Heimat im Herzen gehabt. Und da war sie wieder, diese Frage der Zugehörigkeit! Irmi befürchtete, dass Coci genau diese Heimat gefehlt hatte – und Ilse auch.

Unter dem Kapitel über Johanna Spyri hatte Coci einen eingescannten Zettel hineinkopiert. Darauf befanden sich handschriftliche Notizen, die sie offenbar eilig hingekritzelt hatte. Wieder waren es nur Fragmente, die Irmi nicht entziffern konnte. Ihr Blick blieb an *@uli* hängen. Diesen seltsamen Namen kannte sie schon von Cocis Fragenliste, die sie abfotografiert hatte. Hier sah das erste Zeichen aber gar nicht aus wie ein Klammeraffe, sondern eher wie ein unordentlich zusammengezogenes a und e. Dann würde das nicht *@uli, sondern aeuli* ergeben, überlegte Irmi.

Dahinter hatte Coci geschrieben: *Das ist er!!!! GH hatte recht, das war der Name.* Auch hier war Irmi sich nicht ganz sicher, ob da GH stand oder CH. Vielleicht auch GA oder CA. Oder CK oder GK? Vergeblich suchte Irmi nach Referenzbuchstaben im Text.

Sie begann zu googeln und stieß auf die Sage vom Aeuli-Hund, einem großen schwarzen Tier mit spitzen Krallen und feurigen Augen, das bis heute in der Schweizer Aeuli-Schlucht den Geldsack eines Kaufmanns bewachte. Da dieser unredlich ans Geld gelangt war, kam er nie in den Himmel und würde erst erlöst werden, wenn jemand den Schatz fände und mit dem Fund Armut und Not seiner Mitmenschen linderte. Was eher schwierig werden wird wegen des Hundes, dachte Irmi.

Und dann war da noch eine andere, sehr schräge Geschichte von Aeuli, einem Dorf am Walensee, wo es ein Rathaus gab, Straßen, ein Gasthaus, eine Tankstelle, sogar eine Bankfiliale, wie es sich gehörte für die Schweiz. Aber keiner wohnte da, es war ein potemkinsches Dorf, in dem sich die Schweizer Armee auf den Ernstfall vorbereitete. Denn Aeuli war ein Übungsdorf, das größte der Schweiz, Kernstück des Ausbildungszentrums des Heeres. Die Häuser waren innen nur Bunker. Der Ort war Irmi neu, sie konnte aber nur schwerlich einen Zusammenhang zu Coci oder Ilse herstellen.

Sie googelte weiter. Es gab in Vilters eine Pizzeria namens Aeuli, und es gab mehrmals den Straßennamen Aeuli, unter anderem in Maienfeld, dem Heididorf. Womöglich war Coci bei ihren Recherchen zu Johanna Spyri eher zufällig auf etwas gestoßen? Die Straße Aeuli lag im Zentrum, und sie war kurz. Was mochte Coci dort gefunden haben?

Irmi rief Malcolm an.

»Hör zu, wollen wir uns gleich beim Asiaten treffen? Hast du Zeit?«

»Klar. In einer halben Stunde?«

Irmi nahm den Laptop mit ins Restaurant. Sie traf beinahe gleichzeitig wie Malcolm ein und bestellte sich eine wärmende Suppe, während er wie jedes Mal gebratene Nudeln mit Tofu orderte.

»Und?«, fragte er. »Was hast du herausgefunden?«

»Was hältst du davon, wenn wir morgen nach Graubünden fahren? Genauer nach Maienfeld, der Heimat von Johanna Spyri.«

»Der berühmtesten Schweizerin? Die die Heidi-Bücher geschrieben hat?«

»Ganz genau. Die Geschichte vom Heidi, das eigentlich Adelheid heißt, spielt in Maienfeld.«

»Okay, und da willst du einfach mal hin?«

»Ja, ich möchte da einen Kaffee trinken und … na ja … was ansehen.«

Malcolm betrachtete sie skeptisch. »Option eins: Du sagst mir, was eigentlich los ist, dann komm ich mit. Option zwei: Du kannst mich mal, Irmi!«

Irmi musste lächeln. »Du hast recht. Ich muss mich aber auf deine Verschwiegenheit verlassen können.«

»Yes, Sir!«

»Gut, dann versuche ich mal, das Ganze für dich zusammenzufassen.« Und sie begann zu erzählen. Von ihrem Skikurs, von den Gesprächen mit Coci und von deren Tod im Eis. Davon, dass jemand womöglich nachgeholfen hatte, und auch davon, dass Kathi einer Spur folgte. Und vom Mann mit dem langen braunen Mantel und dem silbergrauen Auto.

Malcolm hatte konzentriert gelauscht.

»Deshalb also dein Interesse an Ilse! Du hast die ganze

Zeit gedacht, deine Freundin hätte etwas entdeckt, was zu ihrem Tod geführt hat. Etwas, das nicht herauskommen sollte?«

»Ja, so in etwa.«

»Aber wenn deine ehemaligen Kollegen diesen Justus festgenommen haben, dann ist der Fall doch fast geklärt?«

Irmi schwieg.

»Dir reicht das nicht?«

»Nein, ich glaube, es geht um etwas ganz anderes. Etwas, das mit Ilse zu tun hat. Ilse Schneider-Lengyel war Cocis Seelenverwandte, ihre Freundin aus der Vergangenheit. Aber wahrscheinlich hast du recht. Die Kollegen sind dran, Justus wird gestehen, und Coci und Ilse werden in Frieden ruhen.«

Malcolm schüttelte den Kopf. »Irmi, ich kenne dich ja nicht sehr lange, aber du bist eine sehr analytische Person. Du bist in der Lage, Dinge auszugraben, die andere nicht entdeckt haben. Du hast in so kurzer Zeit mehr über Ilse Schneider-Lengyel herausgefunden als die meisten anderen, die sich viel länger mit ihr beschäftigt haben. Du wirkst auf die Leute vertrauenswürdig, deshalb reden sie mit dir! Du bist eine begnadete Kriminalistin und kannst nicht einfach aufhören mit deinen Ermittlungen!«

»Malcolm, ich bin in Pension. So einfach ist das.«

»Ja, du bist offiziell in Pension, inoffiziell bist du aber an der Sache dran. Und drin. Was machen wir jetzt?«

»Sieh dir das an.« Irmi hatte das Laptop aufgeklappt und schob es ihm hin. »Schau dir mal an, was auf dem eingescannten Notizzettel unter dem Kapitel über Johanna Spyri steht.«

Malcolm las die hingekritzelten Notizen und bat Irmi dann, noch einmal Cocis Fragenliste auf ihrem Handy zu öffnen.

»Auf dem Notizzettel steht nicht *@uli* wie auf der Fragenliste, sondern Aeuli, oder?«, fragte er.

»Das vermute ich auch. Meine Hypothese lautet: Dieser Ulli, an den sie schreibt, und der ominöse Schweizer müssen gar nicht ein und dieselbe Person sein. Vielleicht geht es einfach nur um jemanden, der in Aeuli wohnt. Oder er hieß doch Ulli und wohnt in Aeuli. Oder hat da irgendwas zu tun.«

»Gibt es einen Ort namens Aeuli?«

Irmi erzählte von ihren Recherchen, die sie bis zur Straße namens Aeuli in Maienfeld geführt hatten.

»Krass, die spielen Krieg in einer Kulissenstadt!« Malcom schüttelte den Kopf.

»Auf der Fragenliste ging es um eine Bank, oder?«, fuhr Malcolm fort. »Steht da eine Aussichtsbank?«

»Keine Ahnung, das weiß ich auch nicht.«

»Und was ist mit dieser Abkürzung? *CK hatte recht, das war der Name.*«

»Liest du das als CK? Das wären ja ihre eigenen Initialen: Cordula Kühnlein«, sagte Irmi. »Das kommt mir unwahrscheinlich vor. Wenn es GH ist, dann könnte es Gottfried Hermann sein, den Coci aber nicht mehr getroffen haben kann. In Schwangau gibt es sicher viele andere Namen, die mit H anfangen. Mit wem könnte sie gesprochen haben?«

Malcolm überlegte. »Wie wäre es mit Cilly Kahle? CK? Hat sie Coci etwa den Namen dieses Schweizers verraten? Seine Adresse? Aber es wäre doch sehr unwahrscheinlich, dass der immer noch am selben Ort lebt wie in den Sechzigerjahren.«

Sie lebte auch immer noch am selben Ort, dachte Irmi. Seit ihrer Geburt. Aber einem jungen Weltenbürger wie Malcolm kam das natürlich komisch vor.

»Wie alt wäre er denn heute?«, fuhr er fort.

»Na ja, wenn er 1969 angeblich Mitte zwanzig war, dann wäre er heute um die achtzig. Er könnte gut noch am Leben sein.«

»Wir fahren also nach Graubünden, wissen nicht, zu wem wir fahren, wissen nicht, wohin genau, und spekulieren nur?«

»Malcolm, willkommen im Reich der Polizeiarbeit.«

»Well«, sagte er, »dann steh ich morgen früh gebügelt und gestriegelt bei dir vor dem Ferienhaus!«

Irmi lachte. »Geschniegelt und gestriegelt, aber gebügelt ist auch gut.«

»Dann bis morgen!«

Sie vereinbarten noch einen Zeitpunkt, und Irmi gab ihm die Adresse.

Als sie ihm nachsah, kam ihr der Gedanke, dass sie jetzt auch mit einem jungen Mann losfuhr. In die Schweiz! Würde der sie auch aus dem Auto stoßen? Vom Alter her würde es passen … Dann rief sie sich zur Räson. Sie sollte nicht denselben Fehler wie Coci machen. Die hatte womöglich zu viel von Ilses Leben auf sich bezogen, worunter ihre Objektivität gelitten hatte.

12

Als sie im Rheintal waren, fragte Irmi: »Macht es dir was aus, wenn wir über die Landstraße fahren? Das ist eine Marotte von mir oder besser gesagt von meinem … äh … Lebensgefährten. Er sagt, auf Autobahnen ist man gefangen.«

»Ich freue mich über Sightseeing«, sagte Malcolm. »Bei mir zu Hause gibt es sowieso nur wenige Autobahnen. Die meisten Straßen sind kurvig und eng, oder es stehen Schafe drauf.« Nach einer Weile sah er zu Irmi herüber. »Und der Lebensgefährte? Ist er … na ja …«

»Was?«

»Du hast bisher wenig von ihm erzählt.«

»Er ist gerade etwas angefressen.«

»Angefressen? Wie ein Stück Brot?«

Irmi musste lachen. »Das heißt, er ist sauer, beleidigt und hat dichtgemacht.«

»Männer sind so! Bloß nicht zu viel kommunizieren. Der beruhigt sich schon wieder.«

»Ach, Malcolm, was täte ich ohne deine Weisheit!«

Der junge Mann zuckte mit den Schultern.

Irmi zog das Landstraßenprojekt konsequent durch. Sie kamen durch Liechtenstein, wo das Schloss die Weinberge überragte.

»Die Hofkellerei hat tollen Wein«, sagte Irmi. »Und kennst du die Antwort auf die Frage: Wie und wo findet man Liechtenstein?«

Malcolm schüttelte den Kopf.

Irmi lächelte. »Mit einer guten Lupe mitten auf der Europakarte. Liechtenstein mit seinen hundertsechzig Quadratkilometern ist weit mehr als ein effizienter Bankenstaat entlang einer Durchgangsstraße. Das wilde Herz des Landes schlägt weiter oben in Malbun«, sagte Irmi und merkte wehmütig, dass sie Fridtjofs Fremdenführerrolle übernommen hatte.

Sie verließen den Zwergstaat und schraubten sich bergauf zur Festung St. Luzisteig. Malcolm googelte fleißig und las vor: »Der Luzisteig trennt Graubünden von Liechtenstein. Die Kaserne auf der Passhöhe ist weit mehr als ein ödes Militärgelände. Die Baracken und die Kantine stammen vom Architekten Peter Zumthor, der wie kein anderer mit reduzierten heimischen Materialien Bauten von unverrückbarer Kraft gestaltet.«

Tatsächlich gab es neben den alten Festungsbauten einen schicken Glasbau, in dem sich die Kantine befand. Die Kraft dieses Ortes war überwältigend, weil gewaltige Felswände aufragten, die aber dennoch nicht drückend wirkten. Am eigentlichen Pass, der ja nur 713 Meter hoch war, stand der Landgasthof St. Luzisteig mit seinen schwarz-gelb gestreiften Fensterläden.

»Der Gasthof könnte uns einen Kaffee offerieren«, meinte Irmi und parkte.

Als sie die gemütliche Stube betraten, blickten ein paar junge Männer in Forst-Outfit auf. Draußen hatte ein Pickup mit der Aufschrift »Forst – und Umgebungsarbeiten« gestanden, das waren wohl die Insassen. Der Cappuccino war einer, der was konnte. Irmi war schlagartig wacher. Sie las in der Karte und staunte über zwei Seiten mit Flammkuchen, die die wildesten Beläge hatten. Noch besser waren die Füllungen des Cordon Bleus: »Vampir« mit Knoblauch und »Antivirus« mit scharfer Salami und Peperoni. Von wegen behäbige Schweiz! Und natürlich gab es das berühmte Graubündner Gericht Capuns mit Mangold. Wäre es schon Mittagszeit gewesen, hätte sie sich eine Portion bestellt – wenn es schon mal ein Gericht mit dem Gemüse gab, das so hieß wie ihr Nachname.

Nach dem Kaffee waren sie schnell unten in Maienfeld. Wie schön war sie, diese Ecke der Schweiz, auch wenn die Weinberge jahreszeitenbedingt kahl waren. Im Hintergrund stand der markante Falknis, Schnee glitzerte in den Almhängen. Der Ort selber war schneefrei, doch die Luft war immer noch winterlich frisch. Man konnte verstehen, dass Johanna Spyri hier aufgeatmet hatte.

Irmi stellte den Wagen auf dem großen Parkplatz an der Landstraße ab, dann schlenderten sie über den Mühlbach und waren auch schon im Straßenabschnitt Aeuli. Das Lokal *Alpenrose* sah einladend aus, und sie tranken dort einen zweiten Kaffee. Irmi gelang es, sich zu verirren und einen Blick in die Küche zu werfen. Aber einen Mann mit einem langen braunen Mantel traf sie nicht. Und einen alten Mann, der rief: »Hallo, ich bin Ulli«, schon gar nicht. Es war eben doch eine Schnapsidee gewesen! Aber in ihrem Ohr flüsterte Cocis Stimme: Hinsehen statt wegsehen!

Malcolm war ziemlich wortkarg, als sie wieder auf der Straße standen. Neben der *Alpenrose* befand sich ein Geschäft namens »Brot und Laube«, in der Nummer drei gab es nebst Pensionskasse und einer Immobilienfirma auch

Hairdesign. Irmi hätte eigentlich erwartet, das hieße hier Coiffeur. Auf der anderen Straßenseite standen ein Gebäude mit einer Apotheke und ein paar weitere Läden.

»Und nun?«, fragte Malcolm und sah genervt aus.

»Wir kaufen was in der Apotheke und beim Bäcker«, meinte Irmi.

In der Apotheke wurde sie zuvorkommend wegen ihres Sodbrennens beraten, und das Gipfeli aus der Bäckerei mundete ausgezeichnet. Das letzte Haus in der Reihe war die Kantonalbank.

Eine Bank! Keine Gartenbank oder Aussichtsbank! Die Schweiz, der Bankenstaat – darauf hätte man kommen können, dachte Irmi. Die Adresse dieser Bank war genau genommen schon im Törliweg. Gegenüber gab es einen kleinen Parkplatz, auf dem ein paar Autos standen. Auch ein silbergrauer Audi mit dem Kennzeichen SG für den Kanton Sankt Gallen. Irmi hätte nicht sagen können, ob das der Wagen war, der sie fast überfahren hätte. Sie starrte das Auto an, als könne es ihr Auskunft geben.

»Und nun?«, fragte Malcolm zum zweiten Mal.

Irmi sah auf die Uhr. »Es ist gleich zwölf.«

Malcolm blickte sie an, als zweifele er nun doch an ihrem Verstand.

Wenige Minuten nach zwölf trat ein Mann aus der Bank und warf sich im Gehen einen langen braunen Mantel über. Irmi kannte seinen Gang, dieses auffällig Hastige. Da blickte er auf und sah ihr in die Augen. Er hielt inne.

Irmi betete innerlich. Bitte, lass ihn nicht losrennen. Oder gar eine Waffe ziehen. Oder sonst was Irrationales machen! Das hatte ich zu oft, ich bin zu alt für so was!

Er erhörte ihr Gebet und kam langsam über die Straße. Bis zum silbergrauen Auto. Blieb vor Irmi stehen.

»Grüezi«, sagte er.

Aus Malcolm entwich ein seltsames Geräusch, und Irmi durchlief eine Hitzewallung. »Ich glaube, Sie sind mir ein paar Erklärungen schuldig«, sagte sie beherrscht.

»Wollen wir ins Schloss gehen?«, schlug er vor. »Ich läute nur grad meine Frau an, dass wir uns nicht zum Zmittag treffen.«

Was er umgehend tat. Sein Dialekt war reizend. Dann gingen sie ihm schweigend hinterher zum Schloss Brandis, das aus einem älteren Nordwesttrakt mit Turm und einem jüngeren Südwesttrakt bestand. Die dicken Mauern taten sich auf, und sie betraten einen Gang. Im Schloss gab es augenscheinlich mehrere gastronomische Betriebe, und der Mann dirigierte sie ins Bistro, das wunderschön war. Hohe Räume, weiße Vertäfelung, eine große Klarheit und doch eine besondere Stimmung, die einen sofort umfing. In einem Regal aus Holzkisten lagen Weinflaschen, und ein Schild erklärte: *Man muss auch Wein sagen können.* Sie setzten sich an einen der kleinen Holztische. Man kannte den Mann hier offensichtlich.

»Reto, mit Gäscht! Das freut üs.«

Ein Ulli war er schon mal nicht, dafür wäre er auch viel zu jung. Noch immer war kein unnötiges Wort gefallen. Sie sahen in die Karte. Irmi entschied sich für eine Salatbowl und Malcolm für Tomatenravioli. Es war ihm anzusehen, dass ihn die Situation komplett überforderte.

Der Fremde fragte: »Darf ich fünf Dezi vom Salenegg offerieren? Das älteste noch bestehende Weingut Europas.«

Irmi nickte.

Die Bestellung wurde aufgegeben. Der Fremde hatte Schweizer Lachsknusperli geordert.

»Das tönt doch gut, merci«, sagte die Bedienung und verschwand.

»Reto also«, sagte Irmi.

Er machte keine Anstalten, seinen Nachnamen zu offenbaren. »Wie haben Sie mich gefunden?«, wollte er wissen.

»So wie Cordula Kühnlein auch«, sagte Irmi mit fester Stimme.

Der »Wii« und eine Flasche Wasser kamen. Der Wein erwies sich als ein beschwingter Chardonnay.

»Es ist verrückt«, sagte Reto schließlich, nachdem er kurz das Glas in Richtung Irmi gehoben hatte. »Unglaublich. Ich hab's gar nicht glauben können.«

Irmi verkniff sich ein »Was?«, und Malcolm hockte sowieso da wie ein hypnotisiertes Highland-Schaf.

»Ich weiß gar nicht, wo anfangen.«

»Vorne?«, schlug Irmi vor.

»Vor etwa drei, vier Monaten, im Spätherbst, bin ich telefonisch von einer Frau Dr. Cordula Kühnlein kontaktiert worden. Sie hat behauptet, mein Vater hätte eine Ilse Schneider-Lengyel gekannt, und hat dann kurz umrissen, wer die Dame war. Der Name hat mir gar nichts gesagt.«

Wie so vielen, dachte Irmi.

»Er hätte sie gekannt, besser gekannt, meinte sie, und er hätte sie wahrscheinlich am Bodensee aus dem Auto gestoßen. Ich war völlig verwirrt, und dann hat sie auch noch gesagt, mein Vater hätte wahrscheinlich ein paar wertvolle

Kunstgegenstände von ihr. Ich habe sie als ziemlich übergriffig empfunden und aufgelegt.«

Irmi wartete.

»Ein paar Tage später an einem Sonntag ist sie dann bei mir daheim vor der Tür gestanden. Einfach so! Ich wohne drüben in Bad Ragaz, in meinem Elternhaus. Gottlob war meine Frau gerade auf einem längeren Umlauf. Sie ist Flugbegleiterin bei der Edelweiss. Ich habe diese Frau auch nicht reingelassen, aber sie ist so penetrant gewesen und hat nicht gehen wollen, da sind wir in die Gartenlaube. Frau Kühnlein hat ihr Anliegen präzisiert, es ging um ein Buch über verkannte Künstlerinnen, darunter auch diese Ilse Schneider-Lengyel. Sie war ungeheuer vehement, und was sie sagte, hat auch irgendwie schlüssig getönt.«

»Darf ich Sie unterbrechen, Reto? Wie kam sie denn überhaupt auf Sie?«

»Das habe ich sie auch gefragt. Sie hat Zeitzeugen befragt, hat sie gesagt, und da hat man ihr einen Namen genannt. Dann hat sie wohl recherchiert und ist dabei auf meinen Vater und auch mich gestoßen. Sie hat meine Arbeitsstelle herausgefunden und sagte mir auch, dass sie sich sowieso auf einer Recherche in Graubünden befände, wegen Heidi und Johanna Spyri. Sie isch gsi, sie isch …«

»Nervig?«

»Eher überzeugend. Vibrierend?« Er sah Irmi fragend an.

»Ich weiß, was Sie meinen«, sagte Irmi leise.

»Ich habe ihr dann doch versprochen, beim Vater nachzuhorchen.«

Das Essen kam, was ihm eine kurze Verschnaufpause gab.

Irmi kostete den Salat und eines der Brötli. Man schmeckte, dass die Produkte lokal waren und mit Respekt verarbeitet.

»Sie müssen wissen, dass mein Vater da schon hochdement im Pflegezentrum gelebt hat, kaum mehr ansprechbar war«, fuhr Reto fort. »Ich habe es doch versucht, mehrmals, und eines Tages hat er plötzlich gesagt: ›Die Ilse, die isch es Wiib gsi. Wir haben in Burgunder gebadet. Aber sie hatte ein Gemütsleiden.‹ Es war nicht mehr aus ihm rauszubekommen. Als ich es ein paar Tage später noch mal probiert habe, sagte er: ›Da sind auch viele Geier, viele Geier gewesen.‹ Ich konnte mir keinen Reim darauf machen, es schien ihn auch sehr aufzuwühlen. Er ist am 3. Dezember gestorben.«

Irmi starrte ihn an. »Das war der Todestag von Ilse Schneider-Lengyel«, sagte sie.

»Wir haben sein Zimmer geräumt, da war ja nicht viel, und ich habe zu Hause seine Kisten gesichtet, die wir eingelagert hatten. Es gab ein altes Sparheft, und ab 1967 waren da immer wieder Einzahlungen, teils auch ziemlich hohe.«

»Hoch für einen Studenten? Für einen jungen Mann?«

»Ja«, stieß er aus. »Und ich hab ihn nicht mehr können fragen! Verstehen Sie?«

O ja, Irmi verstand und war enttäuscht. Wieder waren sie zu spät gekommen.

»Diese Frau Dr. Kühnlein hat immer wieder angerufen. Ich konnte ihr ja auch nur sagen, dass ich nichts gefunden hatte. Dass mein Vater dann wohl die Sachen verkauft hat. Oder … oje!«

»Oder was?«

Er wirkte auf einmal sehr angefasst. »Seit ich denken

kann, immer schon, hängt bei uns ein Druck im Gang. Und in Papas Büro gab es zwei Masken. Er war früher beruflich viel in Afrika, da hat er sie bestimmt mitgebracht.«

»Sie könnten aber auch von Ilse Schneider-Lengyel stammen, aus ihrem Fundus?«, flüsterte Irmi.

»Ja, aber ich hab da nicht wollen hineingezogen werden, mich nicht so an meinen Vater erinnern. Aber es war da. Ich habe seine Masken mit dem Buch *Die Welt der Masken* verglichen, das er mir schon vor vielen Jahren vermacht hatte, und ja, sie sahen so aus. Ich wollte das nicht glauben. Es ist zu verrückt.«

»Sie sprachen auch von einem Druck?«, fragte Irmi.

Er sah sie an. In seinem Blick lag Verzweiflung.

»Der ist immer da gewesen. Ein Picasso-Druck. Eine Skizze. Gar nicht mal besonders schön. Ich wollte sie schon auf den Flohmarkt bringen, aber meine Frau hat gemeint, das sei ja eine Erinnerung an den Vater.«

Malcolm ließ seine Gabel fallen. Die Bedienung eilte heran und tauschte sie sofort aus.

»Er ist echt?«, flüsterte Irmi.

»Ich weiß es nicht.« Reto nahm einen Schluck vom Wein. »Ich habe dann diese Frau angerufen. Sie war aber nicht in Garmisch, sondern irgendwo beim Skifahren. Sie hat mich überredet, zu kommen und den Druck mitzubringen. Ich hatte gerade zwei Wochen Urlaub, meine Frau war wieder unterwegs, auf Langstrecke. Also habe ich eingewilligt. Ich habe mich mit dieser Frau Cordula Kühnlein an einem See verabredet. Ganz am Morgen.«

»Sie sind mit einem Picasso an den Grüntensee gefahren?« Irmi musste husten. Und ihr Herz raste.

»Ich war mir doch sicher, dass das kein Original ist!«

»Haben Sie Cordula denn getroffen?«

»Ja, und sie hat mir wieder von ihrem Projekt erzählt. Von dieser Ilse Schneider-Lengyel. Ihrem traurigen Tod in der Psychiatrie. Aber was hätte ich sagen sollen? Ich konnte ihr auch nur das berichten, was mein Vater noch gesagt hatte.«

»Hat sie den Druck gesehen?«

»Ja, und sie ist plötzlich ganz ehrfürchtig geworden. Sie war sich sicher, dass er echt ist.«

Irmi sah die Szene vor sich, den eiskalten Morgen. Coci bebend vor Ungeduld und den Schweizer Banker, der völlig überfordert war.

»Sie hat mich überzeugt, eine Expertise machen zu lassen. Unauffällig, wie sie meinte. Sie bat mich, in der Region zu bleiben, und ich hatte mich für den Abend mit ihr verabredet.«

»Und dann?«

»Sie meinte, sie hätte gleich noch eine Verabredung. Sie hat mir mehrfach versichert, dass es nicht um die Verurteilung meines Vaters ginge. Dass es ihr einfach darum ginge, dieser Ilse Schneider-Lengyel endlich die Anerkennung zuteilwerden zu lassen, die ihr zustände. Es isch früe und chalt gsi. Sie wirkte auf mich aber wie elektrisiert oder auf Drogen irgendwie. Sie zog ihre Skatingski an und fuhr davon. Ich habe mich in mein Auto gesetzt, ich hatte eine Thermoskanne mit Kaffee dabei. Ich saß eine ziemliche Weile. Ich hatte dann etwas verschüttet, bin aus dem Auto gestiegen, wollte das abwischen und habe eher aus dem Augenwinkel bemerkt, dass da am See etwas los ist.« Er schluckte schwer. »Da rannten zwei Buebe weg, sie waren schon ein gutes Stück entfernt. Ich war irgendwie erstarrt, da war dann auch ein Hundebellen, das Bellen wurde lauter, da kam von weiter vorne eine junge Frau mit Schlitten. Diese beiden Buebe rannten fast in sie hinein. Die junge Frau eilte zum See, ich sah sie gestikulieren und telefonieren. Und dann hab ich erst realisiert, dass da jemand eingebrochen war. Und plötzlich fiel mir ein, dass die verunglückte Person diese Cordula Kühnlein sein könnte. Ich war in Panik. In welcher Verbindung stand ich zu der Frau? Da kamen auch schon ein Hilfsteam und die Feuerwehr. Ich war wie paralysiert.« Er ließ seinen Blick durch den Raum schweifen und sah dann Irmi in die Augen. »Ich bin Banker, mein Leben sind Zahlen. Und ich konnte wirklich nichts mehr tun.«

Man hörte eine Kaffeemaschine zischen, das Klappern von Tellern, die abgeräumt wurden. Irmi überlegte sich sehr genau, was sie nun sagte. »Haben Sie keine Sekunde überlegt, dass Sie noch hätten helfen können?«

»Natürlich, jeden verreckten Tag. Ich bin weggefahren, in den Ort zum Bahnhof und bin zu Fuß am See entlang retour. Die Polizei hatte inzwischen die Gegend abgesperrt, und irgendwann kamen Sie. Ich hatte aufgeschnappt, dass Sie früher einmal Polizistin waren. Dass Sie diese Frau Dr. Kühnlein auch kannten. Und das hat mich zusätzlich erschreckt. Ich bin heimgefahren, und dann kam alles in mir hoch. Natürlich habe ich mich gefragt, ob ich hätte helfen können. Ich war ehrlich, selbstkritisch. Wenn ich losgelaufen wäre, wäre ich wenig vor der Retterschaft da gewesen. Ich wäre später am See gewesen als die Frau mit dem Schlitten. Und ich hätte nichts tun können, mich hätte das Eis nie getragen.«

Das stimmte womöglich sogar. Er war ein großer Mann und wog sicher über hundert Kilo.

»Sie trugen den braunen Mantel, den Sie heute auch anhaben?«

»Ja, ich habe nur den.«

Der Mantel war eher kamelfarben, nicht wirklich dunkel. Aber womöglich konnte man sich im Gegenlicht auch irren. Irmi kämpfte gegen die Bilder in ihrem Kopf an und versuchte sich zu konzentrieren.

»Und waren Sie bei mir zu Hause? Haben in der Bäckerei nach mir gefragt?«

»Ja, ich wollte Sie allein treffen. Ich dachte, Sie könnten mir einen Rat geben. Ich habe mich als Kollege ausgegeben. Ich weiß auch nicht. Ich war nicht ich selber. Ich schlief schlecht, hatte Albträume.«

»Das heißt, Sie waren auch bei uns im Stall?«

»Ja, ich habe bei dem Hoflädeli parkiert. Ich wollte bei Ihnen läuten, aber Sie haben ja gar keine Glocke. Sie kamen aus dem Haus und sind in den Stall. Und dann ist auch noch ein Hund hinterhergelaufen und hat mich angesprungen. Ich habe Angst vor Hunden. Und plötzlich kam mir das alles so dumm vor, ich musste erst einmal nachdenken. Bi ganga.«

»Aber woher wussten Sie, dass ich in Schwangau bin?«

»Ich war dann nochmals in dem Hofladen und kam mit der Inhaberin ins Gespräch. Da war eine Kundin, die nach Ihnen gefragt hat. Die Inhaberin meinte dann, dass Sie in Schwangau seien. Die andere Frau hat gesagt, sie müsse auch nach Füssen, und da hat die Inhaberin ihr den Namen der Ferienwohnung genannt.«

Lissi, diese Sprechblase! Die Kundin konnte nur eine Bekannte aus Grafenaschau sein, deren Tochter in Füssen verheiratet war.

»In Schwangau ergab sich aber auch keine Gelegenheit, Sie unter vier Augen zu sprechen. Ich wollte nicht abends bei einer fremden Frau an die Tür klopfen. Ich wollte Sie eher mal zufällig treffen.«

»Aber Sie haben versucht, mich zu überfahren!«

»Nein, um Gottes willen! Nein! Ich hatte Bergschuhe an, ganz klobige, und hab mich im Gaspedal verkeilt. Ich bekam den Schuh nicht mehr raus, ganz furchtbar. Ich war in Panik. Erst auf der Hauptstraße konnte ich meinen Fuß wieder befreien! Dann bin ich nach Hause gefahren. Das Ganze kam mir mit jedem Tag absurder vor. Und nun sind Sie da!«

Die Bedienung räumte ab und fragte, ob sie noch einen Kaffee wollten. Irmis Herzrasen vertrug eigentlich keinen weiteren Kaffee mehr, aber sie wollte diesen Mann im Gespräch halten, also orderte sie einen. Reto tat es ihr gleich.

»Aber warum ich? Warum sind Sie nicht zur Polizei gegangen?«, fragte Irmi.

»Weil ich all diese Scherereien gescheut habe. Weil ich Schweizer bin, ein Nicht-EU-Bürger. Weil ich Angst vor mir selber hatte. Ich bin zu leicht zu erschüttern. Und ich bin inzwischen …« Der Kaffee kam, er brach ab. Und sprach dann leiser weiter. »… inzwischen bei einem Freund von mir in Zürich gewesen. Er arbeitet in einem Auktionshaus.«

Schweiß trat auf seine Stirn. »Er hält den Druck für einen echten Picasso.«

Diesmal war es Irmi, die ihren Löffel fallen ließ, der hell klirrend über den Boden sprang.

»Er ist diskret und hat angedeutet, dass man so etwas auch diskret verkaufen kann«, fuhr Reto fort. »Es gibt Saudis, Hongkong-Chinesen und Oligarchen, die Kunst kaufen. Die nicht nachfragen.«

»Sie wären saniert«, sagte Irmi leise.

»Und was wollen Sie jetzt tun?«

Irmi und Reto zuckten zusammen. Es war das erste Mal, dass Malcolm etwas sagte. Er war offenbar aus seiner Schafstarre erwacht.

»Ich weiß es nicht«, gestand Reto.

»Es ist unrecht, wenn ein künstlerisches Welterbe zu Hause bei irgendeinem Superreichen endet. Es gehört in ein Museum«, sagte Malcolm.

Reto schwieg eine Weile. »Wie stellen Sie sich das vor?«, fragte er schließlich. »Da gehe ich in irgendein Kunstmuseum, wedle damit und rufe: Hallo, ich habe hier einen Picasso. Das gibt doch Nachfragen!«

»Nicht, wenn er anonym dort landet«, meinte Irmi leise.

Reto sah von Irmi zu Malcolm und starrte dann in seinen Kaffee. Eine Stille senkte sich über den Tisch, die nur ab und zu durch leise Stimmen oder Geschirrgeklapper durchbrochen wurde.

»Reto, darf ich Sie noch eines fragen?«, meldete Irmi sich schließlich wieder zu Wort.

Er nickte.

»Haben Sie die Langlaufski der Verunglückten versteckt?«

»Nein.« Reto sah Irmi ins Gesicht. »Warum hätte ich das tun sollen?«

Ja, warum? Wenn seine Geschichte stimmte, dann gab es keinen Grund dafür.

»Oder habe ich das getan?«, fuhr er fort. »Ich weiß wirklich nicht mehr, ob mir meine Erinnerung Streiche spielt. Das war alles so dicht, so bizarr, dass ich mir inzwischen unsicher bin, ob das alles wirklich so passiert ist. Ja, drum ...«

»Drum?«

»Drum bin ich mir auch nicht sicher, ob da ...«

»Ob da was?«

»Ich glaube, es ist eine Person aus dem Waldstück mit dem Kletterwald gehuscht. Sie war weiß, weiß wie der Schnee. Ein weißer Schneeanzug. Wie ein Geist. Dann war die Erscheinung wieder weg. Etwas später ist ein Auto davongefahren. Es muss hinter der Hütte geparkt haben. Das alles war noch, bevor diese Frau mit dem Hund kam und bevor die Helfer eintrafen. Aber ich weiß es nicht sicher. Vielleicht ist das alles auch einem Traum entsprungen.«

»Ein Mann? Oder eine Frau?«, fragte Irmi.

»Ich kann das wirklich nicht sagen! Die Gestalt war nicht sehr groß.«

»Aber das Auto muss ja an Ihnen vorbeigefahren sein!«

»Ich habe doch nach vorne zum See gesehen. Und dann bin ich ja auch bald losgefahren, bis zum Bahnhof in Haslach.«

Die weiße Frau? Der Yeti? Ein Schneegeist? Und was konnte Irmi jetzt tun?

»Wie lange saßen Sie denn überhaupt in Ihrem Auto?«, wollte sie wissen.

»Ich weiß es nicht. Zehn Minuten, eine Viertelstunde?«

Irmi schwieg. Er tat ihr leid, seine Verzweiflung kam ihr echt vor.

»Sie werden mir nun sagen, ich solle das der Polizei melden«, fuhr er fort. »Aber das mache ich nicht! Und wenn Sie es tun, streite ich alles ab!«

»Aber Sie wollten doch mit mir reden!«

»Um Klarheit zu bekommen. Auch über diese Frau Dr. Kühnlein habe ich mehr wissen wollen. Wie seriös ist sie? Wollte sie mir eine Falle stellen?« Reto faltete seine Papierserviette immer kleiner zusammen. »Was ich bis dahin über meinen Vater wusste, war das, was man als Sohn eben weiß, wenn man einen eher verschlossenen Vater hat. Er hatte Ingenieurwesen studiert, in Afrika und Asien gearbeitet. Meine Mutter war Hausfrau und starb, als ich fünfundzwanzig war.«

»Das tut mir leid«, sagte Irmi.

»Merci. Meine Mutter war auch nicht gerade überemotional. Ich wusste genau genommen wenig über meine Eltern. Wir sind im Winter nach Brigels oder Obersaxen zum Skifahren gegangen, hatten immer ein Chalet gemietet. Im Sommer waren wir zum Wandern im Tessin. Mein Vater war viel unterwegs. Er hat mir immer etwas Süßes aus dem Duty-free-Shop geschenkt und meiner Mutter Parfüm. Außerdem hat er mir die Brechbeutel aus dem Flieger mitgebracht, ich habe eine richtige Sammlung von Säckli diverser Airlines. Was meine Frau als Purserette bis heute sehr witzig findet. Sie waren meine Eltern, verstehen Sie?«

Irmi nickte. Sie hätte auch nicht sagen können, in welche Abgründe ihre eigenen Eltern geschaut hatten. Sie waren Bauern gewesen, das hatte die Tage bestimmt und auch die Emotionen. Wer von Tieren lebte, musste diese schätzen, durfte aber nicht sentimental sein. Sie waren Eltern gewesen zu einer Zeit, in der Kinder nur Kinder waren. Ins Seelenleben ihrer Eltern hatte Irmi auch keinen Einblick gehabt. Sie konnte nur zu gut verstehen, dass das neue Bild, das Reto von seinem Vaters hatte, ihn zutiefst verstören musste.

»Ich spiele mit offenen Karten, Reto. Ich habe die ganze Zeit angenommen, dass Cordula Kühnlein etwas über das Ende von Ilse Schneider-Lengyel herausgefunden hat, was zu ihrem Tod geführt haben könnte. Sie hat zu dem Picasso recherchiert. Ich habe angenommen, dass der Besitzer oder die Besitzerin des Bildes Cordula umgebracht hat. Oder ihren Tod in Kauf genommen hat.«

»Aber das habe ich nicht! Ich habe sie nicht getötet! Ich wollte das alles nicht! Weder dieses Wissen über meinen Vater noch diesen Druck, der in meinem Leben nichts war als ein hässliches Familienerbstück!«

Irmi glaubte ihm und war auf einmal ungeheuer erschöpft. Das Adrenalin waberte davon wie das schwache Licht des Winters, das durch die hohen Scheiben hereinfiel.

»Sie würden der Polizei sehr helfen, wenn Sie Ihre Beobachtungen mitteilen würden«, sagte sie. »Dabei müssen Sie auch nichts zum Picasso sagen, nicht einmal dazu, dass Sie die Tote kannten. Es ginge ja nur um die zeitlichen Bezüge.«

»Und wenn die mich dann anklagen wegen unterlassener Hilfeleistung?«

»Sie können doch glaubhaft machen, dass dann schon die Rettungskräfte vor Ort waren. Tun Sie einfach das Richtige!«, sagte Irmi.

Er schwieg eine Weile. Dann verlangte er die Rechnung und bezahlte für sie drei.

Bald darauf standen sie wieder auf dem Parkplatz, wo das milde Winterlicht lange Schatten zauberte. Irmi war versucht, ihren Satz »Tun Sie das Richtige« zu wiederholen, unterließ es aber.

»Auf Wiedersehen, Reto«, sagte sie stattdessen.

»Uf Wiederluege«, antwortete er, ließ sein Auto an und fuhr davon.

»Der meldet sich doch nie. Du musst etwas unternehmen!«, rief Malcolm.

»Was denn? Wir halten erst einmal die Füße still.«

»Aber das kann doch alles auch gelogen sein«, gab Malcolm zu bedenken. »Du glaubst ihm?«

»Eigentlich ja«, sagte Irmi. »Ich möchte versuchen, dieser weißen Gestalt ein Gesicht zu geben.«

»Wenn es sie gibt!«

»Wenn es sie gibt. Hör zu, Malcolm. Ich habe eine Idee, aber nur, wenn das für dich passt.«

»Ja, los, sag schon!«

»Ich würde gerne ins Zentrum für Psychiatrie Reichenau bei Konstanz fahren. Ich glaube nicht, dass wir dort etwas erfahren werden, was andere nicht auch schon ohne Erfolg versucht haben. Aber ich möchte mich in Ilse hineinfühlen. An dem Ort, wo es zu Ende ging.«

Malcolm schwieg.

Auf dem Weg zum Auto kamen sie an einem Laden mit Heidi-Devotionalien vorbei. »Warte kurz, ich kauf dir ein Souvenir«, sagte Irmi.

Im Laden standen arabische Touristen, die beiden Frauen in Burkas gewandet, die Männer ein klein wenig moppelig. Ein kleines Mädchen trug ein Kleid in Pink und einen glänzenden Anorak drüber. Die beiden Jungs rannten im Laden umher. Am Ende kauften sie T-Shirts und Taschen. Irmi erwarb zwei hässliche Kühlschrankmagneten mit Heidi und dem Geißenpeter drauf sowie eine Tasse und eine Flasche Bündner Wein für Fridtjof, einen weißen Cuvée von einem Weingut namens Heidelberg. Einen Magneten drückte sie draußen Malcolm in die Hand.

»Danke«, sagte er lächelnd. »Und wohin fahren wir jetzt?«

»Es wäre am besten, wenn wir irgendwo unterwegs übernachten. Dann könnten wir morgen schon relativ früh nach Konstanz. Aber nur, wenn du nicht zurückmusst?«

»Muss ich nicht.« Er hatte schon sein Handy gezückt. »Wieder auf kleinen Straßen?«

»Unbedingt. Und könntest du bitte zwei Zimmer buchen, irgendwo auf dem Weg in Richtung Konstanz?«

Die Straße Nummer 16 war eher eine gut ausgebaute Strecke, die die Orte entlastete. Sie kamen durch ein ziemlich zersiedeltes Toggenburg, vorbei an kleinen Skigebieten, was in Irmi ungute Erinnerungen weckte – hatte doch alles mit ihrem Skikurs begonnen. Auch die Aeuli-Schlucht passierten sie, allerdings war weit und breit kein schwarzer zähnefletschender Hund zu sehen.

Malcolm hatte ihnen in Wil in einem Self-Check-in-

Hotel zwei Zimmer gebucht. Die Unterkunft war eher zweckmäßig als hübsch. Abends gingen sie noch in eine Pizzeria am Stadtweiher. Den Preis von gut zwanzig Schweizer Franken für eine Pizza fand Irmi gar nicht so extrem hoch, wie sie erwartet hätte. Rund um Garmisch gab es inzwischen kaum mehr eine Pizza unter zehn Euro, und ein Preis von fünfzehn Euro war keine Seltenheit mehr. Vor ein paar Jahren wäre das noch undenkbar gewesen! Sie plauderten ein wenig über Malcolms Studium und vermieden tunlichst, über ihre Mission zu reden. Wenn es denn überhaupt eine Mission war …

13

Malcolm schien auch ein Frühaufsteher zu sein. Ohne dass sie eine Uhrzeit verabredet hätten, standen sie um halb acht beide im Foyer. Sie fuhren los und betraten im nächsten Ort eine Konditorei mit dem schönen Namen Nyffenegger. Der Kaffee rettete Irmi, und es war beachtlich, in welcher Geschwindigkeit Malcolm drei Gipfeli verdrückte.

»Das ist ja nur Luft«, meinte er und grinste entschuldigend. Irmi hatte mittlerweile beinahe das Gefühl, mit ihrem Enkel unterwegs zu sein.

Schließlich erreichten sie den Großraum Konstanz. Auch wenn der Bodensee selbst wunderschön war, war Irmi irritiert von der Zersiedlung der Landschaft. Sie musste sich konzentrieren, denn der Berufsverkehr war in vollem Gang, und es war fast eine Wohltat, als sie am Zentrum für Psychiatrie Reichenau ankamen.

Es gab dort mehrere Parkplätze, und Irmi entschied sich gleich für den ersten. Sie gehörte nicht zu den Leuten, die erst mal vorfuhren und sich dann wunderten, dass es keine Parkmöglichkeit gab und man womöglich nicht mehr wenden konnte.

Wenn man die Gebäude betrachtete, die das riesige Areal übersprenkelten, wirkte die Atmosphäre friedvoll. Dabei hatte das Wort Psychiatrie für Irmi immer einen merkwürdigen und etwas unheimlichen Beiklang gehabt. Bilder von Zwangsjacken und Elektroschocks drängten sich auf.

In Orten wie diesen hatte es düstere Zeiten gegeben, in denen alles als abnorm angesehen wurde, was nicht in die Naziideologie passte. Oder lag das Gefühl der Beklemmung daran, dass man Angst hatte, selber irre zu werden oder zu sein? Weil sich so vieles einer klaren Definition entzog? Weil man den Menschen eben nicht nur auf seine Hirnfunktionen reduzieren konnte?

Sie gingen ein paar Schritte unter Bäumen und trafen auf einen Bau, neben dem ein Campanile stand, ein frei stehender Glockenturm. Ein agiler älterer Herr erklärte einigen Damen gerade etwas. Als sich Irmi und Malcolm näherten, unterbrach er sich: »Wollen Sie sich meiner Führung anschließen?«

»Gerne«, sagte Irmi und erfuhr, dass sie sich an der ökumenischen Kirche befanden, die einst der Sezierraum gewesen war. Das nenne ich flexibel, dachte sie. Beim Spaziergang an einem Entenweiher entlang bekamen sie mit, dass sie von einem Emeritus geführt wurden und die anderen Damen Kunsttherapeutinnen waren. Der See lag still in der noch blattlosen Natur. Bis zur eindrucksvollen Obstblüte am Bodensee würde noch einige Zeit vergehen, und doch wirkte die Luft schon frühlingshaft. Sie gingen hinauf zu einem Friedhof, der mittlerweile auch der gemeindliche war, einst aber zur Psychiatrie gehört hatte.

»Hier wurden Menschen beerdigt, die bei uns verstorben sind, die keine Angehörigen hatten oder zumindest keine, die sich kümmerten.«

Die ältesten Gräber auf dem Friedhof stammten von 1992, die älteren Grabstellen waren offenbar aufgelöst. Zum Glück war es hier keineswegs grabesstill. Ein paar Vögel zwitscherten, und Irmi empfand eine gewisse Erleichterung. Die Vorstellung, dass Ilse an diesem friedlichen Ort hier bestattet worden war, besänftigte sie. Auch deren Grab war mit Sicherheit längst aufgelassen.

»Darf ich wissen, was Sie hierherführt?«, fragte eine der Damen.

Malcolm reagierte prompt. »Eine literaturgeschichtliche Arbeit über die Gruppe 47. Ich beschäftige mich unter anderem mit Ilse Schneider-Lengyel.«

Auch die kunstsinnigen Damen konnten mit dem Namen nichts anfangen. Als Malcolm Ilses Leben kurz zusammenfasste, hingen sie an seinen Lippen.

»Ja, es war eine andere Psychiatrie, die Ilse Schneider-Lengyel hier vorfand«, meinte der Emeritus leise. »Es gab Mehrbettzimmer und wenig Intimität.«

Irmi erfuhr auch, dass er die behandelnde Ärztin von Ilse zwar noch erlebt, aber doch nicht gekannt hatte. Dass auch er von der verschwundenen Akte wusste und sehr vorsichtig formulierte, dass, hätte die Ärztin die Akte mitgenommen, das zwar nicht rechtens gewesen wäre, aber nicht ungewöhnlich.

Sie gingen auf die Gebäude zu. Früher war das Gelände strikt getrennt gewesen: auf einer Seite die Frauen, auf der anderen die Männer. Pfleger und Pflegerinnen hatten auf der Station wohnen müssen, doch wer verheiratet war, durfte im Pflegerdorf leben. Das waren die kleinen Häuschen gewesen, die ihnen vorhin aufgefallen waren. Irmi nahm an, dass deshalb gerne und früh geheiratet wurde …

Die Gruppe ging an dem zentralen Bau vorbei, der ein nettes Café beherbergte, und auf weitere Bauten zu. Irmi war von der Weitläufigkeit und der angenehmen Zeitlosigkeit der Gebäude überrascht. Sie schmeichelten dem Auge und fügten sich in die Natur ein. Die Häuser, die heute Stationen oder Wohngruppen beherbergten, hatten früher den Ärzten zugestanden, erklärte der Emeritus.

»Schauen Sie sich mal die Treppen an. Was sehen Sie?«, fragte er in die Runde.

»Hier sind es nur zwei Stufen zur Eingangstür«, antwortete Malcolm. »Da drüben aber mehrere. Ich nehme mal an, den erhabeneren Zugang hatte der Chefarzt.«

Der Emeritus nickte anerkennend und führte sie dann vorbei an einem Bau mit hohem Zaun, der Forensik. Ein Bereich, der Irmi ein wenig verunsicherte. Sie hatte nur die Aufgabe gehabt, Straftaten aufzudecken, wie es mit den Tätern weiterging, das betraf andere …

Der Emeritus berichtete, dass es früher anstelle des Zauns die sogenannten Wieslocher Fenster gegeben hatte, die man sich in Wiesloch, einem Psychiatrischen Zentrum in Nordbaden, hatte patentieren lassen. Bei diesen Fenstern standen die unteren Flügel fest und waren ohne Spezialwerkzeuge nicht zu öffnen. Oberhalb des niedrig gesetzten Kämpfers erlaubten zwei schmale, hohe Drehflügel das selbstständige Öffnen der Fenster durch die Patienten, was gut für die Luftzirkulation, aber schlecht für Ausbruchsversuche war. Solche Fenster gab es auch noch an einem anderen Gebäude, und sie wirkten weitaus eleganter als der martialische Zaun.

Auf dem Areal waren ein paar anmutige Pavillons verteilt, die sich in unterschiedlichem Erhaltungszustand befanden. Aus einem wuchs ein Baum. Die Erklärung war überraschend. Während Bayern für seine psychisch erkrankten Adligen eigene Anstalten geschaffen hatte, wies man sie in Baden in die Landeskrankenhäuser ein. Dabei erhielten sie natürlich eine andere Behandlung als die übrigen Patienten. Mit ihren Pflegerinnen und Pflegern hielten sie sich ganz standesgemäß in solchen Pavillons auf, um Tee zu trinken und bestimmt auch das eine oder andere Weinchen …

Ilse war nicht adlig gewesen, Irmi hoffte aber doch so sehr für sie, dass sie am Ende etwas Frieden gefunden hatte. Schließlich standen sie an einigen grob ausgebrochenen Granitblöcken. In deren Mitte befand sich eine Gedenktafel: *508 Patienten der Heilanstalt Reichenau wurden 1940/41 in der Zeit des Nationalsozialismus ermordet – dies mahnt uns, das Leben jedes Menschen zu achten und zu schützen.* Das Mahnmal war 1988 von Alexander Gebauer gestaltet worden.

Die Heilanstalt Reichenau war übereffizient gewesen, vorauseilend im Hass auf sogenanntes unwertes Leben, erfuhren sie. Während die Einrichtung in der Weimarer Republik unter ihrem Direktor Maximilian Thumm bekannt gewesen war für eine gelungene Kombination aus Arbeitstherapie, Frühentlassung und ambulanter Nachsorge, ordnete der nächste Anstaltsleiter namens Kuhn schon vor Inkrafttreten des Gesetzes zur Verhütung erbkranken Nachwuchses im Spätherbst 1933 an, dass nur nicht fortpflanzungsfähige Patienten Ausgang erhalten sollten. Ab dem Jahr 1934 wurden Zwangssterilisationen durchgeführt. Amtsarzt war der damalige Leiter des Gesundheitsamtes Konstanz, ein gewisser Rechberg. Kuhn und Rechberg konnten eine höhere Quote an Zwangssterilisierungen vorweisen als üblich, weshalb die Anstalt mit dem Prädikat »Nationalsozialistischer Musterbetrieb« ausgezeichnet wurde. Nach dem Abtransport der als »lebensunwert« eingestuften Bewohner in die Tötungsanstalt Grafeneck wurden die übrigen Patienten in andere Einrichtungen gebracht und die Einrichtung selbst aufgelöst, um wenig später zur Nationalpolitischen Erziehungsanstalt umgewidmet zu werden. Erst 1949 wurde das Gelände als Psychiatrisches Landeskrankenhaus Reichenau wiedereröffnet. Kuhn und Rechberg bekamen wieder Führungspositionen, womit sich die Schizophrenie und der Selbstbetrug der Nachkriegszeit potenzierten. In den Fünfzigerjahren war Rechberg sogar noch als Gutachter in Wiedergutmachungsfragen tätig gewesen. Da er auch noch nach dem Krieg davon überzeugt war, dass die Zwangssterilisationen richtig gewesen seien, lehnte er entsprechend oft Entschädigungen ab.

Mensch, Ilse! Ich hoffe, du wusstest das nicht! Dein Leben hing ja auch von den fehlenden Entschädigungszahlungen ab, dachte Irmi. Was, wenn du deine Heimat nicht hättest verkaufen müssen? Nicht diesen Camper-Pöbel hättest ertragen müssen?

Sie stutzte. Wie Coci hatte sie begonnen, Ilse in Gedanken direkt anzusprechen inklusive Ausrufezeichen. Irmi war aufgewühlt, hier war man so viel näher dran an der zerstörerischen Ideologie der Nazis, und das in Zeiten, zu denen in Deutschland die Rechten immer lauter brüllten.

Die Kunstdamen brachen zu einem Workshop auf, während Irmi, Malcolm und der Emeritus noch einen Kaffee tranken. Man konnte gut draußen in der Sonne sitzen.

Der Emeritus bedauerte es, auch nicht mehr über Ilse zu wissen. Malcolm zeigte ihm auf dem Handy das Cover mit dem gruseligen Foto von der Buchausgabe aus dem Jahr 2002.

»Könnte das Bild aus der Akte stammen?«, fragte er.

»Ja, das kann sein. Es war nicht ungewöhnlich, solche Fotos zu machen. Das war Usus damals. Man machte sie auch, um die eigenen Erfolge zu dokumentieren.«

»Im Sinne von Vorher-nachher-Bildern?«, hakte Irmi nach.

Der Emeritus nickte.

»Aber woran ist sie gestorben?«, fragte Malcolm fast verzweifelt. »An Demenz stirbt man doch nicht.«

»Nicht direkt, aber womöglich an jahrelanger Mangelernährung, an Alkoholabusus und am Ende an der Weigerung, zu essen und zu trinken«, sagte er.

Bevor er sich schließlich verabschiedete, wünschte er Malcolm noch viel Glück für seine Arbeit. Irmi fiel auf, dass er sie gar nicht nach ihrer Rolle gefragt hatte. Sie spürte, dass er ein feiner, empathischer Mann war, dem zwar der Mund überging bei seinen Erzählungen, der sich bei Bewertungen aber sehr zurücknahm.

»Was hat uns das jetzt gebracht?«, fragte Malcolm, als sie auf dem Rückweg zum Auto waren.

»Eine Stimmungslage«, sagte Irmi. »Und das Wissen, dass es auf euch ankommt. Auf deine Generation. Ihr müsst verhindern, dass so etwas wie die NS-Zeit wiederaufersteht. Ihr müsst entschieden auch gegen Extremisten jeder Couleur antreten, ihr müsst euch erheben an euren Universitäten.«

Malcolm schwieg, während Irmi in Richtung Seeufer fuhr.

»Wohin wollen wir jetzt?«, fragte er schließlich.

»Über den See«, sagte sie und reihte sich am Fährterminal in die Schlange der wartenden Autos.

So eine Bodensee-Überfahrt, auch wenn sie nur fünfzehn Minuten dauerte, hatte etwas von Urlaub. Sie gingen hinauf an Deck, wo ein scharfer Wind Schneeluft aus den Bergen heranwehte. Nebel zogen auf, der See hatte wohl beschlossen, sich zu verhüllen.

Drüben in Meersburg angekommen, fuhren sie ein paar Kurven hinauf und durchstocherten den Nebel. Selbst jetzt im Winter gab es einfach viel zu viele Autos und schon wieder diese fahrenden Gartenhütten. Irgendwann wurde der Verkehr wieder etwas flüssiger, weil es eine weitläufige Umfahrung von Friedrichshafen gab. Das alte Navi kannte sie noch nicht, und der Pfeil irrte durch Nowhereland. Schließlich hatte das Navi sich wiedergefunden, und sie erreichten die Adresse am südöstlichen See, die Irmi bei der Abfahrt eingegeben hatte. Es war die eines Hotels, in dem man es sicher gut aushalten konnte.

»Was tun wir hier?«, wollte der bis dahin eher schweigsame Malcolm wissen.

»Du hast doch sicher Hunger?«

»Und da fahren wir in so eine Luxus-Baude?«

»Bude, meinst du wahrscheinlich. Warum nicht? Ich lade dich ein.«

Sie waren außerhalb der klassischen Essenszeiten gekommen, man konnte aber aus einer kleinen Karte auswählen. Die Preise für einen Schweizer Wurstsalat waren zumindest sportlich. Trotz des Winters schien das Hotel gut belegt zu sein. Nach dem Essen zahlte Irmi und schlenderte dann zur Rezeption.

»Sie bieten hier doch auch Yoga-Retreats an, oder?«, fragte Irmi.

»Ja, in der Tat. Die sind sehr beliebt.«

»Eine Bekannte von mir war erst kürzlich da. Wir haben uns noch gar nicht wieder gesprochen, wie es ihr gefallen hat. Vielleicht wäre so ein Retreat ja auch etwas für mich.«

»Ach, wie schön! Warten Sie, ich rufe unsere Yogalehrerin an. Die kann Ihnen mehr sagen.«

»Gerne.«

Kurz darauf kam eine Frau in einer Hose, die man heute wohl Tights nannte. Irmi dachte, wenn sie selbst so etwas anzöge, sähe sie aus wie eine Presswurst.

»Hallo«, sagte sie. »Wie nett, dass Sie sich Zeit nehmen. Mein … ähm … mein Neffe und ich sind zufällig auf der Durchreise. Eine Bekannte von mir war erst kürzlich hier. Ich ziehe auch in Erwägung, mal einen Kurs bei Ihnen zu belegen. In der Urlaubszeit fällt es einem leichter, dranzubleiben und den inneren Schweinehund zu überwinden.«

»Da sagen Sie was«, meinte die Frau. »Setzen wir uns doch kurz.« Sie dirigierte Irmi und Malcolm durchs Foyer zu einer Sitzgruppe und lächelte. »Ja, da stimme ich vollumfänglich zu. In einer Kurssituation bleibt man wirklich leichter dran, nicht zuletzt, weil man auf Gleichgesinnte trifft. Wann war denn Ihre Bekannte hier?«

»Ach, erst kürzlich, es war eine Gruppe mit Therapeutinnen.«

»Ach ja, sehr engagierte Frauen.«

»Alexandra Kühnlein aus Wertach ist meine Bekannte.«

Von Malcolm kam ein Husten. »Sorry«, sagte er.

»Ach ja, eine nette Frau«, sagte die Yogalehrerin. »Und es ist so faszinierend, wie sie das alles mit der Armprothese meistert. Und wie sie mit der Brandverletzung im Gesicht umgeht.«

Etwas in Irmi explodierte. Alexandra war ziemlich gut Ski gefahren. Natürlich ging das auch mit einer Prothese. Aber eine Brandverletzung? Kaschiert vom Helm und der Schminke? Coci hatte nie etwas davon erzählt. Natürlich hätte sie das auch aussparen können, aber etwas in Irmi schlug Alarm.

»Ja, das finde ich auch«, behauptete Irmi. »Aber das Leben muss ja weitergehen.«

»Das ist genau unser Credo. Reflektieren ist gut, aber nach der Reflexion kommt die Aktion. Ich muss aber wirklich sagen: Das war eine ganz besondere Gruppe. Sehr empathisch, sehr achtsam. Sechs Damen und zwei Männer, alle sehr interessiert und motiviert.«

»Wie viele Teilnehmer haben Sie denn normalerweise?«, fragte Irmi. »Ich wäre ungern in einer großen Gruppe.«

»Sechs bis acht. Die achtsame Acht wollen wir nicht überschreiten. Ich will dem Einzelnen gerecht werden, und außerdem hat das Ganze einen praktischen Grund.« Sie lächelte. »Wir machen ja auch Ausflüge und haben einen Kleinbus, einen Neunsitzer. Das reicht dann für acht Teilnehmer plus Fahrer.«

»Ach was, Sie machen auch Ausflüge? Wohin denn so?«

»Immer ins Schloss Arenenberg. Das Gebäude ist wirklich sehenswert. Und erst der Landschaftspark mit den Sichtachsen, für mich immer ein Genuss, obwohl ich da schon oft gewesen bin. Sogar im Winter ist es dort schön, da hat es eine ganz eigene Stimmung.«

»Ach, da will ich doch immer schon mal hin!«, rief Irmi euphorisch.

»Schauen Sie.« Die Yogalehrerin zog ihr Handy heraus. »Das war die Gruppe von Alexandra, die waren auch alle begeistert. Wir hatten auch einen Tag mit herrlichem Wetter, nebelfrei, klare Luft, ein Tag zum Aufatmen.«

Irmi betrachtete gespannt das Bild. Neun Menschen. Sieben Frauen, zwei Männer vor dem Schloss. Ein typisches Gruppenbild. Doch keine der Frauen war Alexandra! Zwei sahen ihr ein bisschen ähnlich, und alle trugen Wintermützen, die ein Wiedererkennen erschwerten. Aber Irmis Blick war über die Jahre geschult. Sie wäre jede Wette eingegangen, dass keine der Frauen Alexandra war.

»Wie nett«, sagte Irmi.

»Ja, gell? Und die Alexandra mit ihrer Kasperlemütze«, bemerkte die Frau lachend.

Irmi lachte pflichtschuldigst mit. Eine der Kursteilnehmerinnen trug eine sehr bunte, hohe Mütze mit Ohrenklappen. Und wenn man genau hinsah, war auf der linken Wange eine Hautveränderung zu sehen, wohl diese Brandverletzung.

»Danke für Ihre Zeit. Ich glaube, wir müssen weiter. Aber ich plane wirklich mal, zu einem Kurs zu kommen«, behauptete Irmi.

»Buchen Sie nur rechtzeitig, wir sind immer schnell voll.«

»Kein Wunder bei so einer sympathischen Kursleiterin«, sagte Irmi.

Die Yogalehrerin winkte verlegen ab.

Irmi stiefelte davon, Malcolm hinterher. Am Parkplatz schloss sie ihr Auto auf und sank auf den Sitz.

»Warum habe ich das Gefühl, in einem sehr schlecht choreografierten Zweipersonenstück gelandet zu sein?«, fragte Malcolm. »Was war das denn?«

»Ja, nun …«

»Was?«

»Ich weiß von meinen Ex-Kolleginnen, dass Cocis Halbschwester ein Alibi für die Tatzeit hat, nämlich ein Yoga-Retreat in diesem Hotel. Aber sie war nicht da.«

»What?«

»Keine der Frauen auf dem Bild war Alexandra. Sie scheint jemand anders hingeschickt zu haben. Und wenn wir Reto glauben wollen, dann könnte Alexandra diese rätselhafte weiße Gestalt am See gewesen sein.«

»Du denkst also, dass diese Alexandra frühmorgens am Grüntensee sein wollte und deshalb jemand anders zum Yoga-Retreat geschickt hat?«

»Das wäre zumindest eine Option«, antwortete Irmi und startete den Wagen. Es nieselte vor den Scheinwerfern, das Licht war schlierig, es wurde schon dunkel. Keine guten Bedingungen für die Autofahrt. »Aber dass sie jemand anders hingeschickt hat, kann ja auch andere Gründe gehabt haben. Womöglich hatte sie doch keine Zeit für den Kurs, und es war zu spät fürs Stornieren oder so.«

»Lieferst du dieser Alexandra gerade Gründe für ihr falsches Alibi? Warum?«

Irmi schwieg.

»Weil dir eine andere Lösung immer noch besser gefallen würde?«

»Hör zu, Malcolm, meine Kolleginnen haben Justus im Visier, was sicher gute Gründe hat. Ich hätte einen Mord wegen gestohlener Kunstgegenstände für eine schlüssige Option gehalten. Wenn wir aber Reto glauben, war das kein Motiv, weil er ja gar nicht wusste, was da an seiner Wand hängt.«

»Musst du deine Vermutung nicht auch deinen ehemaligen Kollegen sagen?«

Malcolm war klug. Er dachte schnell und um die Ecke. Und sie schwieg.

»Irmi?«

»Ich fahre morgen nach Wertach und suche Alexandra Kühnlein auf. Wozu soll ich meine Kolleginnen scheu machen? Womöglich gibt es eine ganz logische Erklärung.«

»Wie du meinst«, kommentierte Malcolm. »Ich komme aber mit.«

Irmi fuhr schweigend und hoch konzentriert weiter. In Isny lichtete sich endlich der Nebel, an der Europäischen Wasserscheide bei Hellengerst herrschte sternenklare Nacht. Sie blickten ins Allgäu hinunter, und als sie schließlich um kurz nach sieben wieder in Schwangau waren, war Irmi wirklich müde.

»Ich stehe morgen um acht auf der Matte«, erklärte Malcolm. »Oder besser gesagt auf dem Parkplatz vor deiner Ferienwohnung. You sure are something else!«

Als er weg war, musste Irmi erst mal googeln. Malcolms Spruch bedeutete in etwa: Du bist mir ja 'ne Marke.

Sie hatte noch ein Bier im Kühlschrank und aß ein paar Erdnüsse dazu. Ohne Luise verfiel sie sofort wieder in schlechte Gewohnheiten. Sie sandte ihrer Freundin eine WhatsApp.

Hier ist alles klar, hab einen Ausflug an den Bodensee gemacht. Wie geht es dir und Raffi?

Es erschien nur ein Haken, Luise war anscheinend offline, und Irmi war fast froh. Sie wollte keine Nachfragen.

Die Nachfragen kamen am nächsten Morgen: *War dieser Schotte dabei? Uns geht es gut. Bei Lissi in der Ferienwohnung sind Gäste mit einer Sheltie-Hündin. Raffi reißt sich ja sonst nicht so um andere Hunde, aber in die ist er ganz verliebt. LG Luise*

Pass auf, dass die ihn nicht mitnehmen, schrieb Irmi zurück und ignorierte die Schottenfrage.

Es kam ein hochgestreckter Daumen zurück.

Wie angekündigt stand Malcolm um acht an ihrem Auto. Er hatte eine Tüte mit Croissants dabei und zwei Becher mit Kaffee.

»Danke, großartig«, sagte Irmi.

Sie fuhr in Oy von der Autobahn ab, am Grüntensee vorbei und dann in Richtung Wertach.

»Ich gehe da allein hin«, entschied Irmi. »Ich setze dich irgendwo ab.«

»Nein!«

»Doch! Du kannst ja solange auf diesem Literaturweg wandern.«

»Du meinst den Sebaldweg?«

»Ja.«

»Den Weg kann man jetzt bei so viel Schnee nicht gehen«, meinte Malcolm. »Das habe ich schon rausgefunden. Aber ich gehe solange ins Café Knoll. Wenn du in einer Stunde nicht da bist, rufe ich die Polizei an!«

Irmi war schon versucht zu sagen: Ich bin die Polizei, aber dann fiel ihr wieder ein, dass sie die eben nicht mehr war.

»Ich hol dich dort ab! Versprochen!«

»O bitte!«, rief er theatralisch. Dann wurde er leiser und plötzlich ganz ernst. »Irmi, pass auf dich auf! Du hältst diese Frau für eine Mörderin. Und selbst wenn nicht: Yoga-Frauen sind nur vordergründig achtsam.«

Woher nahm Malcolm nur all seine Weisheiten? Durch Irmi schwappte eine große Welle der Zuneigung. Malcolm kennengelernt zu haben, war ein Geschenk. Er hatte ihr den Glauben an die Jugend zurückgegeben. Und neben ihm fühlte sie sich alterslos und auf Augenhöhe.

14

Irmi hatte die Adresse von Alexandra im Internet gefunden. Die Wohnung lag am Ortsrand unweit der Starzlach. Kurz nachdem sie angeklingelt hatte, ertönte der Türsummer. Irmi ging in den ersten Stock. Eine Tür war angelehnt, und Cocis Schwester streckte den Kopf heraus.

»Frau Kühnlein?«

»Ja, wer sind Sie? Was wollen Sie?«

»Es geht um Ihre verstorbene Halbschwester. Dürfte ich kurz reinkommen?«

»Sind Sie auch von der Polizei? Ich habe Ihren Kolleginnen schon alles erzählt.«

»Ja, aber da wären noch ein, zwei Fragen offen.«

»Dann kommen Sie halt.«

Alexandra Kühnlein ging voran in ein Wohn-Ess-Zimmer. An den Wänden hingen großformatige Bilder von Farnen, Bambusgewächsen und Steinen, und Irmi kam sich schlagartig vor wie in einer Praxis für bessere Lebensführung. Die Naturholzmöbel wirkten ein wenig studentisch und nicht mehr neu. Alexandra Kühnlein machte eine Handbewegung zum Tisch hin, auf dem zwei ungespülte Teetassen standen. In der einen hing noch ein Teebeutel.

»Um was geht es jetzt schon wieder? Zur fraglichen Zeit war ich am Bodensee. Ich verstehe den ganzen Aufwand sowieso nicht. Cordula ist ertrunken. Das ist schade. Aber sie war immer zu unvorsichtig, in allem.«

Das ist schade? Trauer sah anders aus.

»Sie waren am Bodensee bei einem Yoga-Retreat, nicht wahr?«

»Ja, das wurde sogar überprüft. Was wollen Sie noch?«

»Am Bodensee hatten Sie eine Armprothese und eine Brandverletzung. Und Sie neigen dazu, bunte Mützen zu tragen. Komisch, dass man jetzt so gar nichts von der Verletzung sieht. Eine Wunderheilung?«

Alexandra Kühnlein zuckte zusammen.

»Wer war auf dem Yogakurs? Sie jedenfalls nicht! Ich habe ein Bild gesehen, das Ihre Gruppe zeigt. Sie waren nicht dabei.« Irmi sah die Frau unverwandt an.

Alexandra Kühnlein schwieg. Sie war dunkelhaarig, hatte aber ganz blaue Augen, ein Schneewittchentyp.

»Sie waren nicht auf dem Kurs!«, wiederholte Irmi.

Alexandra Kühnlein schien abzuwägen, was sie sagen sollte.

»Ja, gut, von mir aus«, meinte sie schließlich. »Ich hatte keine Zeit. Der Kurs war schon bezahlt und ließ sich nicht mehr stornieren. Ich habe eine Freundin geschickt, eine Kollegin aus Kempten.«

»Unter Ihrer Identität?«

»Ich brauche das Zertifikat. Wenn sie den Kurs unter ihrem eigenen Namen besucht hätte, wären ziemliche Umbuchungskosten entstanden. Und ich hätte kein Zertifikat.«

»Wie heißt Ihre Freundin denn?«

»Das ist ja wohl egal. Sie hat den Kurs aus Interesse besucht, und ich brauchte eine Bestätigung – eine Win-win-Situation.«

»Ich nenne das Betrug.«

»Mein Gott, es gibt Schlimmeres!«

»Und Sie haben dadurch auch kein Alibi«, setzte Irmi nach.

»Ich war nicht am Grüntensee. Was sollte ich da so früh am Morgen?«

Irmi konnte nur pokern. »Sie wurden gesehen. Es gibt einen neuen Zeugen. Machen Sie es nicht schlimmer, als es schon ist!«

»Was für ein Zeuge?«

»Ein Zeuge, der auch am See war und Sie gesehen hat!«

Wieder eine Pause. »Es war ein Unfall!«, stieß Alexandra Kühnlein schließlich aus.

»Was ist passiert?«, fragte Irmi.

»Ich hatte Cordula um ein Gespräch gebeten. Sie war ziemlich unwillig und meinte, sie hätte keine Zeit, abends schon gar nicht. Ich habe um ein Zeitfenster in der Früh gebeten. Da sei sie langlaufen, hat Cordula gesagt. Und außerdem wäre sie da schon verabredet.«

»Mit wem?« Das musste ja dann wohl Reto gewesen sein, dachte Irmi.

»Ich weiß es nicht. Womöglich habe ich das auch falsch verstanden. Wir haben uns zeit unseres Lebens missverstanden. Ich habe auch nicht nachgefragt. Ich konnte sie aber dazu bewegen, dass wir uns am See beim Kletterwald treffen. Wegen ihr musste ich frühmorgens in die Kälte hinaus!« Sie sah Irmi an. »Meine Halbschwester war sportsüchtig, bloß nicht zunehmen, war ihre Devise. Lächerlich! Drum hat sie auch alle ihre Kalorien aus Alkohol bezogen.«

Irmi schluckte. »Und dann? Wo haben Sie sich getroffen?«

»Ich bin mit dem Auto bis dicht an den Kletterwald gefahren und dann Richtung See gelaufen, durch den Tiefschnee. Sie kam irgendwann angeskatet, ganz lässig, hielt an, grüßte mich gönnerhaft, musste sich noch ein bisschen dehnen. Dann zog sie ihre Ski aus und hat mir mit jeder Faser vermittelt, wie ungelegen ich komme. Sie meinte, sie wolle nicht auskühlen, ich solle mich beeilen mit meiner Rede.« Alexandra Kühnlein sah kurz weg und dann Irmi in die Augen. »Mit meiner Rede – allein diese Ausdrucksweise! Sie war immer die Hölle. Arrogant und übergriffig.«

Arrogant war Coci sicher nicht gewesen, übergriffig womöglich, vor allem aber beseelt vom Gerechtigkeitsgedanken. Ein Auslaufmodell, denn weder in der Familie noch im Beruf oder im Leben generell ging es gerecht zu.

»Und dann?«

»Wir lagen uns schon seit Längerem bei einer Erbschaftsangelegenheit in den Haaren. Tut ja nichts zur Sache. Ich habe sie erneut gebeten, dass wir uns ohne Anwalt einigen. Und sie ist wie immer ausgeflippt! In dem Moment kamen zwei kleine Jungs am See entlang. Der eine hatte eine Katze am Schwanz gepackt. Das Tier fauchte und tobte, und auf einmal hat der Junge es auf den See geschleudert. Die Katze flog hoch durch die Luft und landete auf den Pfoten. Der zweite Junge warf einen ziemlich großen Stein hinterher und traf die Katze auch. Ihr Jaulen war bis ans Ufer zu hören. Plötzlich brach das Eis, und die Katze schwamm in dem Loch. Coci rannte los, auf den See, und brach ebenfalls ein.« Alexandra Kühnlein schwieg eine Weile und leckte sich über die Lippen, die sehr blass waren. »Es ist ihr gelungen, die Katze aus dem Wasser zu heben und auf festeres Eis zu stellen. Das Tier ist auf der Eisfläche herumgerutscht, aber sie hat es ans Ufer geschafft und ist davongerannt.«

Deshalb diese Katzenhaare, dachte Irmi. Coci hatte eine Katze gerettet – und dafür mit dem Leben bezahlt! Sie war für das gestorben, was ihr am wichtigsten gewesen war. Irmi fror und sah dann Alexandra Kühnlein in die eisblauen Augen.

»Die beiden Jungs standen da wie erstarrt, wie festgefroren. Es war ja auch so kalt. Nach einigen Schrecksekunden hab ich etwas gesucht, woran Coci sich hätte festhalten können. Da waren ihre Ski, also habe ich den einen davon gepackt und bin losgelaufen. Ich lag bäuchlings auf dem Eis, hab ihr den Ski hingeschoben, und sie konnte ihn kurz greifen. Dann nicht mehr.«

Irmi wartete.

»Sie konnte nicht greifen, konnte einfach nicht.«

»Ich glaube eher, dass Sie sie weggedrückt haben«, sagte Irmi leise.

»Nein, wie kommen Sie darauf?«

»Sie haben sie weggedrückt, bis sie nicht mehr konnte. Ohne Cordula wären alle Ihre Probleme wie weggewischt!«

»Nein! Es war nur eine Sekunde der Schwäche, in der Cordula den Ski losgelassen hat.«

Irmi wäre in dem Moment gerne wie Kathi gewesen. Bestimmt hätte es geholfen, wie sie ein lautes »Scheiße!« herauszubrüllen. Doch Irmi war anders. Sie ließ sich von dieser Geschichte erschüttern, und ihre Stimme brach. »Was heißt das?«, fragte sie.

»Ich bin rückwärtsgerobbt.«

»Sie haben Ihre Schwester einfach im Stich gelassen? Da wäre noch so viel Zeit gewesen, ihr zu helfen. Oder Hilfe zu holen …«

»Ich glaube nicht. Sie hat sich nicht mehr bewegt. Gar nicht mehr. Ich bin davongelaufen, ohne mich noch einmal umzudrehen.«

Irmi bot alle Kraft auf und unterdrückte ihre Tränen, die nach außen drängten. Sie war wieder oder immer noch die Ermittlerin, die einen klaren Kopf behalten musste. »Wo waren diese beiden Buben inzwischen?«

»Die waren längst Richtung Haslach gerannt.«

Aus der Richtung war Kathrin gekommen. Hätte sie Alexandra noch sehen müssen?

»Und Sie?«

»Ich bin am See entlang und dann das kurze Stück über die offene Schneefläche zum Wald, dort, wo diese Kletterkonstruktionen sind. Falls Sie es wissen wollen: Ich hatte einen weißen Skianzug an.«

Weiß auf Weiß. Tarnen und täuschen. Farben, die verschwammen, die sich auflösten über dem Schnee.

Die weiße Frau.

»War da sonst noch wer?«, wollte Irmi wissen.

»Als ich gerade im Wald war, sah ich eine Frau mit einem Schlitten und einem Hund. Die hat mich aber nicht gesehen.«

»Und niemand sonst hat Sie bemerkt?«, vergewisserte sich Irmi erneut.

»Nein, oder vielleicht doch.«

»Was heißt das?«

»Der Hund kam angerannt, in den Wald. Ich hab ihn

verscheucht, und er ist dann wieder zum See gerannt, zu seinem Frauchen. Hat er nichts erzählt?«

Wieder blitzte diese Kälte durch, die so viel kälter war als Eis.

»Als das Vieh weg war, bin ich in mein Auto gesprungen und losgefahren. Mir kam dann auch schon ein Rettungswagen entgegen.«

»Waren Autos auf dem Parkplatz?«, fragte Irmi.

»Cordulas Wagen stand da. Und noch einer, glaube ich. Silbern, wenn ich mich recht entsinne. Warum ist das nun wieder interessant?«

Weil in dem Auto Reto gesessen hatte mit einem Picasso. Es war um Augenblicke gegangen, um wenige Minuten, die über Leben oder Tod entschieden hatten. Sie hatten sich wie Satelliten auf ihren Bahnen bewegt, ohne sich zu begegnen, waren so nah und doch so fern gewesen. Hatten sich alle auf ihr eigenes Anliegen konzentriert und rechts und links ihrer eigenen Spuren im Schnee nichts wahrgenommen. Auch Kathrins Fokus hatte auf der Unglücksstelle gelegen, sie hatte das Auto weder gesehen noch gehört. Oskar hatte gebellt, die Zipfelzwerge hatten womöglich gebrüllt. Die Zeitspanne war so knapp gewesen.

Alexandra Kühnlein sah Irmi an, und etwas durchlief ihr Gesicht. »Ich kenn Sie doch! Waren Sie nicht in Cocis Skikurs?«

»Und wenn?«

»Sie sind gar keine Polizistin! Sie sind eine Betrügerin! Ihnen muss ich gar nichts sagen!«

»Ich bin Irmgard Mangold, Hauptkommissarin aus Garmisch.« Das a. D. ließ sie weg. »Ich kann ja wohl in meinem Urlaub einen Skikurs machen.«

Man sah Alexandra Kühnlein an, dass sie zweifelte. »Zeigen Sie mir einen Dienstausweis oder so was!«

Irmi ignorierte sie. »Frau Kühnlein, ich frage Sie noch mal: War da sonst noch wer? Ein Mann vielleicht? In einem braunen Mantel?«

»Nein, was für ein Mann?« Ihre Stimme klang leicht hysterisch. »Nein!«

Noch etwas kam Irmi in den Sinn. »Haben Sie die Ski versteckt? Da im Wald?«

»Nein!«

Log sie? Aber wenn sie es nicht gewesen war, wer war es dann gewesen? Kathrin sicher nicht, sie hätte gar keine Gelegenheit dazu gehabt. Dann waren auch schnell die Polizei und die Rettungskräfte eingetroffen, die hätte diese Ski doch sichergestellt. Es blieb Reto, aber wann hätte er das tun sollen? Später, als er sich immer noch am See herumgedrückt hatte?

Früher hätte sie die Frau nun verhaften können, heute war sie nur Irmi, die Ex-Polizistin und Lügnerin, die sich immer noch als Ermittlerin ausgab.

»Sie müssen das in Garmisch zu Protokoll geben!«

»Muss ich? Haben Sie eine Aufnahme mitlaufen lassen? Und wenn schon, die zählt ja nicht!«

»Schauen Sie, Frau Kühnlein, ganz so einfach ist das auch nicht mit der Verwertbarkeit vor Gericht. Aber ich brauche keine Aufnahme. Es wird es ein Leichtes sein, zu überprüfen, wer beim Yoga-Retreat war.«

»Sie … Sie …«

Irmi wartete auf Verbalinjurien, die nicht kamen.

»Es war ein Unfall!«, rief Alexandra Kühnlein. »Cordula war die Pest. Immer gab es dieses Theater mit den Viechern. Da war sie wie Vati. Animals first, dann die Menschen.«

»Machen Sie eine Aussage, und besorgen Sie sich einen Rechtsbeistand«, sagte Irmi mit äußerster Beherrschung. »Ich kündige in Garmisch schon mal Ihren Anruf an. Das wirkt sich sicher positiv aus, wenn Sie sich stellen.«

»Sie können mich mal!«

»Denken Sie bloß nicht drüber nach, sich abzusetzen. Das hat gar keinen Sinn. Ich rufe jetzt die Kolleginnen an. Ich rate Ihnen: Fahren Sie nach Garmisch. Jetzt!«

»Verlassen Sie meine Wohnung! Sofort!«

Irmi ging die Treppen hinunter und hinaus an die Luft, die immer noch winterlich roch. Fast im Schritttempo fuhr sie in die Ortsmitte und blieb dann erst mal am Rathaus stehen. Dort griff sie zum Telefon und rief Kathi an.

Wie erwartet war Kathi sofort auf hundertachtzig.

»Wie kommst du auf die Idee, eigenmächtig an den Bodensee zu fahren? Willst du mich als Vollidiot dastehen lassen, als Frau, die gar nix kann? Wieso fährst du allein zu dieser Alexandra? Ich glaub das alles nicht!«

Als Irmi auflegte, fühlte sie sich, als sei eine Straßenwalze über sie hinweggerollt. Oder als hätte sie einen Berg mit knappem Sauerstoff bestiegen. Sie ließ den Kopf aufs Lenkrad sinken. Da klopfte es am Seitenfenster. Irmi ließ die Scheibe herunter.

»Geht's Ihnen gut?«, fragte eine Frau besorgt.

»Danke, ja. Nur der Kreislauf.«

»Soll ich einen Arzt rufen?«

»Nein danke, sehr lieb.« Wie zum Beweis stieg Irmi aus. »Ich muss nur was trinken. Wirklich. Noch mal danke!«

Die Frau sah sie skeptisch an, und Irmi schritt besonders munter aus, um zu beweisen, wie fit sie war. Vor dem Café gab es eine Tafel. *Zum Knoll Beck*, stand da und dass man Gewürzlaible kaufen könne.

Als sie das Café betrat, saß Malcolm an einem Tisch und sah sie strafend an. »Endlich!«

Irmi bestellte Cappuccino und Wasser und begann dann leise zu berichten.

»Deine Freundin Cordula hat eine Katze gerettet und ist deshalb gestorben?«, fragte Malcolm ungläubig.

»Das war der Auslöser.«

»Und du glaubst, dass Alexandra nachgeholfen hat? Sie unter Wasser gedrückt hat?«

»Ja, das glaube ich, aber es wird Sache von Gerichten sein, ihre Schuld oder Unschuld festzustellen.«

»Shit!«

Dem war wenig hinzuzufügen.

»Und hast du …?«

»Ja, ich habe in Garmisch angerufen. Man war nicht sonderlich amused«, gestand Irmi.

»Und jetzt?«

»Jetzt wissen wir, wie Coci zu Tode gekommen ist. Darum ging es.«

Darum war es Irmi gegangen, aber bei ihren Recherchen waren sie auch Ilse Schneider-Lengyel sehr nahegekommen, näher als viele andere. Und doch war vieles im Vagen geblieben. Was wirklich um den Jahreswechsel 1968/69 passiert war, blieb ein Mysterium. Und Irmi beschlich das

Gefühl, dass das womöglich sogar gut war. Vielleicht hätte Ilse dieses Verwirrspiel gemocht. Denn wer weiß, ob sie der Welt ihr Antlitz hätte zeigen wollen, das von Wahrnehmungsverlust und Verwirrung gezeichnet war.

»Das heißt, das war es jetzt?«, fragte Malcolm und klang enttäuscht.

Irmi nickte lächelnd. Ja, das war die Leere, die zurückblieb, wenn man am Ende eines solchen Weges stand. So war es ihr bei jedem ihrer Fälle gegangen. Nach solchen Endpunkten musste ein Blick in die Zukunft folgen, und Irmi wusste plötzlich, was sie zu tun hatte.

»Wir fahren jetzt nach Schwangau«, sagte sie. »Ich muss erst mal nach Hause. Aber ich komme auf jeden Fall noch einmal nach Schwangau zurück. Wie lange willst du noch bleiben?«

»Ein paar Tage bestimmt. Telefonieren wir?«

»Natürlich.«

Sie zahlten und fuhren wortkarg in Richtung Schwangau. Irmi setzte Malcolm in Buching ab. Der junge Mann wirkte geknickt und unzufrieden.

Dann fuhr sie weiter in ihre Ferienwohnung, wo sie nur das Nötigste packte und den Großteil ihres Gepäcks zurückließ. Um 2 Uhr war sie zu Hause in Schwaigen.

Luise staunte. »Wolltest du nicht zwei Wochen bleiben?«

»Im Prinzip ja, aber ich muss etwas mit dir bereden. Hast du Zeit?«

»Natürlich, was für ein Getränk brauchen wir?«

»Schnaps«, sagte Irmi.

In der Küche lagen die drei Katzen. Virginia maunzte kurz, sah Irmi an und sagte: »uahhmaaua«. Dann machte sie einen hohen Buckel und kringelte sich erneut ein. Es versetzte Irmi einen Stich. Katzen waren Cocis Karma gewesen, bis in den Tod.

Luise schenkte ihnen Zirbenschnaps ein und wartete. Nachdem sie angestoßen hatten, begann Irmi zu erzählen und endete mit dem tragischen Tod von Cordula.

Luise schenkte einen zweiten Schnaps ein. »Auf eine, die unbequem war, aber immer loyal!«

Sie saßen beide da und schnieften.

»Ich möchte, nein, ich muss etwas für Coci tun, als Erinnerung, als Vermächtnis«, sagte Irmi leise. »Aber nur, wenn du mitgehst. Können wir Franz' Katzenstation hier auf dem Hof eine neue Heimat geben? Und sie nach Coci benennen?«

»Irmi, das ist dein Hof.«

»Aber es ist auch dein Zuhause. Wenn du das doof findest …«

Luise lachte unter Tränen. »Ich dachte schon, du schlägst das nie vor. Hier gibt es doch jede Menge Platz und außerdem zwei alte Weiber mit Tagesfreizeit. Und da ist noch was …«

»Ja?«

»Lissi hat Franz angeboten, in eine ihrer Ferienwohnungen zu ziehen, bis er etwas gefunden hat.«

»Was sagt Alfred dazu?«

»Er sieht die Vorteile eines Tierarztes auf dem Hof, und die beiden verstehen sich. Sie führen Fachgespräche über Genetik. Bei Rindern. Franz hat aber abgelehnt.«

»Warum? Weil Lissi es übertreibt mit ihrer Fanclub-Attitüde?«

»Nein, ich glaube, er hat andere Gründe. Er meinte auch, er hätte was in Aussicht in Eglfing, wo er wohnen könnte. Da ist aber kein Platz für die Station.«

Irmi versuchte, in Luises Blick zu lesen, aber die sah weg und sagte in Richtung Küchenzeile: »Hast du dir schon Gedanken gemacht, wo die Station hinsoll?«

»Ja, aber es ist doch eigentlich klar, oder?«

»Sonnenklar«, meinte Luise. »Wollen wir mal schauen?«

Irmi nickte und nahm im Gang einen Schlüssel vom Brett. Dann gingen sie quer über den Hof zum Austragshäusl, das seit Jahr und Tag leer stand. Bernhard war kategorisch dagegen gewesen, es zu vermieten oder gar ein Ferienhaus daraus zu machen. Und Irmi hatte alle Anfragen von Radlern, Wanderern und Cabriofahrern abgeschmettert, die es mieten oder sogar kaufen wollten.

Als Luise auf den Hof gezogen war, hatte kurz im Raum gestanden, ob sie das Austragshäusl bewohnen würde, aber Luise bevorzugte das Haupthaus, was auch sinnvoller war, denn dort lief eine Zentralheizung. Der Forstwirt Bernhard hatte schon vor Jahren eine Hackschnitzelheizung einbauen lassen. Im Häusl hingegen gab es nur Einzelöfen.

Irmi schloss das Gebäude auf. Es war klein und übersichtlich. Rechts des Ganges gab es eine große Küche, links des Ganges eine Stube und ein Bad, dessen türkisblaue Fliesen fast schon wieder modern waren. Oben befanden sich drei kleine Zimmer und eine weitere Toilette. In Bad und Küche gab es Boiler. Der Herd in der Küche und der vom Gang aus zu beheizende Grundofen hatten hier zum Heizen immer genügt. Das Häusl war noch möbliert, und Irmi kam es fast so vor, als müssten ihre Eltern dort auf ihrer grünen Samtcouch sitzen.

»Wir müssen Bernhard fragen«, meinte Irmi plötzlich. Er und Zsofia hatten einmal, bei einem ihrer seltenen Besuche, im Häusl übernachtet.

»Er wird nichts dagegen haben«, meinte Luise. »Wir werden ein bisschen umbauen müssen. Es wäre gut ...«

»Bevor wir Pläne machen, sollten wir Franz fragen. Oder hast du ihm schon angeboten, dass die Station hier unterkommt? Es gibt nämlich auch rechtliche Fragen zu klären. Das Veterinäramt muss ...«

»Irmi, dafür haben wir ja dich. Frau Beamtin! Und nein, ich habe Franz natürlich noch nichts angeboten. Er hat mal einen sehnsüchtigen Blick auf das Häusl geworfen, aber nie danach gefragt. Er ist ein sehr feiner Mensch. Ruf ihn an, er wird sich freuen.«

»Du, ich ...«

»Irmi, es ist dein Hof. Es ist deine Mission. Du hast Cordulas Tod ein Gesicht gegeben. Du solltest anrufen.«

Irmi überlegte kurz. »Ich fahr zu ihm.«

Franz war zu Hause, als sie in Altenau eintraf. Ein weiteres Mal erzählte Irmi von Coci und der Katze, die sie aus dem See gezogen hatte. Mit ihrem Bericht brachte sie Franz dazu, wieder ein paar Tränen zu verdrücken.

»Ich bin so eine Heulsuse geworden«, sagte er. »Das ist das Alter.«

»Man wird dünnhäutiger«, sagte Irmi leise. »Und die Zeit wird knapper. Deshalb habe ich mir etwas überlegt.« Sie legte ihm ihren Plan dar.

Franz war aufgestanden. »Irmi, darf ich dich umarmen?«

»Ähm … ja.« Sie erhob sich auch, und er drückte sie an sich. Nur ganz kurz, aber da war eine besondere Energie zwischen ihnen.

»Ich hätte das nicht mal zu träumen gewagt«, sagte er. »Vielen Dank für dieses Angebot! Und danke an das Universum, dass sich unsere Wege gekreuzt haben.«

»Ohne Cordulas Tod hätten sie das womöglich nie getan«, erwiderte Irmi leise.

Er nickte, und dann begannen sie Pläne zu schmieden. Es ging um eine neue Heizung, die man vom Hof hinüberlegen könnte, und um Hunderte weitere Details und Ideen.

»Darf ich morgen mal vorbeikommen?«, fragte er schließlich.

»Natürlich, wir machen eine Ortsbegehung.«

»Ich kann das noch gar nicht glauben. Irmi, du bist ein Engel, der mir gesendet wurde.«

»Na ja …«

Als sie wieder zu Hause war, ging sie hinüber in den Hofladen, denn Luise würde nicht ewig schweigen können. Lissi war völlig aus dem Häuschen. So enttäuscht sie über die Absage von Franz gewesen war, so sehr war es für sie ein Lichtblick, dass die Katzenauffangstation auf Irmis Hof ziehen würde. Denn Franz würde ja dann doch oft da sein. Der obligatorische Prosecco musste geöffnet werden.

Bei aller Freude machte das Vorhaben Irmi auch Angst. Würde sie das Leiden dieser teilweise sehr kranken und verletzten Tiere so ohne Weiteres wegstecken können? Aber sie wollte die schöne Stimmung nicht verderben.

Als Franz am nächsten Tag nach Schwaigen kam, hatte

er einen Freund dabei, der Heizungsbauer und Allround-Handwerker war.

»Ich hoffe, das war nicht übergriffig, aber ich habe Florian gebeten, sich das Ganze mal anzusehen. Wegen der Heizung, der Umbaumaßnahmen und so weiter.«

»Großartig, nur zu«, sagte Irmi.

Im Lauf des Tages entstanden Pläne, Ideen, Skizzen. Zwischendurch gab es bei Lissi im Laden eine Brotzeit. Coci hatte sie alle zusammengebracht und beflügelt.

Es war Dienstagnachmittag, als Irmi nach Garmisch fuhr. Sie hätte gern ein Büßerhemd angelegt, als sie durch den Gang schlich und in Kathis Büro trat, in dem auch Andrea saß.

»Oh, Irmi!«, sagte Andrea.

»Die Frau, deren Unruhestand an ADHS grenzt«, ätzte Kathi.

»Es tut mir leid. Wirklich«, versicherte Irmi. »Aber ich war im … im …«

»Flow?«, fragte Kathi und grinste nun doch ein wenig. »Also …« Sie machte eine Kunstpause. »Alexandra Kühnlein hat ihre Aussage gemacht. Sie kam mit einem Anwalt hier an und hat uns das beschrieben, was sie dir auch gesagt hat. Inwieweit das zumindest unterlassene Hilfeleistung ist, kann ich nicht beurteilen. Vielleicht ist es auch etwas darüber hinaus.« Sie sah Irmi in die Augen. »Für eine Verhaftung reicht das natürlich nicht, es wird aber einen Gerichtsprozess geben. Diese ganzen zeitlichen Abläufe sind ja etwas undurchsichtig.« Sie sah Irmi prüfend an. »Und dann haben wir noch einen zusätzlichen Zeugen, einen Schweizer.«

»Ach, einen Schweizer?«

»Ja, so ein Tourist. Der war am fraglichen Morgen auch ganz früh am See, um spazieren zu gehen. Er saß schon wieder im Auto und hat am Parkplatz Kaffee getrunken, als er plötzlich eine Person in Weiß auf der Schneefläche gesehen hat. Wenig später hat er ein Auto wegfahren hören. Bald darauf erklangen die Martinshörner, und ihm ist klar geworden, dass am See etwas nicht stimmt, dass es da einen Unfall gegeben hat. Er wollte aber keiner von diesen Sensationslüsternen sein, die die Zufahrtswege blockieren, sagt er. Er ist dann weggefahren. Aber das ist natürlich eine sehr wichtige Aussage, denn bei dieser weißen Gestalt handelt es sich ja offenbar um diese Alexandra Kühnlein.«

»Aha, und warum hat der sich erst jetzt gemeldet?«, fragte Irmi.

»Weil er erst mal seine Bayernrundfahrt fortgesetzt hat. Als er im Internet über den Unfall gelesen hat, ist ihm diese weiße Gestalt eingefallen, und er dachte, das könnte wichtig für uns sein.«

»Ist er glaubwürdig?«

»Ich denke schon. Er hätte sich ja auch gar nicht melden müssen. Der hat ja nichts davon.«

»Stimmt«, sagte Irmi gegen ihr Herzklopfen. Innerlich schickte sie dankbare Gedanken an Reto.

Stille senkte sich über das Zimmer. Irmi fühlte sich unwohl, und auch Andrea war anzusehen, dass sie unter der angespannten Stimmung litt.

»Eigentlich müsste ich dich anzeigen, Irmi. Wegen Amtsanmaßung!«, stieß Kathi plötzlich aus.

»Immerhin habe ich einen Fall gelöst. Alexandra Kühnlein hat gestanden.« Irmi hatte es sich gerade noch verkniffen, »deinen Fall« zu sagen.

»Du hast dich als Polizistin ausgegeben, oder?«, vermutete Kathi.

Natürlich hatte sie recht. »Nicht direkt«, behauptete Irmi. »Das hat sich so ergeben.«

»Hat sich so ergeben? Na toll! Alexandra Kühnlein wird in einem Prozess aussagen, und ihr Anwalt wird anführen, dass du ohne jede Grundlage eine Befragung durchgeführt hast.«

»Sie hat mich falsch verstanden. Ich habe als Privatperson gefragt«, sagte Irmi.

»Alter!«, rief Kathi.

»Was zählt, ist doch, dass es eine Verhandlung geben wird. Ich glaube immer noch, dass sie Cordula unter Wasser gedrückt hat«, meinte Irmi.

»Das dementiert sie aber!«

»Kathi, sie lügt. Und dann ist da immer noch die Tatsache, dass irgendjemand diese Ski versteckt hat. Das war doch sicher sie! Das leugnet sie aber auch. Warum eigentlich? Wer soll das denn sonst gewesen sein?«

Irmi hatte Reto eisern aus ihren Erzählungen rausgehalten. Es nutzte niemandem etwas, wenn sie preisgab, wie viel mehr sie über Reto wusste.

»Irmi, echt! Das kann doch jeder gewesen sein«, meinte Kathi. »Es ist ja nicht verboten, an einem beliebten Ausflugsziel einen Winterspaziergang zu machen oder auf Ski rumzuschlittern. Womöglich hat jemand diese Ski einfach gefunden und mit zum Parkplatz genommen.«

»Aber sie waren im Kletterwald. Hinter einem Baum.

Und sie waren nicht mehr da, als die Polizei vor Ort war. Jemand muss sie vor Eintreffen der Polizei versteckt oder von mir aus weggestellt haben.«

»Irmi, auch das kannst du nicht mit Sicherheit sagen. Der Fokus der Ermittlungen lag auf Cordula. Die Allgäuer Kollegen haben gedacht, die Ski lägen im See. Womöglich wurden sie übersehen, und irgendwer hat sie dann weggestellt.« Kathi schnaubte. »Ehrlich gesagt sind mir die Ski jetzt auch scheißegal! Ich habe eine Frau, die ein Geständnis abgelegt hat.«

»Aber …«

»Nix aber! Wir haben auch diese zweifellos tragische Katzengeschichte verifizieren können. Ich habe die beiden Rotzlöffel noch mal befragt. Sie haben das mit der Katze schließlich zugegeben. Ich kriege sie nicht mal wegen eines Tierschutzvergehens dran, sie sind zu jung. Die Influencer-Mutti war natürlich betroffen. Das geht doch nicht, Leon, gell? Man darf doch keine Tierlein quälen, dutzidutzi. Zum Kotzen, die Alte! Der Russenvater wirkte eher gelangweilt. Es kam mir so vor, als wäre Tierquälerei für ihn eher so was wie ein Männlichkeitsritual. Irmi, alles stimmt und zahnt ineinander. Ende, Gelände!« Kathi atmete tief durch. »Und noch eins: Ich musste Justus Mergenthaler gehen lassen. Wir freuen uns schon auf eine Klage seiner Anwälte.«

»Stimmte das also wirklich mit dem vereisten Jeep?«

»Ja, es war ein Zufall. Eine saubeschissene Verkettung von Orten und Zeiten.«

»Aber warum hat Justus mit Cordula telefoniert?«

»Er sagt, dass er sie angerufen hat, weil seine Freundin ihn darum gebeten hatte. Die wollte nämlich eine Talkrunde auf ihrem YouTube-Kanal zusammenstellen zum Thema: Quo vadis, Wintersport? Sie hatte schon einen bekannten Ex-Skirennläufer dafür gewonnen und wollte auch Coci dabeihaben, weil die natürlich eine plakative Vertreterin der Gegenseite war. Justus hat auch eingeräumt, dass er sich öfter im Ton vergriffen hätte im Umgang mit ihr.«

»Hätte sie denn zugesagt?«, fragte Irmi.

»Ja, hätte sie.« Kathi schluckte. »Irmi, es ist vorbei. Mir wäre ein eindeutiger Mord auch lieber gewesen, aber das Leben ist kein Ponyhof. Apropos: Du hast neue Katzen?«

»Ja, ihr könnt gerne mal auf ein Getränk vorbeikommen und sie euch anschauen.«

»Machen wir«, versprach Andrea.

Als Irmi wieder auf dem Hof war, stand da das Auto des Hasen. Sie traf ihn am Küchentisch an, Aug in Aug mit Virginia, die ihm gerade etwas erzählte.

»Sehr gesprächig, diese Dame, ich verstehe aber nur die Hälfte«, sagte Fridtjof.

»Uijamauaua«, machte Virginia.

»Ach so«, meinte der Hase.

Irmi lächelte, und doch war ihr Herz schwer. Sie konnten ja nicht einfach so zur Tagesordnung übergehen. »Wein?«, fragte sie.

Der Hase nickte.

»Ich habe dir einen aus Maienfeld mitgebracht. Einen Cuvée.«

»Schön ist es in Graubünden! Die Berge Calanda, Falknis und Guscha bilden einen Rahmen vor dem blauen Himmel, eine Etage tiefer bewaldete Hügel und dann die schmucken Weinberge. Das milde Klima des Rheintals, lange warme Herbsttage und kühle Nächte sind die natürlichen Zutaten des hervorragenden ›Bündner Wys‹. Durch das Rheintal fegt ein Föhnwind, der die Reben geradezu kocht. Die Winzer haben bewusst auf Massenträger verzichtet und ihre Hektarerträge herabgesetzt. Und sie erzielen Spitzenprodukte – so gut, aber auch so rar«, sagte Fridtjof, und da blitzte zum ersten Mal wieder der alte Hase durch, der so gerne sein Wissen teilte.

Irmi schenkte den »Wy« ein, nahm sich ein Bier und setzte sich. Dann begann sie dem Hasen die ganze Geschichte zu erzählen. Ihm verschwieg sie auch Retos Anteil nicht, weil sie wusste, dass er niemals plaudern würde.

»Du hast mir gefehlt in den letzten Tagen. Der Austausch hat mir gefehlt. Deine klugen Worte«, gestand sie.

»Ich weiß, und es tut mir leid, dass ich nicht da war. Der Wein ist übrigens ganz wunderbar.«

»Das freut mich. Hat sie denn geholfen, diese Abwesenheit?«, fragte Irmi.

»Da muss sich noch einiges setzen. Aber du bist nicht zufrieden mit dem Ausgang?«

»Ich war mir so sicher, dass Cordulas Tod etwas mit dem verschüttgegangenen Wissen um Ilse Schneider-Lengyel zu tun hatte.«

»Du hast immerhin einen Picasso entdeckt!«

»Nicht ich, sondern Cordula. Und wenn Reto ihn nun doch an einen Oligarchen verkauft, hat das gar nichts gebracht. Da hängt er dann in einem Panzerkeller, in dem Wagnermusik donnert.«

»Ist das so bei Oligarchens?«, fragte der Hase lächelnd.

»Ich stelle mir das jedenfalls so vor! Und ich weiß immer

noch nicht, wie Ilse an den See gelangt ist. Retos Vater hat auch nichts mehr sagen können. Er kannte sie, aber noch immer fehlt die ganze Wahrheit.«

»Gibt es nicht viele Wahrheiten?«, fragte der Hase sehr leise.

»Außerdem weiß ich noch nicht, wo die Akte aus der Psychiatrie geblieben ist. Ich habe eine Ahnung, die ich aber nicht beweisen kann. *Dass ich verscharrt, unwillig, durstig, unbesänftigt ende,* hat Ilse einmal geschrieben. Ich bin auch nicht besänftigt. Etwas treibt sich noch herum in meinen Eingeweiden.«

»Der Autor?«, schlug der Hase vor.

»Der bleibt natürlich eine Option.«

»Es gibt einen Zeitpunkt, in dem man loslassen muss, Irmi. Und einsehen muss, dass man zu spät gekommen ist.« Er lächelte sie an. »Ich muss zur Arbeit. Und du solltest dich um den Umzug der Katzenstation kümmern. Sie ist dein Blick nach vorne. Es gibt diese Momente, in denen der Blick nach hinten nur beschwert.« Er gab ihr einen Kuss auf die Stirn.

Irmi fühlte eine plötzliche Schwere und eine aufkeimende Angst. Worauf hatte er den letzten Satz bezogen? Auf Ilses ruhmlosen Tod? Oder auf sie beide?

EPILOG

Am Donnerstag stand plötzlich Malcolm auf dem Hof. Er war mit seinem Freund mitgefahren, der etwas in Garmisch zu erledigen hatte. Und als hätten sie sich verabredet, tauchten Kathi und kurz darauf auch der Hase auf. Luise kredenzte eine spontan zusammengestellte Brotzeitplatte, und Malcolm wurde zur Isle of Skye gelöchert.

Irgendwann gab Irmis Handy ein Piepen von sich. Es war eine WhatsApp von Reto. Er hatte den Link zu einem Zeitungsartikel geschickt, in dem von einer Picasso-Zeichnung die Rede war, die anonym in der Post des Kantonsmuseums in Chur gefunden worden war. Irmi reichte das Handy lächelnd an Malcolm weiter.

»Schon wieder Geheimnisse?«, fragte Kathi.

»Nein, nein. Wir haben nur einen Mann kennengelernt, der von seinem Plan sprach, eine Schenkung zu tätigen. Das hat er nun getan«, sagte Irmi scheinbar beiläufig. Dabei warf sie dem Hasen einen schnellen Seitenblick zu, der sie sofort verstand.

»Ja, genau, und das freut uns«, kommentierte Malcolm.

»Ihr seid ja ein tolles Team«, sagte Luise. »Ihr solltet eine Detektei aufmachen!«

»Bitte?«

»Warum nicht? Ihr könntet international arbeiten. Malcolm kann ja wohl Englisch.«

»Und Gälisch und Französisch auch recht gut. Meine Mutter ist Französin.«

»Ihr spinnt!«, rief Irmi. »Das ist doch wie in einem schlechten Film. Oder einem dämlichen Buch. Unterbeschäftigte Alte wird Privatermittlerin! Gab's da nicht auch was in Irland?«

»Harry Wild, die ist aber Literaturprofessorin. Du hingegen bist Ermittlerin«, sagte Luise lächelnd. »Das warst du schon immer, und du kommst aus dieser Nummer auch nicht mehr raus.«

»Eine bayerische Altbäuerin mit einem schottischen Literaturstudenten – das klingt doch nicht gerade vertrauenerweckend«, meinte Irmi.

»So schlecht finde ich das gar nicht«, sagte der Hase.

Alle sahen ihn an.

»Ich auch nicht«, mischte sich Kathi ein. »Dann könntest du in Zukunft als das auftreten, was du bist. Ohne Mimikry!«

»Welche Zukunft?«

»Deine Zukunft! Du kannst doch die Finger nicht von Geheimnissen lassen!«, rief Kathi.

»Meine Mutter ist Juristin«, erklärte Malcolm. »Die könnten wir fragen, wenn wir nicht weiterwissen. Als Privatermittler musst du heute ein halber oder ganzer Jurist sein.«

»Detektei M&M«, jubelte Luise.

»M&Ms machen fett«, kommentierte Irmi.

»Aber Erdnüsse sind gut fürs Gehirn«, meinte Malcolm grinsend.

»Dann eben MI, Mangold Investigations«, schlug Luise vor.

»Der Name ist ja erst mal zweitrangig«, bemerkte der Hase.

»Überleg es dir«, sagte Kathi. »Ich wäre heilfroh, wenn du wieder etwas zu tun hättest!«

Ein Windstoß fegte über den Hof und riss die Stalltür auf. War das etwa eine der sprichwörtlichen aufgehenden Türen? Stellte nicht jede Zeit im Leben ihre eigene Aufgabe?

Ein Text von Ilse Schneider-Lengyel schoss Irmi durch den Kopf: *Oder dachten Sie, meine Damen und Herren, dass die Dichter des 20. Jahrhunderts in romantischen Versen und Sonetten schreiben? Sie tragen das Gewicht des Jahrhunderts, sie verhüllen ihre Anliegen an den Kosmos nicht in Spitzenkissen – sie werden vorstellig, ob man sie hört oder nicht. Sie tarnen ihre Verse aus Scheu mit Sarkasmen …*

Mensch, Ilse, Mensch, Cordula – ihr habt nie den bequemen Weg gewählt. Ich sollte meine eingefahrenen Pfade auch verlassen.

»Ich hätte sogar eine Aufgabe«, meinte Luise. »Womöglich könnte die deine Entscheidung beschleunigen.«

»Was für eine Aufgabe?«, fragte Irmi.

»Du weißt doch, dass meine Tochter in Irland lebt«, sagte Luise. »Sie hat da ein kleines Café.«

»Hast du mal erwähnt, ja.«

»Echt, in Irland? Wo denn?«, fragte Malcolm dazwischen.

»Im County Donegal und …«

»Great! Ich habe eine Cousine an der Westküste!«, rief Malcolm.

»Worum geht es denn, Luise?«, hakte Irmi nach.

»Eine Bekannte von meiner Tochter hat Probleme. Sie ist in Gefahr, sagt Babsi. Sie glaubt, da stimmt was nicht.«

»Nee, Leute, echt!«, rief Irmi. »Donegal klingt wie das Ende der Welt.«

»Es ist das Ende der Welt«, sagte Malcolm ernst. »Wenn die Erde eine Scheibe wäre, dann liegt die Küste am äußersten Rand. Man kippt einfach hinunter.«

Irmi versuchte das Thema zu wechseln und kam auf die geplante Katzenstation zu sprechen. Sie erklärte, dass der Umbau bald beginnen würde und dass sie dann genug zu tun hätte. Für eine Detektei war da beim besten Willen keine Zeit.

»Ich habe erst kürzlich zu Irmi gesagt, dass man in die Zukunft blicken muss«, erklärte der Hase, und wieder schwang etwas in seiner Stimme mit, was Irmi beunruhigte.

Kathi brach schließlich auf, und auch der Hase wollte gehen.

»Ich zeige Malcolm mal die Tiere«, beeilte sich Luise zu sagen und sah ihn durchdringend an.

»Ja, gerne. Great!« Er wandte sich an den Hasen. »Hat mich gefreut, dich kennenzulernen.«

»Dito«, sagte der und ging in Richtung Haustür. Irmi folgte ihm.

»Was hast du nun vor?«, fragte er.

»Ich habe meine Sachen noch in Schwangau. Die werde ich heute noch abholen und Malcom bei der Gelegenheit in Buching absetzen«, sagte Irmi. »Und dann werden wir anfangen, das Haus auszuräumen für die Station. Franz hat einen Handwerker mitgebracht und Pläne gezeichnet.«

»Franz scheint ja ein zupackender Tausendsassa zu sein«, kommentierte Fridtjof.

»Magst du ihn nicht?«, fragte Irmi.

»Du musst ihn mögen. Er wird ja nun öfter hier sein.«

»Fridtjof, warum bist du so?«

»Ich war schon immer so.«

Irmi schwieg. Als der Hase gefahren war, ging sie in den Stall, wo Malcolm Luises Ausführungen zu Maultieren lauschte.

»Ich würde jetzt nach Schwangau fahren, um meine Sachen abzuholen. Dann könnte ich dich gleich zurückbringen. Passt das für dich?«

»Klar, gerne. Hättet ihr einen Ort für kleine Kaisertiger?«

Luise lachte. »Königstiger. Im Haus, den Gang gerade durch.«

Er verschwand, und Luise sah Irmi an. »Fridtjof ist schon gegangen?«

»Ja, und zwar nicht, ohne mir zu vermitteln, dass Franz uns okkupiert hat.«

»Irmi, er ist eifersüchtig! Und das mit der Station ist für ihn, na ja, eine Bedrohung.«

»Das ist Quatsch!«

Luise lächelte nur.

»Sind das etwa meine Alternativen?«, fuhr Irmi fort. »Ich verzichte auf die Station um des lieben Friedens willen, was Fridtjof betrifft. Oder ich will die Station und verliere ihn?«

»Irmi, du hast dich entschieden. Du willst das für Cordula tun, und das ist großartig. Fridtjof wird sich wieder einkriegen.«

»Ich töte dich, wenn du noch einmal sagst, ich solle ihm Zeit geben. Oder behauptest, dass sich was einspielt.«

»Das mit dem Einspielen hat Franz gesagt, es bezog sich auf das Zusammenleben der Katzen.«

»Katzen sind klüger sind als Menschen. Pragmatischer. Klarer in dem, was sie wollen.«

»Ich freue mich auf die Station, Irmi. Und zugleich macht es mir eine Heidenangst. Wir werden elende Tiere sehen. Und einige von ihnen gehen lassen müssen.«

Luise fühlte genau wie sie, aber sie sprach es aus. »Das geht mir auch so«, gestand Irmi. »Aber ich musste es tun.«

Luise nickte. »Für Cordula.«

Als Malcolm zurückkam, brachen sie nach Schwangau auf. Irmi versuchte sich darin, etwas zu Orten und Landschaften zu erzählen. Sie wollte definitiv nicht über M&M oder MI reden. Am Ende waren sie in Buching abgekommen und stiegen beide aus.

»Irmi, es war mir eine Feier.«

»Ein Fest.«

Er grinste. »Wir haben unseren ersten Fall gelöst, und ich stehe bereit für den nächsten.«

»Ach, Malcolm! Willst du nicht lieber deine Arbeit schreiben?«

»Das mache ich natürlich, ich habe ja nun mehr Input zu Ilse, als jede Sekundärliteratur hergäbe.«

»Du wirst bestimmt eine Spitzennote bekommen. Möchtest du nicht doch Cocis Buch weiterschreiben?«

Er sah sie ernst an. »Ich habe sogar darüber nachgedacht. Aber wenn ich es weiterschreibe, dann ist es wieder die Sichtweise eines Mannes.«

»Na ja, dafür der eines Schotten!« Irmi lächelte. »Aber ohne Witzelei: Du kommst von außen, du verkörperst eine neue Generation. Weniger Macho, weniger Nationaltümelei.«

»Ich überlege mir das wirklich mit dem Buch. Allerdings müsste ich es auf Englisch schreiben. Und dazu muss ich erst einmal mit meiner Professorin in Glasgow reden. Die Idee könnte ihr gefallen.«

Irmi zog ihr Handy hervor und tippte ein wenig darauf herum. *»Es dünkt mir, dies sei ein Buch, das einen wie ein Mensch begleitet, auf einer Ebene, auf welcher man ehrfürchtig den Atem anhält. Hier ist die Rede von vertrauter Erde.«* Irmi sah Malcolm an. »Das hat Ilse an den Kronprinzen geschrieben, es bezog sich auf seine Biografie. Du könntest so ein Buch schreiben. Für Ilse und für Cordula.«

»Das wären aber große Fußspuren.«

»Fußstapfen.«

»Ja, genau die. Außerdem geht es um den digitalen Nachlass von Cordula. Die Schwester erbt das ja. Falls sie das Erbe nicht ausschlägt.«

»Je nachdem, was das Gericht entscheidet. Wenn es auf unterlassene Hilfeleistung erkennt, könnte das sogar zu einer Freiheitsstrafe führen. Aber sie wird natürlich am Ende alles bekommen, auch diese Wohnung in Garmisch, auf die sie so scharf war.«

»Sie wird auch noch belohnt, das ist doch great shit!«

»Das ist das Leben, Malcolm. Mein Job hat längst nicht jedes Mal zu dem Ergebnis geführt, das ich gerne gehabt hätte. Drum überleg dir das lieber mit dem Detektivspielen.«

»Ja, das Leben ist keine Ponyfarm, ich weiß.« Er lächelte. »Aber wir haben ja doch etwas erreicht. Ein Picasso gehört nun der Öffentlichkeit, die Katzen haben ein neues Zuhause. Das alles hätte deiner Freundin gefallen.«

»Das stimmt, aber sie hätte es erleben sollen.«

»Wer weiß schon, was eine angemessene Lebensspanne ist?«, sagte Malcolm.

Irmi warf ihm einen warmen Blick zu.

»Wir bleiben in Kontakt, Irmi«, meinte Malcolm.

»Ja, und ich werde mir deinetwegen einen Insta-Account zulegen, damit ich dir folgen kann.«

»Das musst du sowieso. Wegen deiner Katzenstation. Ohne Social Media kommt ihr nie zu Spenden oder Tierpatenschaften.«

»Da werde ich Hilfe brauchen! Wir sind alle nicht so gut darin.«

»Der Hofladen deiner Nachbarin könnte auch etwas Social Media vertragen.«

»Wir melden uns bei dir. Du wirst unsere Lichtgestalt am Himmel der Selbstdarstellung. Wir bezahlen dich natürlich.«

»Passt scho«, sagte er und grinste.

»Mit dem Bayerischen wird es auch schon besser. Danke für alles.«

»Ich fahre morgen nach München, das waren große Tage. Vielen Dank.«

Irmi zögerte, ihn in den Arm zu nehmen, aber da hatte er sie schon längst umarmt. Irmi spürte jäh, dass sie ihn vermissen würde. Sie hätte als Mutter, wäre es jemals dazu gekommen, auch lieber Jungs gehabt.

Sie fuhr zu ihrer Ferienwohnung, zog das Bett ab, legte die gebrauchten Handtücher zusammen, nahm ihr Leergut mit und warf den Schlüssel, wie man sie geheißen hatte, in den Briefkasten.

Irgendetwas zog sie noch einmal an den See. Das Wetter war düster geworden. Der Wind frischte auf, es war ungemütlich. Das Campingleben schien gerade ziemlich erlegen zu sein, kein Mensch war zu sehen.

Warum bleibt das Meer sich eigentlich treu? Daher die Schöpfungsgeschichten und Sagen um das Meer. Denn so ein See ist ja zugefroren seit Monaten. Ohne Atem. Das Gewürge der Autos wird aufhören und das Gewimmel des Zeltplatzes, ein Campinglager wird die ganze Erde sein, hatte Ilse Mitte der Sechzigerjahre geschrieben und leider recht behalten, Zumindest die halbe Erde war ein Campinglager geworden.

Irmi sah über den See, der nicht mehr zur Gänze zugefroren war. Ganz weit hinten ging ein Mann in einem dunklen Mantel. Irmi war im Alarmzustand. In diesem Moment blieb er stehen und sah kurz in Irmis Richtung. Er war viel zu weit weg, als dass Irmi ein Gesicht hätte erkennen können. War das Justus? Unsinn, warum sollte er hier sein? Oder war das Reto? Die Silhouette passte, aber Reto hätte sich doch sicher zu erkennen gegeben? Oder hatte er sie doch belogen? War sie seiner Schweizer Ernsthaftigkeit aufgesessen? Aber er hatte den Picasso doch der Welt zurückgegeben. War das nur ein kleines Opfer gewesen, weil sein Vater weit mehr von Ilse gestohlen hatte? Hatte Reto das womöglich verschwiegen und sie einfach manipuliert?

Ein Grollen setzte ein, ein Wintergewitter zog auf. Plötzlich ritten Schaumkronen über das Wasser. Ein Blitz zuckte über dem See, und der Mann war verschwunden.

Der Hase hatte recht. Es gab den Moment, in dem man loslassen und einsehen musste, dass man zu spät gekommen war. Und darauf vertrauen musste, dass das Universum am Ende alles wieder ins Lot bringen würde.

Zwischen Blitz und Donner lag nur noch eine kurze Zeitspanne. Irmi rannte. Ein Blitz schlug ohrenbetäubend in den See ein.

Das ist mein Karma, Finger in die Wunde. Ich kann eben nicht wegsehen, sagte Cocis Stimme.

Im Namen der gequälte Menschheit, der gemarterten Tiere, im Namen der entrechteten Brüder, verwilderten Völker, der Unterdrückten, Verführten, Geknebelten, Gehetzten, fordere ich auf zu einer Pause!, hatte Ilse geschrieben.

Ihr habt alles richtig gemacht, dachte Irmi. Und wenn der Tod Rebellenlohn ist, dann habt ihr dennoch alles richtig gemacht.

NACHWORT

Was soll ich sagen? Mensch, Ilse, was hast du mit uns gemacht? Mit Irmi, mit Coci, mit mir?

Ilse Schneider-Lengyel starb im Dezember 1972, da war ich knapp zehn Jahre alt. Auch ich hätte sie nur zu gerne kennengelernt. Als ich Mitte der Achtzigerjahre in München Germanistik und Geografie studierte, war die Gruppe 47 natürlich auch mal Thema, ihre Gründung an einem See im Allgäu eher nicht. Als ich 2011 in die Nähe des Bannwaldsees zog und in den nächsten Jahren oft am Ufer entlangradelte, empfand ich so etwas wie einen Bannkreis um den Bannwaldsee. Der Campingplatz hatte ihn komplett okkupiert, und man versuchte nur, möglichst schnell wegzukommen, irgendwohin, wo weniger Menschen und Fahrzeuge dräuten. Im Jahr 2020 stolperte ich bei einer journalistischen Recherche über Ilse Schneider-Lengyel und war beklommen und berührt, als ich erstmals vor dem Häuschen inmitten des Campingplatzes stand. Da lag ein Marianengraben zwischen dem Hier und Heute und dem, was der See einst gewesen war.

Diese Frau interessierte mich, und ich musste feststellen, dass sie lange Zeit vergessen gewesen und erst mit dem Jubiläum der Gruppe 1997 ein klein wenig auferstanden war. Wieder geriet sie in Vergessenheit, bis Peter Braun 2019 ein Buch über sie schrieb. Je weiter ich mich in das Leben von Ilse Schneider-Lengyel hineinfuchste, desto mysteriöser wurde das Ganze. Immer wieder hatte ich das Gefühl, dass die Menschen, die ich befragte, seltsam verschwiegen waren. Als hätten sie ein Copyright auf Ilse, als gäbe es das Privileg ihrer Entdeckung. Sie hat zu Lebzeiten etwas mit Menschen gemacht und tut es bis heute – auch das ist Rebellenlohn! Sie hat als »weiblicher Mensch« eine tragische Missachtung erfahren, die uns Jahrzehnte später zu denken geben sollte. Aber hat sich denn seither so viel verändert?

Auch Irmi konnte Ilses Reise an den Bodensee nicht aufklären, doch dieses Buch ist so frei, eine (Teil-)Lösung anzubieten, die historisch allerdings nicht belegbar ist. Reto ist pure Fiktion. Es ist am Ende eben ein Roman, und von all den großartigen Sätzen, die Ilse geschrieben hat, liebe ich diesen besonders: *Es dünkt mir, dies sei ein Buch, das einen wie ein Mensch begleitet.* Wenn das ein Buch kann, ist es ein großes Buch!

Oder dachten Sie, meine Damen und Herren, dass die Dichter des 20. Jahrhunderts in romantischen Versen und Sonetten schreiben? Sie tragen das Gewicht des Jahrhunderts, sie verhüllen ihre Anliegen an den Kosmos nicht in Spitzenkissen – sie werden vorstellig, ob man sie hört oder nicht. Das trifft auf das 21. Jahrhundert noch viel mehr zu! Wir brauchen jene, die das Gewicht tragen, die Finger in Wunden legen, die investigativ arbeiten und das nicht der KI überlassen. Wir täten gut daran, auf die Ilses und Cocis dieser Welt zu hören!

Und weil das alles so verwoben ist wie ein Spinnennetz, muss ich vor allem denen danken, die meinem Projekt, sich Ilse Schneider-Lengyel in einem Krimi zu nähern, so offen gegenüberstanden. Allen voran Alfons Maria Arns und

Heike Drummer, die 2017 zum 70. Jubiläum begonnen haben, Verschüttetes über Ilse auszugraben. Dem besonnenen Thomas Riedmiller, der alle Beschäftigung mit Ilse seit 1997 überhaupt in Gang gesetzt hat, ohne den die Schubladen womöglich nie geöffnet worden wären. Ich danke Peter Braun, der als Professor einer Autorin von Unterhaltungsliteratur so wohlmeinend begegnete. Und letztlich muss man auch denen danken, die eben nichts gesagt und den Kontakt abgelehnt haben – auch das ist ja eine bedeutende Aussage …

Ich durfte mit großartigen Menschen zusammenarbeiten und gewichtige Gespräche führen. Dabei danke ich neben den Genannten auch Moni und Mumpi, Elfriede Schwaiger, Cilly Kahle, einigen weiteren Menschen in und um Schwangau sowie Kay Wolfinger, Prof. Dr. Klaus Hoffmann, Dr. Arno Bindl, Diana Pfeffer und natürlich der wunderbaren Carola Gleixner, die immer der gute Geist von Jungholz gewesen ist.

Ich rede in der Vergangenheit, und das mit Wehmut. Jungholz hatte in der Skihistorie meiner Familie immer einen Sonderplatz. Mein Vater hat dort mit 85 Jahren seinen letzten Skitag verbracht. Er ist eigentlich nie gut Ski gefahren, hatte immer schon vom Lift aus gute Sonnenplätze an alten Hütten ausgespäht. Die gab es gerade in Jungholz zuhauf. Die letzte Abfahrt des Tages führte zum Parkplatz, der damals etwa zwei Meter tiefer lag als die Piste. Der wackere Skifahrer verbremste es nicht und fuhr hinab in den Orkus. Wir dachten, der Mann sei tot. Er schüttelte sich nur und beschloss, die Skikarriere zu beenden. Als im Sommer 2024 die Insolvenz des Gebiets klar wurde, war ich geschockt. Und traurig. Und hoffnungsvoll, dass es 2026 womöglich weitergeht. Ich hätte Irmi ihre ersten Schwünge in Jungholz wahrlich gewünscht …